Cet ouvrage a bénéficié du soutien des programmes d'aide à la publication de l'Institut français / Dieses Buch erscheint im Rahmen des Förderprogrammes des Institut français Paris.

Titel der Originalausgabe:
L'émpreinte à Crusoé

Lektorat: Angelika Andruchowicz

Rohrbacher Straße 18
D-69115 Heidelberg
www.wunderhorn.de

Gestaltung: Ingrid Sauer, Cyan, Ehrle und Sauer GmbH, Heidelberg
Umschlaggestaltung: Leonard Keidel
Druck: NINO Druck GmbH, Neustadt/Weinstraße
Umschlagabbildung: © Mario Cravo Neto
ISBN 978-3-88423-444-0

PATRICK CHAMOISEAU

Die Spur des Anderen

Roman nach Robinson Crusoe

Aus dem Französischen
von Beate Thill

Wunderhorn

Gewidmet Seiner Durchlaucht
Comte Guillaume Pigeard de Gurbert,
einfach so, vorbehaltlos,
aber ohne eine Philosophie.

P. C.

Ich glaube, es ist unmöglich, getreu nach dem Leben Entzücken und Jubel der Seele zu beschreiben, wenn sie, so kann ich wohl sagen, aus dem Grabe zurückgeholt worden ist.

Daniel Defoe, *Robinson Crusoe*[1]

Meine Einsamkeit greift nicht nur die Verständlichkeit der Dinge an. Sie untergräbt ihre Existenz selbst.

Michel Tournier, *Freitag oder Im Schoß des Pazifiks*[2]

So ist Werden ausgelöscht und verschollen der Untergang.

Parmenides, *Vom Wesen des Seienden*[3]

Wir wollen also vom Eingeständnis der Unverständlichkeit ausgehen.

Victor Segalen

Es gibt kein Hinterland. Man kann nicht hinter sein Gesicht zurücktreten.

Édouard Glissant

Das Inventar der Wirklichkeit – welch kolossale Aufgabe.

Frantz Fanon

Inhalt

Tagebuch des Kapitäns

22. Juli – im Jahre des Heils 1659. – Diese Reisen in die Neue Welt halten für mich immer Überraschungen bereit, obwohl ich weiß Gott in den letzten zwanzig Jahren viele unternommen habe. Beim ersten Morgengrauen trafen wir auf ein Meer blauer, glitzernder Algen, mit einem rosigen Schimmer, der sich auch auf den Himmel und den Stoff der tief hängenden Wolken übertrug. Nach dem Sturm, den wir gerade überstanden hatten, war dies, als ob wir nun in die Welt eines heiteren Feenmärchens kämen, in dem die Wirklichkeit leicht zu zittern begann ...

Der Wind war schwach, dennoch habe ich das Segel ein wenig räffen lassen, damit die Mannschaft diesen höchst beeindruckenden Moment miterleben konnte. Alle hingen an der Reling, einige sind an den Tauen hinaufgeklettert oder haben sich auf dem Ausguck zusammengedrängt, und in staunendem, fast religiösem Schweigen haben wir dieses Wunder betrachtet, das unser Schiff sehr sacht durchschnitt ...
Wir werden Santo Domingo und danach Brasilien wohl in absehbarer Zeit erreichen, im Schiffsbauch ist es ruhig, keine Schreie, nur der schreckliche Gestank, den ich ein weiteres Mal mit einem Guss heißen Essigs und stark riechender Kräuter bekämpfen ließ.

1. Der Idiot

Herr, ich wurde wiedergeboren in jenem Jahr, ich wusste nicht, welches es war, auf meiner vergessenen Insel zur Stunde der Tagundnachtgleiche, wahrscheinlich genau in dem Moment, als ich das Gefühl hatte, mich zwischen zwei Lichtmassen zu schieben: eine ging vom Lodern des Ozeans aus und die andere bestand in dem erbarmungslosen Gleißen des Strandes; was sich da zwischen den beiden vordrängte, war nicht so sehr mein Körper, mein Sonnenschirm, meine Fetzen aus Tierhäuten, meine klappernde Muskete, auch nicht der Säbel, der mir am Ende meines Gehänges an das Bein schlug; nein, es war ein körperlicher und geistiger Hochmut, das Ergebnis einer Einsamkeit von zwanzig Jahren, in denen ich trotz allem das Unglück hatte niederzwingen können;

ich war wieder zu diesem Teil der Insel gegangen, da ich seit einiger Zeit das Gefühl hatte, außer Gefahr zu sein; ich glaubte, das letzte Stadium an Ordnung und Organisation erlangt zu haben, von dem mich nichts mehr zurückwerfen konnte; ich hatte die Dämonen des Blutes, des Fleisches und des Geistes besänftigt, Ängste gezähmt und auch jene Rückfälle überwunden, in denen ich mich so manches Mal gesuhlt hatte wie diese fleckigen Kröten dort unten im Mangrovensumpf; aber wichtiger war: Ich hatte mir die Gabe der Sprache bewahrt; sogar die Fähigkeit zu schreiben; und wenn auch das merkwürdige Büchlein, das ich aus der gestrandeten alten Fregatte geborgen hatte, nie zu meinem klaren Verständnis gelangte, so war ich doch dabei geblieben, es Tag für Tag aufzuschlagen, mit Lust darin zu blättern, regelmäßig darin zu lesen, sowie den liturgischen Brauch zu üben, einige seiner verrätselten Sätze, meist in zufälliger Auswahl, abzuschreiben;

sehr lange war ich nicht mehr dort gewesen, an jenem Ort, wo ich zur Herbst-Tagundnachtgleiche Land berührt und, noch ohne es zu wissen, eine endlose Tragödie ganz ohne Zeugen eröffnet hatte; indem ich den Strand vergaß, ließ ich auf meine Weise die Hoffnung auf ein Entkommen von dieser Insel fahren, fast wie den Schluchzer einer möglichen Rückkehr, so formte sich mein Wille, diese Insel, meine Einsamkeit, meine Verzweiflung, meine Selbstvergessenheit und meine Tränen hinzunehmen, und mir daraus mit viel Arbeit, Ordnung und Vernunft das Material für mein Schicksal zu bereiten; sobald ich konnte, habe ich jenen bitteren Jahren also den Rücken gekehrt, vertan mit dem Spähen nach einem Segel auf dem salzigen Metall, das den Horizont zulötete; diese ersten Jahre waren ohne Leben gewesen, nur davon erfüllt, auf einen Besuch hoffend hin und her zu laufen, und ihn zugleich zu fürchten aus Angst vor den eingeborenen Kannibalen der Gegend; dann habe ich eines Tages dieses Ufer verlassen, einfach so, ohne vorherige Überlegung, zunächst, um mich von diesem Strand und seinem vergeblichen Warten zu entfernen; dann, um das Innere der Insel zu erkunden und sie endlich einmal am Kragen zu packen; aus Sorge, nicht wieder der anfänglichen Furcht zu verfallen, hatte ich diesen Ort von meinen Äckern und Weiden gestrichen und aus meinem großen Zivilisationswerk entfernt; ich ging nicht mehr hin; kam nicht einmal in die Nähe, stieß ihn einfach zurück in seine niedere Wildheit; doch nun, in dem neuen Stolz, in dieser Befreiung, die mir endlich ein erschwindeltes Glück schenkte, konnte ich mit dem Schritt eines Großen Herrn zurückkehren, ungetrübten Sinns, ohne Furcht, nur mit der Befriedigung, in einem einzigen Blick den dramatischen Ort des Beginns und die Herrlichkeit zu erfassen, die ich mit eigener Leistung errungen hatte;

nach all den Jahren kann ich sagen, da war ich glücklich, ohne vergebliche Hoffnungsduselei, ohne räudiges Bereuen, einfach makellos in meiner souveränen Macht über dieses Fleckchen Erde; ich schaute heiter in die Zukunft; der Gedanke, hier zu sterben, schreckte mich nicht mehr; dabei erinnerte ich mich noch gut, dass diese Aussicht zu meinen ständigen Ängsten gehörte; denn auf dieser Insel hinzuscheiden, hätte meine Leiche den roten Ameisen und haarigen Krabben ausgeliefert, die ich so verabscheute; die Vorstellung von meiner zerfledderten Leiche hatte mich immer mit dem Gefühl niedergedrückt, vollends verflucht zu sein; daher schuf ich als eine meiner erhabenen Gründungsstätten einen Friedhof – hochtrabend dem *»Gedenken des Menschlichen«* geweiht; ich habe ihn auf einem Hügel aus Felsblöcken in einer windigen Einöde angelegt, dürr und von der Sonne geröstet, wo kein Wurm überlebte, daher von Natur aus unzugänglich für all die Eiterbeulen, welche Kadaver bearbeiten; genau da hatte ich mir ein Loch gegraben, es mit durchsichtigem Baumwollzeug ausgekleidet, daneben hatte ich außerdem eine Brustwehr aus geflochtenem Holz befestigt und mit einem Haufen Steine gefüllt; wenn ich mich in meiner Gruft ausstreckte, konnte ich bequem meine Beerdigung verfügen, indem ich mit einer Liane einen einfachen Mechanismus in Gang setzte; die Steine würden mich dann für alle Ewigkeit begraben, während ein Mast mit einer wehenden Leine an der Spitze allen vier Himmelsrichtungen den Ort meiner Bestattung anzeigte; im Fuß meines Grabkreuzes war ein Schriftstück versteckt zu meiner Person und dem Unglück, das mir widerfahren war;

von da an wachte ich über das geringste Absinken meiner Lebenskräfte vom Biss des Fiebers oder anderen heimtückischen Schwächungen meines Körpers und meines Geistes; beim geringsten Verdacht hielt ich mich in der Nähe meines Grabes auf, bis ich wieder gesund war, doch bereit, mich hineinzulegen, falls die krumme und eisige Spitze der großen Sense sich auf mich richtete; ich durchlebte so manche verzweifelten Momente, in denen ich zu gerne unverzüglich Schluss gemacht hätte, aber der Gedanke, meine Seele in solcher Einsamkeit auszuhauchen, so weit entfernt von allem, was möglich ist, gab mir den Mut weiterzuleben; an diesem Tag hatte ich jedoch vergessen, wo sich dieses Grab befand; ich hatte keine Angst mehr davor, hier zu sterben; ein ansehnlicher Teil der Insel war inzwischen zu meinem Werk geworden, ein schönes Kunstwerk, zu dem mein Tod würdevoll beigetragen hätte, trotz des üblen Treibens der Aasfresser; das Leben eines Menschen hat nur einen Sinn, wenn er es mit dem höchst möglichen Anspruch lebt: weder ein Tier zu sein, noch einer jener Wilden, die die Welt unsicher machen; das war mir gelungen; ich war zum Begründer einer Zivilisation geworden; jetzt, auf dem Strand des Beginns, wollte ich dies verkünden, im Angesicht der Drachen des Lichts und dieser Insel, dieses Ungeheuers grüner Macht;

*

kaum zu diesem Ausgangspunkt zurückgekehrt, ging mir die Frage nach meiner Herkunft durch den Sinn: ich wusste immer noch nicht, wie ich hier gelandet war, noch wann und warum; ich hatte mir vorgestellt, ich wäre ein Überlebender jenes zerschellten Schiffes, das ich zwischen den Kiefern der Riffe gefunden hatte, nur wenige Kabellängen entfernt von dem Ort, wo ich aufwachte; diese Fregatte habe ich erkundet und geplündert wie eine orientalische Höhle, wie eine Chronik der westlichen Welt, eine Reliquie der gesamten Menschheit, und sie hat mir das Material für den Beginn geliefert oder den Wiederbeginn; aber ich mochte lange die Hinterlassenschaften durchsuchen – Bücher, Pergamente, Register, die über die Jahre zu Staub zerfielen –, ich fand keinerlei Hinweise darauf, was ich hier sollte, warum ich hier war, woher ich kam und vor allem, wer ich war;

da war jene spannende Zeit gewesen, als ich die Fregatte durchwühlte; es stellte sich heraus, das Wrack war reich an

Werkzeug, Waffen, Abbildungen und verschiedensten Gerätschaften, so dass es mir bald zum Tabernakel einer höchst erstrebenswerten Welt wurde, mit der ich meine Vorstellungen lange mästen konnte; das Wasser hatte das Wrack zu drei Vierteln überschwemmt; Sand füllte die unteren Teile aus; die Laderäume blieben unzugänglich, aber wo ich nach Belieben stöbern konnte – bis ein plötzlicher Sturm das Wrack in einen verborgenen Winkel der Zeit beförderte –, habe ich genügend gefunden für den ... Wiederbeginn einer Zivilisation ... ja, wirklich, ein ganzes Zusammenspiel von Verhaltensweisen, Wertvorstellungen und Körperhaltungen habe ich von diesen abertausend Dingen hergeleitet; zuerst hatte ich, um meine Herkunft festzustellen, gegen sie eine wahre Inquisition betrieben, hatte auf jedem einzelnen von ihnen Hinweise, Namen, Orte, Kennzeichen einer Abstammung gesucht; doch ich konnte nichts entdecken, was sich völlig eindeutig auf mich bezogen hätte; daraufhin stieß ich in meiner köperlichen und seelischen Verzweiflung auf ein Köfferchen zur Geisterbeschwörung und Wahrsagerei; es war randvoll mit Kristallkugeln, eng mit Formeln beschriebenen Papierstreifen für Seancen, Karten, Würfeln, Kaurimuscheln, Zauberstäben, Liebestränken, Puder, Fläschchen und einem Haufen Hokuspokus, dessen richtigen Gebrauch ich nie herausfand; nach den Anweisungen eines vom Wasser zerfetzten Folianten streifte ich mir einige Kleidungsstücke über, die sich an Bord befanden, den Umständen entsprechend mussten sie ja von verstorbenen Seelen stammen; ich hatte ein großes weißes Tuch dazugetan, das ich aus dem vorderen Back geholt hatte, eine Art Leichentuch, es hatte wohl dazu gedient, bei den Bestattungen auf hoher See die Leichen über Bord zu werfen; davor hatte ich zehn Tage lang nur ungesäuertes Schwarzbrot gegessen, etwas aufgeweicht und voller Salz; ich hatte auf einem Teppich toter Krebse geschlafen; hatte vom Leichenfleisch fette Würmer verschlungen; hatte Weihrauch entzündet und um mich herum recht komplizierte Muster aus Vogelknochen ausgebreitet; dann rief ich die Toten, Geister, Gespenster herbei, die ganz ohne Zweifel in dieser finsteren Fregatte spuken mussten; nachdem ich ihnen, verpackt in spontan erfundene Zaubersprüche, eine Reihe Fragen gestellt hatte, war ich ganz Ohr für ihre Zeichen und Ratschläge; doch es kam nur ein schauriges Schweigen, manchmal ein Gruftgeruch, und der Gedanke drängte sich auf, dass ich mich sehr weit jenseits jeglicher Realität befand, in einer Weltgegend, wo die mächtigen Toten einer Chance nicht die kleinste Ritze ließen;

*

die einzige Möglichkeit, die ich zu erkennen glaubte (wie ein Riss in einer blinden Mauer), ging von dem Gehänge aus, das ich beim Erwachen verschlungen zwischen meinen Beinen fand; es hatte sich um ein Stück vom Bug gewickelt, mich angebunden und damit unverhofft eine Boje geschaffen; dieser Zufall hatte mich wohl vor den malmenden Riffen und vor manchem Treibgut geschützt, durch das ich gewirbelt sein musste, bevor ich ohnmächtig und ohne Gedächtnis in die Gischt des Strandes gespült wurde; da auch die Toten schwiegen, war ich gezwungen, mich nur an dieses Gehänge zu halten und an ihm festzuklammern;

auf einem der verzierten Riemen des Gehänges stand etwas geschrieben; ein Besitzsiegel, eine Kalligraphie in rotem Ocker; ein Name, der Name eines Mannes; da ich keinen Einzigen von der Schiffsbesatzung gefunden hatte, weder in den Gängen, noch in den Kabinen, noch in den Löchern der Brücke, und da in den darauffolgenden Tagen nur einige Leichen – halb aufgefressen, halb verwest – von den Stürmen an den Strand geworfen wurden, an denen jedoch nichts mehr zu erkennen war, weder was ihre Identität noch ihre Menschlichkeit betraf, war ich tatsächlich als einzig überlebendes Wesen in der Lage, den Namen eines Mannes zu tragen; angesichts der gähnenden Leere meines Gedächtnisses ging ich dazu über, mich selbst zu benennen: wie? ... natürlich der Inschrift ohne Herkunft und Titel folgend: Robinson Crusoe;

diese Inschrift war während der zwanzig Jahre ein Behältnis, das es zu füllen galt; das geschah nicht, um meine Identität zu behaupten, eher aus dem Willen zu existieren, wie wenn man einen Weg wählt auf der furchteinflößenden Karte dieser Insel; ich gurgelte den Namen viele Male, weinend, brüllend, kotzend, lächelnd, manchmal im Halbschlaf, in Anfällen von Irrsinn oder süßer Melancholie; diesen Namen sagte ich mir wieder einmal an jenem Morgen, aber in einer natürlichen, ruhigen Heiterkeit, die zu meinem Geisteszustand passte: *ich heiße Robinson Crusoe und ich bin der Herr über diesen Ort;*

das Geheimnis meiner Herkunft hatte mich ziemlich lange gequält, aber die Schrecken meines Überlebens gewannen schnell die Oberhand; ich war sogar ein wenig überrascht, dass diese Frage wieder hochkam, als ich nur einfach zum Ort des Anfangs pilgern wollte; in jenem Loch, das mir als Gedächtnis diente, verunsicherte mich noch etwas anderes, wie es mich stets bei allen meinen Selbstbefragungen verunsichert hatte; es waren nicht die Einzelheiten meiner Herkunft, auch nicht, ob sie vielleicht falsch waren; vielmehr fühlte ich meinen Ursprung mit etwas Unerträglichem verbunden, *mit einem unermesslichen Schmerz*, und dieser bildete (viel mehr noch als der Wunsch nach irgendeiner Abstammung) die Stelle, wo die Vergangenheit unlesbar in mir geschrieben stand: Ich trug den Schmerz in mir, ohne zu wissen, woher er kam, auch wenn ich mir unentwegt einredete, dass die Herkunft nicht wichtig war – wichtig war nur, ich war Robinson Crusoe, der einzige Herrscher nach Gott und Herr über diese Insel;

*

mein neuer, durch zwanzig Jahre des Überlebens gefestigter Adel, war also in dieser Gravur enthalten: zwei Worte, ein Name, nicht mehr als eine Spur und ohne Wappen; ich sagte mir, es sei schön, sich von einem fehlenden Ursprung herzuleiten; das stand dieser Majestät ohne Zuschauer gut an, die ich bekleidete; der Gravur verdankte ich, dass alles, was ich geworden war, nur von mir emporstieg, aus mir entsprang, ohne Abstammung, ohne Ahnen, und das erste Stadium dieser Geburt zu mir selbst war wohl genau in dem Moment vollendet, in dem ich als Schiffbrüchiger auf diesem verwünschten Strand erwachte;

*

mein Erwachen ... dieser Schmerz ... ein Riss in meinem Bewusstsein war plötzlich zu einer brüllenden Fackel geworden; ich blickte mich um, ohne zu begreifen, wo ich war, schon hatte die furchtbare Realität dieser Insel das Weiß meiner Wahrnehmungen besudelt: dies sollte bei mir jahrelang für ein mehr oder weniger lebhaftes Grauen sorgen, mal mehr, mal weniger deutlich spürbar; aber, Herr, wir wollen zu dem Moment zurückkehren, als ich auf Land traf ...

ich kam zu mir, verstört, schwindelig, ganz fiebrig und voller Elend, unfähig zu begreifen, wo ich war; die Sonne ging irgendwo unter, in Gluten, die sich aufgrund meiner Verwirrung in den Schein einer Schmiede verwandelten, oben auf dem pflanzlichen Ungeheuer, das diese Insel darstellte; mich erfasste das Grauen bei dem Gedanken, es hätte mich vielleicht an einen dieser Orte verschlagen, die so sehr gefürchtet sind bei den ältesten Seeleuten, in denen Tausende Schiffe mitsamt ihren Besatzungen für immer verschwinden; ich riss die Augen auf, aber ich verfügte über keinerlei Anhaltspunkte, alles war fremd, nein, mehr als das, tot für jede vertraute Bedeutung; ich musste Blick und Geist voneinander trennen, um dem, was ich wahrnahm, einen Anschein von Verständlichkeit zu verleihen; der Schrecken vervielfachte die kleinste Regung der Blätter, das kleinste Gleiten der Meerestiere oder das vermischte Geschrei unsichtbarer Insekten und bizarrer Vögel ins Grauenvolle; meine entgeisterten Augen verwandelten jede Form in einen grinsenden Vampir, jede Spitze wurde zu einem Hauer, jede Krümmung geriet zu einer Klaue; was keine Gestalt hatte, wurde zu einem dämonischen Gebräu oder einem glibberigen, gefräßigen Gewimmel; das vor mir aufgebäumte Meer, das mit seiner sauren Gischt an mir leckte, war nur noch ein kollernder Bauch, der verdaute, was der letzte Sturm übriggelassen hatte; die Luft war geschwängert von dem Modergeruch toter Algen, der die Orkane mit einer Aureole umgibt, und ihnen noch lange nachhängt, ein Geruch, passend zur vollkommenen Verzweiflung;

ich flüchtete auf einen Baum und krümmte mich auf dem dünnsten Zweig zusammen, an der äußersten Spitze, die noch mein Gewicht tragen konnte; ich hielt dem Himmel meinen Rücken hin und richtete mein ganzes Bewusstsein auf die Bedrohungen am Erdboden, prüfte jedes Blatt, suchte im Kleinsten nach dem Vorhandensein einer erleuchteten Pupille, während sich die hereinbrechende Nacht ausbreitete; ich verbrachte sie ganz mit Wachen, Zittern, Kotzen, spürte die Berührung von Drachen und ich weiß nicht welchen Gekreuchs in der Art von Golems oder Loas; bei Sonnenaufgang fand ich mich völlig erschöpft vor Müdigkeit und Ängsten quer an den ziemlich sich biegenden Zweig geklammert, und wäre fast von den zehn Metern Höhe hinuntergefallen, auf die mich das Grauen wie von allen Teufeln verfolgt hinaufgejagt hatte;

*

mein erster Morgen war dem Abschreiten dieses Strandes gewidmet, ängstlichen Schrittes, schüchternen, verzweifelten Schrittes; da ich mich fiebrig fühlte, hatte ich mir ein Gebräu aus Rum und Tabak bereitet, das ich mehrere Minuten schlürfte, womit ich mir dann den Leib einrieb, bevor ich mich irgendwo für die Nacht verkroch; ich kehrte der Insel den Rücken, da sie mich nicht interessierte; sie erschien mir zugleich tot und bedrohlich, entvölkert und wimmelnd vor Leben; ich suchte sie zu vergessen, um mich nur dem Anblick des Meeres zu widmen, in der Hoffnung auf das geheimnisvolle Schiff, das mich hergebracht hatte; so vergingen die Tage; einer wie der andere, ich weiß nicht wie viele Tage, wie viele Wochen, mit dem Pflügen des Sandes während meines pharaonischen Wartens, fröstelnd vor Hunger, knisternd vor Durst; am Ende meiner Kräfte verschlang ich Muscheln oder zarte Algen, nicht ohne sie mit frommer Zunge zu desinfizieren, kurz bevor ich sie schluckte; aus Furcht, nicht an der richtigen Stelle zu sein, lief ich von dem Punkt, an dem ich erwacht war, dreißig Ellen weit zur einen und anderen Seite; diese besessene Vermessung hinterließ am Ende im Sand eine Furche von mehreren Daumen Tiefe; sie legte eine Grenze zwischen die Gischt und die Insel, und strahlte so viele Ängste aus, dass die Krabben wegliefen; die Riesenschildkröten, die zum Eierlegen herkamen, eine abrupte Wende vollführten, wenn sie an sie stießen; aber das verzweifelte Hin und Her dehnte sich in die Länge, bis es mich auf einen vorgelagerten Hügel führte, von dem aus ich plötzlich die Fregatte entdeckte: wie eine Stadt ruhte sie zwischen scharfen Riffen, bereits alt und verwittert, aus ihr stiegen seufzend Gerüche auf, die nach Aussagen der ältesten Seeleute das Erscheinen echter Geisterschiffe ankündigen; meine Erleichterung war also von kurzer Dauer; es konnte nur dieses Schiff gewesen sein, das mich an diesen verwünschten Ort gebracht hatte, und doch schien es schon seit tausend Jahren dazuliegen; seine Segel hingen trostlos am Mast und sein deprimiertes Tauwerk sah aus wie Spinnweben, durchlöchert von vorzeitlichen Winden; ich war im Sand auf die Knie gesunken, in völliger Verzweiflung, aber mehr noch in eine Spirale von Unmöglichkeiten geraten, und mein geistiges Gleichgewicht taumelte da hinein;

*

diese tiefe Verständnislosigkeit rührte von zwei entgegengesetzten Eindrücken: auf der einen Seite das Rätsel, wie es mich an einen solchen Ort verschlagen konnte; auf der anderen Seite das Gefühl, schon seit einer Ewigkeit hier zu sein, wie der Sand oder die Krebse; die Verunsicherung, dass ich hierher gehörte und auch wieder nicht, von außen bedroht war und von innen gebeutelt, sollte am tiefsten Grund meines dramatischen Daseins auf dieser hoffnungslosen Insel immer bestehen bleiben; kein Vogel, kein Gewürm, kein Blatt, keine Frucht, kein einziges gewöhnliches Ding war mir vertraut; jedes Detail war ein Schrei tödlicher Feindseligkeit; der Himmel war ein Deckel und das Meer eine Mauer, all das vermengte sich ohne Ende, bis es zu einem Gefängnis wurde, dessen unsichtbarer Zugriff gleichsam an jeder Fiber meines Fleisches haftete;

*

sehr bald wappnete ich mich gegen die feindselige Macht; ich ging daran, mir einen annehmbaren Unterschlupf zu schaffen, indem ich eine Grotte herrichtete; sie lag in einem Geröllfeld aus großen vulkanischen Brocken, eingebettet in das Wurzelwerk dreier Banyanbäume; anschließend verbrachte ich Wochen damit, alles dort anzuhäufen, was ich von der Fregatte hatte bergen können, bevor sie plötzlich verschwand; um meine notdürftige Behausung herum baute ich Zäune aus Bambus, mit dornigen Zweigen verstärkt, um die blutgierigen Raubtiere fernzuhalten, die sich nach meiner Vorstellung dort herumtrieben; Tag für Tag verbesserte ich meine Sicherungen, entfernte mich aber nicht zu weit von dem Strand und von bestimmten Büschen, deren trockenes Holz in Feuer und Flamme gesetzt werden sollte, sobald ein Segel am Horizont auftauchte; zu diesem Zweck legte ich Zunder neben jedem Busch bereit, ein bisschen Kanonenpulver und einen Feuerstein; ich gelangte zu der Fregatte auf einem Floß aus gummihaltigem Holz, vertäut mit Lianen, deren geflochtene Seile in trockenem Zustand Hanf glichen; ich verteilte darauf so viel Ladung wie nur möglich, dann ruderte ich mit großen Schlägen zurück ans Ufer, um möglichst rasch dem Sog der Riffe zu entkommen; ich hörte erst bei völliger Dunkelheit auf, und noch vor Tagesanbruch begann ich wieder; manchmal saß ich auf der Fregatte fest: Haiflossen zogen durch die Passage; oder aber große Rochen mit schwarzen Flügeln, die wie Teufel aussahen, lungerten ohne Grund im Gewässer bei dem Wrack herum; ich wartete ab, bis die Plagegeister sich getrollt hatten, um meine Beute in Sicherheit zu bringen; am Ende zog sie sich wie ein echter Trödelladen den ganzen Strand entlang: *Taue, Stücke von Segeln, Kreuzäxte, Hämmer, Nägel, Hobel, Mützen, Kettenenden, Säbel, Harpunen, Pulverfässer, Kalfathämmer, Karabiner, Pistolen, Ölkannen, Hängematten, Zelt aus festem Tuch, Schnüre,*

Nadeln, Fässer mit Schiffszwieback, Meißel, Rumfässer, Seziermesser, Flaschen mit verschiedenen Getreidekörnern, Salzfässer, Gabeln, Stiefel, Kniehosen, Metalltruhen, Kästen und Koffer mit Vorhängeschlössern ... diese Anhäufung von Gegenständen beruhigte mich ungemein, als bildeten sie zwischen mir und der Insel einen wohltuenden Wall; ich wurde nicht müde, sie in wildem Eifer herüberzubringen, mit Lust zusammenzutragen, um anschließend ihre barocke Ausbreitung über gut zehn Meter zu betrachten, während ich sie Stück für Stück in meinem Kopf aufzählte ... *Ahlen, Teekannen, Zuckerdosen, Schwämme, Schlüsselbunde, Winkel, Fernrohr, Suppenschüsseln, Schmuckkästchen, Geschirr und Küchengeräte, Bürsten, kleine Kugeln, Scheren, flache Feilen, Armbrüste, Gewehre, Kistchen, runde Feilen, Dosen mit Angelblei, Teller und Töpfe, Kruzifix* ...;

aber während der unentwegten Überfahrten und ersten Festungsanlagen ging ich auch daran, mir innerlich eine Rüstung zu schmieden, die möglichst menschlich war: Das eine Auge in der Erwartung eines Segels auf den Horizont gerichtet, stellte ich mir einen Vater vor, eine Mutter, Geschwister, ein Dorf irgendwo auf der Welt, ich ersann mir Völker von Vorfahren, die mir diesen Trödelladen vererbt hatten, ich bevölkerte die Gegend um den Strand mit einer Menge Dämonen meiner Sippe und Göttern meines Stammes, den Hütern meiner Wiege ...; auf dieser Grundlage begann ich, meinen Namen *Robinson Crusoe* zu bewohnen und in ihm meinen Platz zu sichern; die vom Wrack geborgenen Gegenstände bescherten meinen Vorstellungen einen westlichen Einschlag, ich war Fürst, Kastilier, Ritter, Würdenträger einer Tafelrunde, Führer von Legionen; ich bewegte mich zwischen Schlössern und Gärten von Adelshäusern, durchschritt weite, mit Samt ausgeschlagene Säle; streifte auf schmierigem Pflaster durch Gassen im schummrigen Licht der Öllampen; kam an Weizenfeldern entlang, die am Fuße hoher Festungsmauern endlos wogten ...; aber aus den Löchern meines Gedächtnisses stiegen fremdartige Bilder: Massen dunkler Wälder triefend vor Moos, Städte mit Erdhäusern in einer Aureole aus Asche und Jasmin, Sanddünen bis in den Schlund der Unendlichkeit, Klippen voll schwarzer Vögel, die mit aschebedeckten Flügeln schlagen, oder aber Rufe von Frauen, in denen sich Todestrauer und Freudengesang mischen ...; hinzu kamen viele Merkwürdigkeiten, die aus meiner innersten Substanz aufzusteigen schienen – *die Ankunft eines Schakals bringt Götter in Verlegenheit ... schwarzweiße Eidechsen weben Stoffe ... Zwillinge in einer Kalebasse voller Hirse ... Armbänder von Priestern klappern um eine gehörnte Maske ...* – aber sie waren so unvereinbar mit allem anderen, was ich heraufbeschwor, dass ich sie als Erinnerungsreste einem prahlerischen Seemann zurechnete, den ich wohl einmal getroffen hatte; denn wenn ich meine von den Gegenständen abgeleiteten Vorstellungen und meine dunklen Erinnerungen zusammenbrachte, ergab das nur Chaos: jede Möglichkeit, meine wahre Herkunft zu klären, entschwand;

*

wie auch immer, die Trugbilder erwiesen sich nicht als sehr beständig; wenn ich mich der feindlichen Macht dieser Insel und ihrer Umgebung entgegenstellte, wurde mir mitunter so schwach, dass ich für meine Person das Fehlen einer Herkunft einräumte; jeden Halt verlierend, sah ich mich dann als Krebs, als Tintenfisch in seinem Loch, als Tintenfischchen in einer Brut von Tintenfischen; ich ertappte mich dabei, wie ich den Kröterich gab, in den Luftblasen eines Sumpfs; aber das Schlimmste trat am tiefsten Punkt der Abwesenheit des Ich ein: Mein Blick blieb dann nirgendwo haften, er erfasste gerade noch den Lichtschein um die Dinge, die mich umgaben; ich begann zu schnüffeln, zu grunzen und die Ohren für die Umgebung zu spitzen; in diesen Momenten hatte ich beim Gehen den Mund aufgesperrt, so dass mir der Geifer herunterlief, und es war mir am wohlsten, wenn meine Hände neben meinen Füßen mitgaloppierten; ich kam da wieder heraus (wer weiß wie!), und um mir einen Rest Menschlichkeit zu bewahren, kehrte ich zu meinem Faselfieber zurück, das lange Jahre meinen Geist beherrschen sollte; ich fand einfach nichts Besseres, als mir meine eigene Geschichte auszudenken, meinen Ursprung in eine Legende zu legen; ich schrieb sie mir auf die verwaschenen Seiten eines dicken, aus der Fregatte geretteten Registers, mit dem Gefühl, sie mir anzueignen, wann ich wollte griffbereit; sicher stammte diese Legende aus einem oder zwei großen Büchern, die irgendwo in meinem Geist verborgen lagen; Bücher, die schon von anderen geschrieben waren, und die ich nur wiederschreiben, zerschreiben musste, indem ich den Raum zwischen den Sätzen, zwischen den Worten und dem, was sie bezeichneten, erweiterte und sie dann mit dem füllte, was ich wurde, ohne es wirklich zu wissen, und wonach ich strebte, ohne jedoch in der Lage zu sein, es zu sagen;

während der ersten Jahre der Geburt zu mir selbst hatte ich mich also immer als der Zivilisierte ausdrücken wollen, der ich zu sein glaubte, und mit Wort oder Schrift den Menschen geheiligt, der zu werden ich mich anstrengte; in allen Ecken der Insel waren Worte, Sätze, Verse aus dem Büchlein angebracht, die anzeigten, hinwiesen, bezeichneten, erinnerten, exorzierten, etikettierten, planten, wiederholten, heraufbeschworen ...: *Garten der Lüste ... Gefährten der unsterblichen Wagenlenkerinnen ... Weg des Willens ... Würde ... Richtig ist, dass Seiendes ist ... Platz der Erinnerung ... Mut ... Friedenskapelle ... So bleibt einzig noch übrig die Rede von dem Weg, dass ist ... Harmonie und Mut ... Basilika der Rückkehr ... Also muss es entweder ganz und gar sein oder nicht ... Gebete ... Arche der göttlichen Fügungen* ...; ich setzte sie für meinen Überlebenswillen ein, nicht nur, um mir in dieser trüben Einsamkeit, die nur das Grunzen förderte, die Sprache zu bewahren, sondern vor allem in der Absicht, koste es, was es wolle, die Schrift zu retten, die – mehr noch als die Sprache – hier vollkommen unnütz war;

aber bald war mir bewusst, dass die Einsamkeit trotz alledem meine Worte angriff, mein inneres Sprechen verfälschte, mein Schreiben verwirrte, da es sich nie an jemanden richtete; man kann sagen, durch diese Gefängnisinsel wurde ich dazu gebracht, eine ungeheure Vielzahl an Zeichen und Symbolen aufzustellen, hinter denen ich mich nach Belieben bewegte und die ich mit ebenso großer Freiheit deutete; Kreuze und Dreiecke, Kreise mit einem Punkt, Buchstaben und Ziffern schüttelte ich aus dem Ärmel, um meine Wohnstätten auszukleiden und meine gewohnten Wege zu schmücken; das alles diente mir dazu, mein inneres Gleichgewicht zu stützen und zugleich eine verständliche Landschaft zu schaffen; die Hartnäckigkeit, mit der ich mir den »Ausdruck« bewahrte, stellte für mich das Wesentliche des wahren Menschen dar; ich hatte es so angefangen, ohne nachzudenken, aber diese Eingebung erwies sich als wertvoll; ich wusste nun, dass man sich mit dem »Ausdruck« selbst entwirft, dass man sich mit ihm aufrechterhält; darüber war ich recht glücklich;

ganz am Anfang jeden Ursprungs steht das Wort; im Laufe dieser zwanzig Jahre entdeckte ich diesen Satz allmählich neu; schon bald hatte ich das recht naive Bewusstsein, mir mein eigenes Schöpfungswort zu erfinden, völlig frei, wenn mit ihm wohl auch eine wachsende Fassungslosigkeit einherging, was ich eigentlich ausdrücken konnte oder wollte; aber der »Ausdruck« hat nicht die Aufgabe, verständlich zu sein (genau wie die Literatur, nehme ich an) – er dient zunächst dazu, die innere Autorität dessen aufzubauen, der ihn prägt; aus diesem Grund übte ich während dieser zwanzig Jahre eine Schrift der Luft und der Materie, ich zeichnete den Boden mit ihr, ich machte sie zu Pollen im Wind, tätowierte die Haut des Regens, die Rinde der Zimtbäume und die Helligkeit der Vollmondnächte, bevölkerte mit ihr meine Albträume und meine fieberhaften Schlaflosigkeiten; zu meinen stabilsten Zeiten begnügte ich mich damit, diese Schrift in meine verwaschenen Bücher niederzuschreiben, der Sinn verdichtete sich manchmal derart, dass das Geschriebene zu Zeichen wurde, sie waren die einzigen Wegmarken für meinen Geist, der sein Fundament sicherte;

dieser glühende Eifer, »sich auszudrücken«, fügte sich in meine weiter reichende Ausübung der Rituale ein; das Menschliche kommt nicht ohne Rituale aus, und selbst wenn viele Tiere gleichfalls so manche Ritualisierungen kennen, kein menschlicher Geist geht seinem Elend entgegen, ohne Rituale als Krücken zuhilfe zu nehmen; aber die Rituale, die ich ins Werk setzte, waren keinesfalls von der niederen Brut wie die dunklen Zeremonien, die manche Wilden veranstalten; jeder Sonnenaufgang während dieser beiden Jahrzehnte brachte bei mir einen strahlendhellen, geregelten Mechanismus in Gang; beim Erwachen grüßte ich zuerst den Tagesanbruch, indem ich mit ausgebreiteten Armen einen der rätselhaften Sätze des Büchleins deklamierte:

> *… wenn schleuniger sich sputeten die Sonnenmädchen,*
> *mich voranzufahren, hinter sich das Haus der Nacht,*
> *dem Lichte zu, und von den Häuptern mit Händen*
> *die Schleier aufschlugen …*

anschließend läutete ich die Glocke, wovon meine Zicklein und meine indischen Ratten geweckt wurden, meine Papageien und mein restlicher Tierbestand aus dem Häuschen gerieten; danach bereitete ich mir, als Herr und gleichzeitig als Diener, mit Gesten, die zu Perücke und Handschuhen gepasst hätten, mein Eröffnungsmahl, Käse, Corossolfrucht, Weizenfladen und Ziegenmilch, dazu Kuchen aus Maniokmehl; ließ mich unter meinem großen Kapokbaum nieder, statt an einem Esstisch auf zusammengezimmerten Planken; für mich war es jedesmal ein Entzücken, die gestickten Tischtücher, das asiatische Porzellan, das gepunzte Besteck, die

Karaffen aus Aubagneglas mit Regenwasser, sowie ein ganzes Protokoll von Geräten aus Silber hervorzuholen, einzig um mir die Frauenhände vorzustellen, die das einmal berührt hatten; nach dieser Mahlzeit schritt ich zur Hissung meiner kleinen Flagge, sie war ebenfalls mit lauter Sätzen vollgeschrieben, deren Sinn ich nicht eindeutig hätte festlegen können; darauf folgte die Lektüre der Verfassung, ich hatte sie schon vor längerer Zeit aufgesetzt – dieser Text feierte so viele wichtige Grundregeln, dass ihre tägliche Verkündigung einen Schutzwall zwischen mir und der Insel errichtete; gleich nach der Verfassung kamen einige Lehrsätze an die Reihe – wie etwa *»Immer das Kinn über dem Schlüsselbein halten«, »Den Mund nicht offenstehen lassen«, »Gegessen wird am Tisch und auf einem Stuhl sitzend«, »Den Rücken hält man gerade, senkrecht zur Sonne«, »Man furzt nicht, die Befriedigung des Furzens gebührt nur dem Tier«, »Man soll sich ständig beobachten und zureden, das stützt die Wirbelsäule«* ... – oder von der Art wie: *»Es gibt einen Gott«, »Der Teufel kann auch schön sein«, »Es gibt immer Grund zur Freude!«, »Denk jedesmal über Ehre nach, wenn du eine rote Frucht siehst«, »Denk jedesmal über Würde nach, wenn du eine gelbe Frucht siehst«, »Da die Welt rund ist, kommt jede abdriftige Insel einmal irgendwo an«* ...; ich zitierte auch einige Absätze aus meinem Strafgesetzbuch, drei aus meinem Bürgerlichen Gesetzbuch, sechs aus meinem Handelsgesetzbuch; ich ergänzte ein paar Einträge auf meinem Katasterplan und sagte mir laut die Bürgerpflichten her, auf die ich bei jedem Neumond schwören musste ...; unmöglich, Ihnen alles vorzutragen; die unüberschaubare Vielzahl war ihr eigentlicher Zweck; die Verordnungen waren zahlreicher als die Angelegenheiten, die sie wirksam regelten; außerdem betrafen eine Menge Verfahrensweisen die Tiere, Weiden, Felder, die Ausbesserungsarbeiten, die Zeiten für das Schreiben und das Lesen in dem Büchlein ... ein Gerüst streng festgelegter Handlungen, sie haben mein trauriges Dasein einer Mensch-Insel auf dieser Gefängnisinsel aufgehellt; meine Rituale nahmen Tag für Tag zu, bis sie den gesamten Raum meines Gehirns, aber auch die gesamte Insel eingenommen hatten; da sie hinter ihrer Autorität verschwand, stellte sich die Insel meinem Bewusstsein als gerade eben gezähmt dar ...;

*

wenn ich nachdachte, sagte ich mir manchmal, dass das Szepter der Zivilisation in seinem Zug im Laufe der Jahrtausende von einem Volk zum anderen an Kraft gewonnen hatte und nun mir auf den Kopf gefallen war – mir allein! –, ohne dass ich wusste, an welchem Ende ich es anpacken sollte; ich habe es aus der Fregatte geholt und hochgehalten, so gut ich konnte, mit dem Gefühl, dass es dieses Mal nur mich selbst anging; aber im Laufe der Jahre begriff ich, dass dieses Szepter auch durchaus individuelle Geschichten erlebt hatte, und dass es auch in seinen kläglichsten Abenteuern immer um die Frage des Menschlichen ging, selbst wenn in dem gigantischen Spiel um sie gewürfelt wurde; die Aufgabe hat mir häufig den Rücken gestärkt; mich zugleich erschreckt; ich war gewissermaßen ein Erwählter;

*

auf diese Weise hatten die Tage und Jahre sich gegenseitig verschluckt, einer nach dem anderen, während die Nächte nur eine starre, von Albträumen heimgesuchte Dauer darstellten; wenn ich es auf meinem Lager aus getrockneten Blättern nicht mehr aushielt, da mich die allmächtige Insel wieder einholte, indem sie ihr bedrohliches Auge auf mich richtete, setzte ich mich aufrecht an einen Tisch aus Gummibaumholz; dort erledigte ich meine nächtliche Schreibarbeit, im Lichte kleiner Funzeln aus Fledermausfett, das ich von der Rinde eines ächzenden Baumes kratzte; anstelle von Licht verbreiteten die Funzeln einen rötlichen Talgschein, so dass mein Schreiben – mein Rest an Menschlichkeit – von ihnen das ständige Zittern annahm – eine besorgniserregende und daher wertvolle Schwäche ...;

*

es kam eine Zeit, da ich mich nicht mehr selbst bemitleidete; ich widmete mich mit Leib und Seele den Ritualen, jeden Tag fielen mir neue ein; ich verkündete die neuen Maßnahmen und führte sie stantepede durch; es war mir die reine Freude, sie so überreich ringsum aufschießen zu sehen, und wie sie der bösartigen Insel die Stirn boten; zu mir selbst stellte sich keine Frage mehr, es gab nur die Insel, ihre feindliche Masse und ihre Gefahren; die metallische Masse des Himmels über ihr war mir derart unerträglich, dass ich so manche Jahreszeit damit verbrachte, Götter der Sonne oder des Windes in sie hineinzudeuten, mir dort oben wolkige Harpyien auszumalen, die fähig waren, Schiffe anzulocken; die Gewitter stellten für mich nur die grollenden Flüche wer weiß welchen Ungeheuers dar und selbst der friedlichste Mond war nie etwas anderes als das gefühllose Auge des Gefängniswärters; zuweilen verzichtete ich für ein bisschen Verstand auf diesen magischen Geist, bemühte mich stattdessen um wissenschaftliche Beobachtungen, mit deren Hilfe ich die heftigen Regenfälle oder die zerstörerischen Zyklone vorhersagen wollte; ich unternahm auch viele Studien zu dem Zweck, die genaue Grenze zwischen der Regen- und der Trockenzeit zu ermitteln; aber diese Linie schwankte in einem so breiten Strom der Veränderlichkeit, dass ich immer wieder zu der Annahme zurückkehrte, das alles wäre von einer wankelmütigen Göttin bewirkt; aus meinem Kampf lernte ich immerhin, den Himmel in seiner kalten Feindseligkeit zu erkennen, ohne dass etwas von ihm kommen konnte, daher gab es auch keinen Grund, etwas von ihm zu erwarten; ich achtete darauf, dass dieses Fehlen jeglichen Wohlwollens sich in keiner Weise auf meine Laune auswirkte;

ebenso verfuhr ich mit dem Meer – oder vielmehr dieser Mauer gleißenden Lichts und hysterischer Launen –, so viele Male hatte ich es angefleht, in meiner Einbildung mit so vielen rettenden Schiffen beladen; ich hatte es mir zum Verbündeten machen wollen, indem ich aus dem Stamm eines Gummibaums eine große Piroge aushöhlte, deren Seiten ich über einem offenen Feuer weitete, um sie mit Querhölzern zu stützen; für das größtmögliche Gleichgewicht baute ich ein paar Ausleger aus Bambus an, einer Technik von Wilden folgend, die mir in meiner verlorenen Vergangenheit wohl einmal begegnet war; ich schnitzte auch Ruder aus Eisenholz und fertigte lange Stangen, um zwischen den Riffen hindurchzugelangen; ich opferte sogar einige Zeit, um aus ein paar Stücken Tuch Segel zu nähen und sie um einen Notmast mit Tauen zu verbinden, die in einem ziemlich ausgeklügelten System zusammenwirkten; all dies hielt mich fast ein Jahr lang in einer verrückten Hoffnung, währenddessen der Ozean freundlich auf mich zu warten zu schien; der Nachteil war nur, dass der gefällte Gummibaum sieben Meilen vom Strand entfernt lag; mir gelang es zwar mit verbissener Mühe, ihn in weniger als einer Jahreszeit über zwei Meilen zu schieben, aber dann stieß ich auf eine riesige, über einen Abgrund ragende Vulkanbombe; dieses Hindernis zu umrunden hätte eine derartige Anstrengung erfordert, dass das Ganze in die Akte meiner unerledigten Unternehmungen abgeheftet wurde, welche, auch wenn sie schon weit gediehen waren, leider für immer unfertig blieben; dennoch verzichtete ich erst endgültig auf das Vorhaben, als ich entdeckte, dass meine Piroge dabei war, in üppigen Schösslingen zum Licht zu streben, und gewahrte, wie weit die am Boden klebende Seite in diesen schon Wurzeln getrieben hatte; mit einem Schlag verlor der Ozean alles Tröstliche;

so vergiftete sich im Lauf der Jahre und meiner Entsagungen auch das Meer, bis es ein feindseliger Schlund geworden war – ein Dschungel, der mit meinen Seegesetzen gegen Haie, Quallen und Nesseltang gebändigt werden musste; an jedem Neumond stellte ich mich auf einen der Felsvorsprünge, wo sich unten der Ozean heranwirft, so dass man meint, er will die Insel verschlingen; von dort hielt ich ihn mit Proklamationen, Dekreten, Patentbriefen und ausgefeilten Polizeimaßnahmen in Schach, ergänzt durch einige bedingungslose Edikte; der Artikel Sieben meiner Seerichtlinien untersagte etwa den Wellen, eine schwarze oder dunkle Farbe anzunehmen, nur helles Indigo und Jadegrün war erlaubt; ich brachte Ordnung in die Stürme, indem ich sie verpflichtete, sich anzukündigen, und legte mit eiserner Strenge die Entfernung fest, wie weit sie auf das Land vordringen durften; ich verhandelte den Fang von Kofferfischen, entzog den giftigen Fischen die Aufenthaltserlaubnis, regelte die Ausbreitung der Krabben, den Landgang der Schildkröten, den Besitz der gestrandeten Schiffe oder der Schatztruhen, deren letztere die Wellen ohne Erhebung einer Steuer abladen durften ...; ich erließ äußerst strenge Bestimmungen zur Landung, wen auch immer es betraf, indem ich das einwandernde Gelichter verpflichtete, in aller Form vorstellig zu werden und sich einer amtlichen Quarantäne von mehr als dreißig Tagen zu unterziehen ...; nachdem ich zuvor alle Hoffnung auf das Meer gesetzt hatte, unterwarf ich es jetzt zugegebenermaßen einer unbarmherzigen Diktatur, wies es unerbittlich in seine Schranken und in das Gift des bösen Hasses zurück, den es mir entgegenbrachte ...;

aber ach, als ich es schaffte, die Feindschaft des Himmels hinzunehmen, als ich dies Meer ohne Bittgesuch zu betrachten vermochte, als ich in der Lage war, nicht mehr auf das Erscheinen eines Segels zu warten, als ich abgesehen vom Segel auch nichts anderes mehr erwartete, was aus ihm hätte auftauchen können, nun, just in diesem Moment, ohne dass mir das bewusst wurde, war der Gedanke an das Menschliche und seine Existenz restlos in mir versunken;

und so sollte ich es herausfinden ...

*

ich schritt also auf diesem verwünschten Strand voran, meinen Ruhm bedenkend, als plötzlich etwas Ungewöhnliches meine Aufmerksamkeit fesselte; der Strand war wie ein wimmelndes Fell – das Wort lebendig vermeide ich, da es mir immer widerstrebte, dieser Insel ein erträgliches Leben zuzusprechen –, auf Schritt und Tritt stieß man auf Krümel von Wracks, Reste ertrunkener Städte, herangewehte Kirchenasche oder auf winzige Perlen in den Kiemen toter Fische; in der ersten Zeit meiner tristen Einsiedelei tauchten unablässig tausendjährige Leichen aus den Flanken der Fregatte empor; auch nach den vielen Jahren noch war ich darauf gefasst, über eine von ihnen zu stolpern in ihrer gewohnten Undefinierbarkeit, das heißt, ein Allerlei aus Knochen in einem unsterblichen Gallert, das die Sonne in Tausenden Blasen zum Zerplatzen brachte; wenn ich einen dieser Kadaver entdeckte, hatte mich dies anfänglich schwer mitgenommen, später berührten sie mich immer weniger; ich erinnere mich auch, wie ich mich zu Beginn um ihre Bestattung bemühte, indem ich sie im Sand vergrub, bis ich herausfand, dass das Meer sie stets herausholte und dann mit seiner grausigen Beute weiterzog; ich entdeckte auch, dass unzählige aasfressende Lebewesen sich auf dieses Gebräu stürzten und die zufälligen Gräber in abscheuliche Ansammlungen von Gefräßigkeit verwandelten; schließlich mied ich diese menschlichen Überreste, das Meer spülte sie weiter an, doch ich überließ sie der Barmherzigkeit der Sande; sie verschwanden ziemlich rasch, vom Wirken der Sonne ausgetrocknet, von nomadischem Krebsgetier verschleppt, in Auflösung wie Tintenfische, es blieben von ihnen nur dunstige Seelen, wie ich sie manchmal über Kraken zu sehen glaubte, die zwischen den Mandelbäumen herumtorkelten ...;

obwohl diese alten Erinnerungen auf mich einstürzten, blieb mein Blick wachsam, musterte jede Einzelheit auf diesem feindlichen Strand; wie ich näherkam, lösten sich die Dinge aus dem gleißenden Einerlei, erfassten meine Pupillen, gerieten ins Zittern und lieferten sich plötzlich der Heiterkeit meines Blickes aus; und so sah ich es;

eine Form, ungewöhnlich, Teil des Sandes, aber verfestigt, als hätte man sie erhalten wollen; bevor ich noch verstand, um was es sich handelte, machte mein Herz klar zur Flucht; meine Beine gaben nach; ich fiel auf die Knie; fast kriechend näherte ich mich der verstörenden Form; ich begann sie anzusehen, wie man eine ganze Welt betrachten würde; da war keine Schildkröte ausgeglitten, noch war es die Kuhle vom Mittagsschlaf eines kleinen Lamantins; ich wollte mir einreden, ein großer Vogel hätte sich dort hingesetzt, wäre wer weiß warum ausgerutscht und hätte so diese einmalige Form hervorgerufen; ich dachte auch an die Legende von gewissen Teufelinnen, die zur Täuschung der Leute den Abdruck ihres Schuhs verändern, damit er unerkennbar wird; in einigen Millisekunden gingen mir Millionen Möglichkeiten durch den Sinn; sie zogen mit der schleimigen Gewalt einer Flut von Quallen durch meinen Geist; dann sah ich, während mein armes Herz in wilder Flucht galoppierte, während frostiger Schweiß mir die Haut zerfurchte, endlich ... eine Ferse ... die Krümmung einer Sohle ... die typische Anordnung einer Reihe von Zehen ... und jede Zehe läutete in meinem Kopf alle Alarmglocken von Hass, Wut, Bedrohung, das Ganze jedoch vermischt mit dem unbegreiflichen Schwall einer irren Begeisterung – es war der Fußabdruck eines Menschen;

*

mein erster Impuls war, auf den nächsten Baum zu flüchten; aber wie ich schon den Stamm umfasst hatte, fiel mir die erste Nacht wieder ein, und da ich nicht die gleichen Schrecken nochmal durchleben wollte, stürzte ich in die Deckung des Waldes, rannte dort wie ein Besessener weiter, ohne genau zu wissen, ob nach Süden, nach Norden oder Osten; meinen Hut, meinen Sonnenschirm, meine Pistolen und Musketen hatte ich schon verloren; mein großes Schwert, das mir gegen den Schenkel schlug, verfing sich zwischen meinen Schienbeinen, so dass ich es in der Eile zum Teufel schickte, um meine heillose Flucht fortzusetzen; ich versteckte mich in einer schattigen Schlucht namens *Thermen der ewigen Jugend*; es befand sich dort eine von mir schön hergerichtete Quelle mit Palisadenzaun, einer Schaukel aus grünen Lianen, rosa Steinfliesen und Bambuskanälen; wie ein Krebs hockte ich reglos im hintersten Winkel, hechelte wie ein Bär im Takt des frisch glucksenden Wassers; als ich ein bisschen Denken in meinen Geist gebracht hatte, grübelte ich wieder über das, was ich gesehen hatte; der Fußabdruck zeigte landeinwärts: Jemand musste in der Nacht angelegt haben und ins Innere der Insel gerannt sein, vielleicht ein ganzes Geschwader; wieviele Abdrücke? ... ich hatte nur einen gesehen; das Meer hatte wohl die anderen verwischt; die Piroge, mit der sie gekommen waren, lag vielleicht im Schutz der Mandelbäume versteckt; ich nahm es mir übel, dass ich nicht sofort nachgesehen hatte, wo sie lag; dann hätte ich jetzt ein genaueres Bild, womit ich es zu tun hatte; wieviele es wohl waren? – zehn? hundert? tausend? eine Horde? –; ich hörte nicht auf, in alle Richtungen zu überlegen; mein Leib zitterte wie im Tertianafieber und meine Lider flatterten, ohne dass ich viel dagegen tun konnte; meine Arme verschränkten sich vor meiner Brust und meine Hände zuckten in der schützenden Höhle meiner Achseln;

*

unmöglich zu sagen, wie viele Stunden so verstrichen; ich glaube, die Nacht fiel herab, ging vorüber und der Tag traf mich in derselben Stellung und demselben Zustand an; ich brauchte sehr lange, um aus der Schlucht wieder heraus zu kommen, so groß war meine Vorsicht; reglos in einem Dickicht von mächtigen Pilzen verging fast eine Stunde, bis ich die Umgebung nach irgendeiner Falle durchkämmt hatte; und rasend wie eine angesengte Ratte erreichte ich die Höhle, die mir als Wohnung diente, am Fuß des riesigen Kapokbaums, hinter meinem Zelt und meinen Laubhütten; sobald ich sicher hinter dem Palisadenzaun war, zog ich die sechs Leitern ein, versperrte die kleine Hebebrücke, die drei Ausfallpforten und die beiden mit Nägeln gespickten Fallgatter mit herumliegenden Steinen; ich verstopfte die verborgenen Schießscharten der Dornenhecke, die ich eigens dicht vor die Palisaden gepflanzt hatte; weiterhin unfähig zur geringsten Überlegung, verkroch ich mich in die Tiefe meiner Höhle, in eine schwitzende Grotte, die mir bis dahin zu überhaupt nichts nutze gewesen war; dort fühlte ich mich wohl, in Fötalstellung, unfähig, die Schauer des Entsetzens zu unterdrücken, die mich in ein jammerndes Bündel verwandelten;

als wären zwei Jahrzehnte stolzer Vorspiegelungen plötzlich zerbrochen und hätten mich in meine armseligen Hoffnungen, meine anfänglichen Ängste und meine alte Panik zurückversetzt – *ein Anderer außer mir selbst befand sich auf der Insel!* –; das waren keine Zivilisierten; das war nicht der Abdruck eines Stiefels oder eines Schuhs; außerdem war kein Schiff am Horizont zu sehen; auf meinem Weg zum Strand war ich an der Küste entlang gekommen, ohne das kleinste Boot oder sonst einen Kahn zu entdecken; der oder die hier gelandet waren, konnten nur kannibalische Eingeborene aus dieser Weltgegend sein; mir war es nicht möglich, die Lage der Insel festzustellen, aber in einer Tiefe meines Geistes lag irgendwo der Beweis, dass so in Verzweiflung treibende Orte nur von Ogern, Golems, Dämonen und einer großen Sippe von Kannibalen bewohnt sein konnten; ich mochte lange die

Sprünge meines Geistes unterdrücken, ich sah diese Wilden schon meinen Leib den schlimmsten Zeremonien unterziehen; fast sah ich meine geschundenen Gedärme entrollt und mit Pfefferschoten gewürzt vor mir; meine Schenkel in Scheiben mit vergorenen Rinden vermischt; laszive Tänze, bei denen eine dieser Bestien nach meinen Augen schnappte ...; ich glaubte Trommelwirbel zu hören, es waren dieselben wie jene, die ich in den ersten Nächten nach meinem Schiffbruch zu hören meinte; natürlich brachen mehr als eine Ladung Tage an, ohne dass ich ein einziges meiner Rituale ausübte; die Tage schoben sich im Vorbeigehen einer in den anderen, ich konnte sie nicht einmal zählen; ich hatte weder Hunger noch Durst, hatte Lust auf nichts, war niedergestreckt, versteinert oder fickerig wie eine alte Katze, die Gift gefressen hat; es gab auch Momente, da verlor ich das Bewusstsein für mich, das war noch schlimmer; meine um die Kannibalen kreisenden Vorstellungen wurden deutlich abstoßender, wenn sie sich ohne das Maß von ein wenig Bewusstsein entwickelten;

*

es gab auch eine Zeit großer Schwäche, wo ich mich nicht mehr halten konnte, nicht einmal in Fötalstellung gekrümmt; ich war schlicht am Boden, schlaff, ohne Energie, meine Knochen sandten quälende Töne an meine Schläfen; in dieser Verwirrung vernahm ich den Lärm meiner Zicklein, Schweine, Böcke, Wasserhühner, Puten und Papageien, die Hunger hatten und Durst, da sie während dieser maßlosen Zeit meine Pflege hatten vermissen müssen; ihre Not half mir, einen

Grund zum Aufstehen zu finden; außerdem sagte mir eine Alarmglocke in meinem Geist, dass das Geschrei bestimmt die Wilden anzog, sie würden in mein Refugium stürmen und mich anstandslos roh verspeisen; ich schleppte mich zu einem Fass mit Schiffszwieback, hergestellt mit meinem eigenen Weizen; ich knabberte vorsichtig daran, wartete, bis ich ein wenig Energie zurück erhielt, kroch dann mit unermesslicher Vorsicht durch das Halbdunkel der Höhle zum Lichtschein der Öffnung; ich ließ mich in die blendende Helligkeit fallen, die den Eingang verschluckt hatte; als ich draußen war, erschien mir der Innenraum um den Kapokbaum friedlich, ich stürzte zu einem der Wächterhäuschen in der Palisade, um die Umgebung zu erforschen; alles kam mir vor wie gewohnt; ich kehrte ins Innere der Höhle zurück, um mich mit neuen Pistolen, einem Messer und einem Säbel zu versorgen; ich fügte noch eine gefährliche Stutzbüchse hinzu und hängte sie mir quer über den Rücken; eine Kalebasse füllte ich mit kleinen Bleikugeln, eine andere mit Schwarzpulver; dann rannte ich in einer Serie schneller Spurts, unterbrochen von wachsamen Pausen, zu meinen Haustieren in allen Pferchen, Ställen, Gärten und Weiden; ich gab ihnen Wasser und Kübel mit frischem Gras; ich verteilte ihnen Früchte, zarte Rinden und jede Menge Körner; ich verjagte die in den Roggen-, Weizen-, Reis- und Kartoffelfeldern tafelnden Ratten ...; ich führte in verstohlener und ängstlicher Weise aus, was ich in den vergangenen zwanzig Ewigkeiten jeden Tag in imperialer Manier ausgeübt hatte; in den meisten meiner Besitzungen kehrte sehr bald wieder Ruhe ein; die Stille von Disziplin und Ordnung senkte sich herab; ich fühlte mich ein wenig beruhigt;

*

von der wiederhergestellten Ordnung gestärkt, ging ich daran, im Umkreis von sieben Meilen meine Besitztümer zu inspizieren; die Vorsicht riet mir, meine üblichen Wege zu meiden; abseits der Spuren und Pfade schlich ich mich entlang der Furchen, welche die Regenfälle am Fuß der Riesenbäume graben; ich kletterte über die knotigen Wurzeln, die Hexenburgen glichen, und ging an Bambushainen vorbei, deren Knistern an Kinderseufzer erinnerte; ich kroch unter Farnvorhängen hindurch, vermied so die offenen Savannenflächen, immer in Deckung, immer geschützt im günstigen Schatten, prüfte ich die Umgebung nach Anzeichen, dass sich etwas bewegte, dass jemand hier durchgekommen war; von weitem spähte ich den Zustand der Lichtungen aus, wo meine Gärten mit Gemüse und Heilkräutern lagen; ich schritt meine Aloepflanzen, meine Melonen, Kaffeebäume, mein wildes Zuckerrohr ab; ich schaute bei den Gittern nach, auf denen ich die Trauben der Uferreben, die Weidenruten zum Korbflechten, die Tabakblätter und kleinen Fische trocknete ...: ich kontrollierte meine Bambuskanäle, meine kleinen Mühlen, die mir mitteilten, was der Wind trieb, meine Kalköfen, wo ich Muscheln zur Verstärkung meiner Palisaden härtete, meine Kohlenmeiler, wie auch meine Holzfällerwinkel, wo geschlagene Bäume lagerten, bis sie zu Brettern werden konnten; ich verweilte bei den blühenden Orchideen, die ich unter einem Sonnendach zusammen gepflanzt hatte, um mein Auge zu erfreuen ... ; ich durchsuchte meine Amtshütten eine nach der anderen; *Polizeibüro, Zollbehörde, Kabinett der Maße und Gewichte, Hypothekenanstalt, Katasterverwaltung, Kammer für Ufer und Grenzen, Museum des Kulturerbes,*

Kriegsministerium, Institut für Naturwissenschaften, Höhere Kartographieschule ...; sie waren zumeist leer, mit einem Schemel, einem Schreibtisch, einer Kerze, einer Entenfeder, einer Kalebasse mit Fischtinte, Resten von Schiffsregistern und ein paar Regalen, die noch auf Akten und Protokolle warteten; zu normalen Zeiten setzte ich mich in jede von ihnen, wie sie entsprechend einer unverrückbaren jahreszeitlichen Folge an die Reihe kamen, und dachte über die staatlichen Belange nach, traf Entscheidungen, erließ Dekrete und Bestimmungen, ich konnte sie aus Zeitmangel meist nicht unterzeichnen, aber sie wurden unwiderruflich umgesetzt; ich inspizierte auch meine Vorratslager, meine Nebengrotten, meine Notbefestigungen, meine Rundwege und Wachtürme ...; ich ging überall hin, überprüfte alles; kein Diebstahl, keine Plünderung, kein Einbruch, alles war an seinem Platz; ein ungewohnter Friede lag über der Insel; sie war in sich selbst zusammengeduckt, in einem Stillstand, der mich viel mehr verunsicherte als ihre üblichen Feindseligkeiten;

ich zögerte, obwohl ich Lust hatte, alles kurz und klein zu schlagen, um den Wilden nicht zu verraten, dass dieser Ort kontrolliert wird; es wäre vernünftig gewesen; alles zu zerstören hätte mich fünfzehn Jahre zurück geworfen; aus Schwäche, Eitelkeit oder Stolz nichts anzurühren verurteilte mich hingegen zum Tode; die Entscheidung quälte mich tagelang; ich ließ die Dinge schließlich, wie sie waren, vor allem, weil sie mich so viel Kraft gekostet hatten, alles kaputt zu hauen hätte mir endgültig einen Knacks gegeben; eine andere Tatsache war aber genauso entscheidend; als ich nämlich meine

Niederlassungen mit neuem Blick betrachtete, bemerkte ich, dass sie in der Hysterie dieser Natur kaum hervorstachen; die Insel brachte alles zum Wachsen, überall, in allen möglichen Kombinationen, mit Chaos, Unordnung, aber auch in unerwarteten Harmonien, in plötzlichen Symmetrien, dauernd stürzte etwas ein oder türmte sich steil auf; Überbordendes lag neben ruhigen Gleichgewichten, Verwüstungen konnten Stellen von höchster Stabilität und außergewöhnlicher Ordnung nichts anhaben; die Veränderungen waren so mannigfaltig und so rasch, dass meine stolze Verwaltung sich ohne großartigen Bruch oder besondere Originalität in dieses immer unvorhersehbare Gesamtbild einfügte; diese Erkenntnis verwirrte mich schon etwas – so viele Jahre mit so geringem Erfolg! –, beruhigte mich aber zugleich, wenn ich die Gefahr durch die Wilden bedachte;

*

ich fand den Mut, mich wieder an den Ort des Fußabdrucks zu begeben; dort verbrachte ich im Schutz der Uferreben einige Tage mit der Beobachtung des Strandes, um andere Bewegungen zu entdecken, als die der Meerestiere, der Wasserwanzen oder Schildkröten; ich sah, wie gelbe Schlangenpaare Kraken unter die Mandelbäume jagten; ich sah Pottwalprozessionen eskortiert von Tausenden Delfinen; ich sah Königsfischern zu, wie sie zwischen ihrem Ausguckriff und der vor Fischen wimmelnden Gischt hin und her flogen, auch anderen Vögeln mit kleinen Flügeln, die zur Nahrungssuche den Sand durchpickten; ich sah Hitzewellen das Gestade in ein glasiges Fett verwandeln, derweil die Blätter entlang des Ufers metallisch wurden; ich sah schwächliche Wellen sich am Strand aushauchen und andere scharf wie flüssiges Salz, deren kieselgefüllte Frachträume sich wie Fett aufzischend entluden; ich sah rötliche Tangpflanzen auftauchen, fest werden und im Geglitzer des Ufers verschwinden wie Gespenster; ich sah die Sande sich zu grellen Weißtönen aufheizen oder in einer gräulichen Färbung verlöschen, welche nur den nicht sichtbaren Fleiß der Grabmuscheln anregte ...; ich sah viele Dinge wieder und wieder, aber nichts, was nicht zu jener seelenlosen Ewigkeit gehörte, der ich über zwanzig Jahre standgehalten hatte;

ich musste mich selbst davon überzeugen, nicht nur geträumt zu haben, dass der Fußabdruck noch da war; unter ein paar Vetiverblätter geduckt, rückte ich von den Uferreben aus ins Freie, Millimeter für Millimeter, hielt aber dazwischen in langen Pausen vollkommen still; so glaubte ich, die Aufmerksamkeit eines in der Nähe aufgestellten Wachtpostens zu überlisten; am vorgesehenen Ort war der Fußabdruck wirklich noch da;

er hatte nicht mehr die massive Dichte; er schien weich, fleischig, bebend, bestimmt wegen eines Schwalls Gischt, der ihn gerade überspülte; ich betrachtete ihn mit entgeistertem Blick; er zeigte ins Innere der Insel; seine Ausrichtung schien mir zum Ablauf einer überstürzten Landung zu gehören; auf tausend Daumenlängen war nur er zu finden; kein Bug hatte eine Spur hinterlassen; da war kein Abdruck von einer Stange oder einem Ruder; ich stellte mir das Boot vor, wie es sich in der Gischt drehte und dann quer im Sand festsaß; ich stellte mir den Sprung des Insassen vor, wie er aufs feste Land setzte, um das Boot zu sichern, es dann unter das Dickicht der Bäume zog; ich verspürte (nur einen Moment) die Lust, den vom Fußabdruck bezeichneten Weg abzuschätzen, um dieses Versteck aufzuspüren; aber ich konnte mich nicht von der menschlichen Form lösen; sie erfüllte mich mit widersprüchlichen Gefühlen, ich hatte ein Gutteil meiner Ewigkeit mit der Abwehr jeder Invasion verbracht; zuallererst gegen die der Wilden, und hatte sie dann, ohne es zu merken, gegen jedes Lebewesen ausgeweitet, das nicht reiner Teil dieser Insel war; mir wurde klar, zunächst aus Furcht und dann wegen des Alleinseins war mit der Zeit jede menschliche Form aus den aktiven Zonen meines Geistes verschwunden; und zwar nicht nur die Form eines Fußes, auch die einer Hand, eines Fingers, einer Schulter, einer Nase, eines Lächelns ... eines Gesichts ...; Panik überfiel mich in einem Schwall und ich ertappte mich wieder einmal dabei, wie ich zur Deckung der Olivenbäume losrannte;

*

zurück in meiner Höhlenfestung machte ich zur Kampfordnung gegen Invasionen klar; ich hatte sie schon vor so langer Zeit erfunden, dass sie inzwischen in Vergessenheit gesunken war; das Kriegsministerium war verwaist; es war Lichtjahre her, seit ich meine Rangabzeichen eines Admirals, eines Chef-Artilleristen, eines Infanteriekommandeurs oder eines Staatssekretärs der Logistiktruppe getragen hatte; verschärft durch den Schreck fielen mir die Kriegsvorbereitungen schnell wieder ein; ich befreite die Schießscharten im Palisadenzaun von wuchernden Lianen; ich stellte die Schemel zum Schießen bereit; ich befestigte eine Reihe von Musketen auf Dreifüßen aus Rippchen-Holz und stopfte sie mit Pulver und Schrot; ebenso verfuhr ich mit den anderen in der Umgebung verteilten festen Stellungen; meine kleinen (mit großen Muscheln und Bambusspitzen verstärkten) Forts waren zahlreich; ich hatte sie in verschiedenen Gegenden verteilt und dabei die natürlichen Hindernisse bestmöglich ausgenutzt; die Feuchtwälder hatten mir die Verknotungen ihrer weißen Mangrovenbäume und den saugenden Schlamm ihrer Sümpfe angeboten; senkrecht über den Savannen – wo ich Tabak, Kaffee, Tomaten und geheimnisvolle Blumen gepflanzt hatte, denn sie dienten mir gelegentlich als Sommerfrische – nutzte ich kleine steile Hügel, die mir den Vorteil der Höhenlage und den Blick von oben auf den möglichen Feind boten; in den Riesenbäumen hatte ich Plattformen für Heckenschützen versteckt, befestigt auf Astgabeln im tiefen Schatten, dort lagerte ich auch trockenen Proviant, Pulver und beruhigende Arsenale von blanken Waffen; angesichts einer Invasion hätte ich mich daher völlig sicher in alle Richtungen bewegen können, hätte allerorten über eine Rückzugsbasis verfügt und dem Feind zusetzen können, wie es mir beliebte, ohne dass er in der Lage gewesen wäre, meine Attacken vorherzusehen; heute waren die Umstände aber andere; die Landung hatte bereits stattgefunden; der Feind war schon dabei, die Insel zu erkunden; ich ließ von der Mobilmachung gegen den Invasoren ab; widmete mich dafür den nachgeordneten Befestigungen, die für das Standhalten gegen eine Belagerung oder längere Invasion vorgesehen waren; fast drei Monde lang stieg ich rauf und runter, rannte hin und zurück, von der einen zur anderen, verstärkte hier, dichtete dort ab, vertrieb Termiten, Ameisen, Schlangen, Tausendfüßler und Spinnen; aus meiner Höhle holte ich die drei Pulverfässer, die ich im trockensten Winkel verstaut hatte; ich öffnete sie, um einen großen Teil in verschiedene Kalebassen zu füllen, die ich in jede der Befestigungen brachte; zum Schluss warf ich hundert Becher Schießpulver in ein altes Weinfass und versah es mit einem langen Hanfzünder: ich war entschlossen, alles in die Luft zu jagen, wenn diese Fremden den Frevel wagen sollten, meine Freistatt zu stürmen;

bei diesen unermüdlichen Befestigungsarbeiten vergaß ich mich selbst, ich vergaß darüber die Insel; ich fühlte mich von der Strenge meiner Rituale befreit; ich hörte das bedrängende Plop-plop der zehntausend Wasseruhren nicht mehr, die meine Arbeitsstätten kennzeichneten; ich bewegte mich außerhalb alles Geregelten, nur dem unterworfen, was mein im Krieg befindlicher Geist mir diktierte; diese Raserei riss mich aus einer Art körperlicher und geistiger Erstarrung heraus; sie stürzte mich in so neue Ertüchtigungen des Leibes, dass ich rasch ermüdete; abends kroch ich in meinen feuchten Alkoven, in der fernsten Tiefe meiner Höhle, umgeben von Pistolen und Messern so spitz wie Fleischerhaken; ich köchelte dann in einer monströsen Müdigkeit, die mir kein bisschen Erholung gönnte, ich war ein einziges Fiebern, durchzuckt von der Furcht, alles zu verlieren, wie auch von der Lust auf

Krieg und der Begierde zu morden; ich erkannte die Ironie, die darin lag, eine vollkommen ausgedachte Situation so lange durchzuhalten, dazu noch vergebens, und die mir außerdem von der höchsten Unwahrscheinlichkeit herab auf den Kopf gefallen war; in dieser neuen Art und Weise zu schauen, zu horchen und zu verstehen war die Insel um mich herum flach, lau, geradezu neutral geworden; was an Feindseligkeit blieb, sammelte sich in dieser Invasion und besetzte bis zum Äußersten den Glanz, den Schatten, die Fernen und die geheimen Tiefen der Insel; sie erschien bedeutend unbeugsamer, sobald ich überlegte, wo der Eindringling und seine Leute sich aufhielten und von welcher Seite sie den Angriff ausführen würden;

lange Zeit hielt ich es für geboten, mich nicht aus der Hauptfestung herauszuwagen; ich sicherte mir einen freien Abzug zwischen der Rückseite der Palisaden und dem Eingang der Höhle; dort legte ich einige Packen Proviant, etwas Pulver, zwei weitere Pistolen bereit; meine Absicht war, gut ausgerüstet zu fliehen, falls die feindlichen Kräfte mich überrennen sollten; dann richtete ich mich in der alles überragenden Burgwarte ein, sie erlaubte mir eine Rundsicht im Umkreis von hundert Metern; gegenüber, hinter einer gerodeten Fläche, öffnete sich die unerschütterliche Mauer der Bäume; diesen Waffenplatz um meinen Wohnsitz hatte ich regelmäßig gejätet, ich gewann damit einen überwachten Umkreis von etwa zweimal dreißig Metern, nichts konnte sich da hineinwagen, höchstens ohne Deckung; auf der Burgwarte stellte ich meine Lieblingsmuskete schussbereit hin, den Lauf gut ausgerichtet, den Knauf mit meiner Schulter verkeilt, mein Fernrohr für alle Fälle in Reichweite, dazu ein paar Säcke mit Quellwasser und ein Fässchen Maniok, und, scharf um mich spähend, wartete ich ab;

alles blieb ruhig, reglos und abwesend; die Bäume erbebten wie gewöhnlich unter der Tollheit der Antillengrackeln, diesen schwarzen Vögeln, dem Rennen der Ratten, den Scharen ziehender Regenpfeifer oder Wildenten; das Zittern trockener Zweige zeigte mir den Weg einer Schlange an, Schwärme von Bienen oder Schmetterlingen erschienen hier und dort in Säulen aus bis dahin unsichtbarem Licht; in sich verschlungene, rieselnde Lianen boten den Eidechsen ihre gewundenen Rückgrate zur Flucht; ich zählte die dicken, knarrenden Bäume wieder und wieder, führte Buch über die Lichtpunkte, die sich aus der Masse des Laubs filterten ...; zwischen moosigen Stämmen ahnte ich meine Gräben mit Rüben, Yams oder Chinakohl, sie waren bestimmt reif zur Ernte; an manchen Stellen sah ich, wie die durch das Laub gefilterte Sonne sich in glänzend goldenen Tiegeln mit dem Boden verband; gefangen in einem dieser Güsse zeigte sich mir von Zeit zu Zeit der Dunst einer irrenden Seele als lichtvolle Ahnung und regte meine Vorstellungen an; aber es war höchst seltsam, ich nahm nichts Feindliches oder Ängstigendes in dieser Umwelt wahr; dabei hatte mich die letzten zwanzig Jahre täglich der Eindruck einer gegnerischen Macht verfolgt; und jetzt nichts; nichts als eine neue Neutralität, sie bildete den großen Rahmen für das Eintreffen des Eindringlings und seiner Bande ...;

Tage und Wochen, wahrscheinlich ein paar Jahreszeiten gingen so dahin; ich verließ meinen Posten nur, um der Pflege meines Zuchtviehs nachzukommen, den Tieren Körner, Trockenfrüchte, Wasser, Heu aus meinen Schobern zu bringen; als dieses Futter ausging, öffnete ich ihre Pferche, Reusen, Ställe und Weiden, damit sie ohne viel Lärm für sich selbst sorgten; ich wachte nur weiter über meine Kartoffel-, Weizen-, Roggenfelder und Co. in einem endlosen Krieg gegen Ratten, Termiten, Vögel ...; ansonsten harrte ich in der Burgwacht auf meinem Posten, reglos, konzentriert, den Finger am Abzug; ich wartete geduldig, während ich alles ringsum beobachtete; meine vergessene Flagge war nichts weiter als ein Fetzen, den der Passat nicht mehr bewegte; meine Spruchbänder, Tafeln, Schilder und Warnhinweise wurden unter dem Moos unleserlich; die Hecken wucherten und viele Kanäle ließen einen Großteil ihres Wassers verrinnen; in dieser Gleichgültigkeit war ich wohl nicht mehr ganz bei mir; keinerlei Beunruhigung, keine Erschütterung brachte meinen Körper oder Geist in Wallung; ich war in den Krieg gegen den Eindringling abgetaucht, einen starren Krieg, doch voller Gewalt, unnachgiebig, total; die Aggressivität tat mir ungeheuer gut; jede Aggressivität ist wohltuend; sie zieht aus der tiefsten Tiefe eine finstere Entschlossenheit, die zu überleben hilft; ihre Macht verweist alles andere auf den zweiten Rang; sie war es, die es mir ermöglicht hatte, gegen diese Insel durchzuhalten und meine langen Verzweiflungen auszuhalten; jetzt war sie an ihrem höchsten Punkt, wie eine dunkle Sonne, die schwarz strahlt; ich wartete; ich wartete auf diesen Anderen, um gegen ihn zu kämpfen; ich wartete, um ihn zu töten und selbst am Leben zu bleiben; aber nichts regte oder veränderte sich in der Umgebung;

*

von einem neuen Zweifel erfasst, verließ ich meinen Ausguck und wagte mich noch einmal in Richtung des verwünschten Strandes; ich begab mich diesmal mit viel weniger Vorsicht zu dem Fußabdruck und untersuchte ihn, um mich von seiner Existenz zu überzeugen; er war da; jetzt war er trocken; eine Qualle war auf ihm gelandet; von der Sonne wieder und wieder gekocht, war die gallertige Masse geschmolzen und füllte den Fußabdruck mit einem so stark glitzernden Öl aus, dass ich kaum hinschauen konnte; als ich nur in die Nähe der Form kam, stieg die ganze Panik wieder in mir auf; das waren animalische Ängste, die sie auslöste; wieder nahm ich erschrocken Reißaus wie vor dem Teufel, ich stand nicht mal auf, sondern rutschte mit dem Hintern über den Boden und paddelte mit meinen Armen wie mit kleinen Mühlen im Sand; als ich den Schatten der Uferreben erreichte, lief ich weg, heulend vor unerklärlicher Verzweiflung; sogleich nahm ich meine Wache in der Burgwarte wieder auf; mit dem Zeigefinger am Abzug und dem Knauf an der Schulter wurde ich ruhiger und begab mich in sparsamste Gefechtsbereitschaft; unterdrückte jeden Laut; beschränkte meine Rundgänge; gönnte mir nur kurze Ruhepausen; vermied Feuer oder jeglichen Geruch von gebratenem Fleisch; ich hatte zur Übung Selbstgespräche gepflegt; die musste ich in halber Lautstärke fortsetzen, aber ich käute derart die selben Ängste wieder – ich malte mir die

Kannibalen und ihre ausgiebigen Fressgelage aus –, dass ich nur ein bestenfalls sinnloses Gebrabbel herausbrachte, aber immerhin betätigte es außer meiner Zunge und meinem Rachen auch die Resonanzen in meinen Nebenhöhlen und meinem Brustkorb; das regelmäßige Klappern meiner Knochen bildete dazu den Grundrhythmus;

so verging Monat um Monat, vielleicht war es mehr, vielleicht weniger; ich hatte meine Buchführung über Monde und Jahreszeiten aufgegeben, aber mir war inzwischen ein gewisses Gefühl für die Zeiten und ihren Ablauf zugewachsen, und ich vermochte sie mit dem Instinkt zu messen; meine Wahrnehmung brüllte, dass viel Zeit vergangen ist; aber ich hatte eine gewisse körperliche Unempfindlichkeit entwickelt; meine Hände zitterten nicht mehr; mein Schlaf war kurz und friedlich; um mich herum hatten Kletterlianen alles eingenommen, meine Schilder geschluckt, meine Spuren und Pfade entweiht, meine Hecken und Palisaden überwuchert; mein Vieh war fast verwildert, wenn auch gewisse Exemplare mir auf dem Fuß folgten oder sich auf den ehemaligen Weiden zusammendrängten; meine Besitzungen verbreiteten das liederliche Bild der Verwahrlosung, aber der heimtückische Verfall störte mich nicht; es war zu begrüßen, wenn der Eindringling auf kein Anzeichen stieß, dass irgendeine Autorität über diesen Ort waltete;

*

am Ende drehte ich durch; meine Wachsamkeit stumpfte ab, um in unsinniger Form zurückzukehren und mich zwei oder drei Tage lang in Schockstarre zu versetzen; dann verschwand sie, um erneut aufzutauchen; aber zumeist konnte ich meinen Blick von der Umgebung lösen und mich selbst ins Auge fassen; mein Verstand gewann ein wenig die Oberhand und verhalf mir zu der Entdeckung, dass ich ständig in der Defensive war; ich erwartete den Eindringling, er musste hier irgendwo sein, er beobachtete mich wohl auch, vielleicht war er etwas weiter weg, auf einer ruhigen Savanne und ließ es sich gut gehen; ich vermochte ihn mir nicht mehr als ängstlichen Entdecker vorzustellen, der spitze Zweige zur Seite biegt; was von ihm zu mir drang, war eine *besitzergreifende Autorität*; er hatte sich niedergelassen; er machte sich in einer entfernten Gegend auf meiner Insel breit; er tat sich gütlich an meinen Früchten und steckte sich meine Blüten ins Haar; er hortete Wasser aus meiner schönsten Quelle in widerwärtigen Behältern; er zerlegte Wildschweine, briet sie, steckte sie in Tonkrüge, um sie darin an den Strand zu rollen; die Möglichkeit, es könnten mehrere sein, war von selbst erloschen, keine Horde, nicht einmal eine kleine Gruppe von Primitiven, wäre so unauffällig gewesen; er war allein, das verlieh ihm paradoxerweise diese Macht; dadurch konnte er überall sein, schnell und weit vordringen, allerorten auftauchen, lange unsichtbar bleiben; meine Besessenheit änderte die Beziehung, die ich zu dieser Insel unterhielt; während ich sie die letzten zwanzig Jahre auf Distanz gehalten hatte, sozusagen in einem respektvollen Abstand, fand ich mich nun damit ab, dass ich auf ihr war, zu ihr gehörte, und dass sie in mir war; allein der Gedanke, sie zu verlieren – wie arm ist die menschliche Natur! –, ließ sie mir anziehend und wertvoll erscheinen; ich fasste daher den

Entschluss, die Herrschaft über mein Reich nicht mehr abzugeben; der Eindringling befand sich in meinem Zuhause, ich musste ihn daher aufspüren; ich musste ihn finden und töten;

*

ich schwang mich wieder auf zur Erkundung meiner Insel, vielleicht mit dem gleichen Fieber, das mich zu Zeiten meiner ersten Erforschung antrieb; damals trachtete ich danach, schnell voranzukommen, mir ein Gesamtbild von der Lage zu verschaffen, möglichst schnell die Bedingungen abzuschätzen, um meine Entscheidungen zu treffen; die Verfolgung fand mit der selben Einstellung statt, schnell vorzugehen, den Eindringling schnell aufzuspüren und rasch zu schlagen, um selbst am Leben zu bleiben; die Furcht war ebenso groß, aber sie ging nicht mehr von einem unbekannten Land aus; dies war die Furcht vor einem unbestimmten und nicht zu ortenden Fremdling; er war nirgends und daher überall; alles, was diese Insel ausmachte, gehörte machtvoll in die Wirkung seines Daseins, einschließlich der unerträglichen Spannung, dass er plötzlich irgendwo auftauchen konnte; es war nicht nötig, mich mit Wasser, Essen und Gepäck zu belasten, die Insel war markiert mit meinen Niederlassungen; aus meiner Sicht war sie ein Netz von Stellungen, die mir überall Unterkunft, Verteidigung, Trank und Essen boten; vor Morgengrauen brach ich auf, zur Zeit der ersten Vogelgesänge, welche die Art des Lichts vorhersagen und meinem angespannten Geist mit einem guten Omen beschenkten;

ich ging bei der Erkundung methodisch vor; ausgehend von dem Ort, den ich für den Mittelpunkt hielt, zog ich zunehmend größere Kreise; die Spiralen erlaubten mir, alles mit meinem Blick, dem Geruchssinn und dem Gehör zu durchkämmen; mein Rücken war gerade gereckt, der Finger am Abzug; jeder schattige Winkel war ein Versteck; jede Regung des Laubs zeigte ihn an, jedes aufgeschreckte Getier war ein Zeichen dafür, dass er da war, dass er mich gesehen hatte und zuschlagen würde; von einem Kreis zum nächsten beruhigte sich die Aufregung; irgendwann arbeitete mein Verstand wieder und ich konnte mir selbst klarmachen, dass er nicht auf meine Anwesenheit auf der Insel gefasst war, und vor allem nicht darauf, dass ich ihn suchte; ich hatte also einen entscheidenden Vorsprung, dies erlaubte mir, mich zu entspannen und ihm besser nachzuspüren;

jede meiner Spiralen lieferte mir verschiedenartigste Landschaften, die im Norden wie im Süden, im Osten wie im Westen sein konnten; mich überraschte die unglaubliche Vielfalt der Mikroklimate auf so kleinem Raum; ich kam durch Savannen mit Gebüsch, schwirrend vor Knospen und Bienen, und durch glasige Hitze, die auf beiden Seiten meines Weges flirrende Gespenster erzeugte; ich musste mich durch Mangroven zwängen, besiedelt von pflanzlichen Witwen, mager und verknotet, die ihre Füße in düsterem Wasser wuschen; Kalkreste von Austern verunstalteten die Wurzeln der Mangrovenbäume, dass sie aussahen wie knotige Zehen mit großen schmerzenden Nägeln; Trauben haariger Krebse, mitten bei der Paarung, klammerten sich wie üppige, ausgebeulte

Brüste an ihre unteren Zweige; riesengroße Fische schlummerten in den Wurzelmulden auf dem Grund schlammigen Wassers, in dem es in Massen wimmelte ...; ich erkundete durchsichtige Lichtungen voller fruchtbeladener Sträucher, die friedliche Stimmung weckte den Wunsch nach einer Rast ...; ich lief durch Steinwüsten mit Felsbrocken, sie schienen eigensinnig alles in eine Silikatversteinerung zu zwingen, so dass schon beim Kontakt mit ihrem Schotter meine Füße hart zu werden begannen; es begegneten mir bärtige Spinnentiere, dicker als meine Faust, und tausend verschiedene kleine Drachen, die brüllten wie Kühe ...; ich durchquerte Felder mit zarten Sprossen, sie gediehen, bewacht von großen, vor Kummer ergrauten Bäumen; diese luden weit aus, gleich riesigen Fässern, während ihre Wipfel einen Handel mit aufdringlichen Farben und Gerüchen trieben, Lianen des Lichts filterten zu Hunderten durch ihre Kronen, lösten sich jedoch auf, bevor sie das Dunkel des Bodens erreichten ...; ich sah Gruppen von Baumfarnen sich ausbreiten in der Milch feinen Wassers ...; ich sah alle möglichen Landschaften, alle möglichen widerwärtigen Schatten, alle Sorten Orte, geschlagen mit schlimmer Hitze, scharfem Salz oder greller Helligkeit; beim Überschreiten eines Bachs meinte ich sogar, einen Zug Elfen und Gnome zu überraschen, aber die Erscheinungen waren so fahl, dass es des unwahrscheinlichen Zusammentreffens eines aufmerksamen Blicks mit einem Lichtstrahl bedurft hätte, um sie auch nur ahnen zu können; so wusste ich nie, träumte ich am helllichten Tag oder ging diese Insel in Märchen und Wunder über; doch zweifellos am Merkwürdigsten war dies: In einer Wiederverzauberung bot sich mir eine andersartige Wirklichkeit dar und weckte in mir vergessene Unschuldsgefühle ...;

ich schlief an allen möglichen Plätzen, außer natürlich in den Bäumen; ich erwachte in der Aura von Pflanzenpalästen oder in mineralischen Basiliken, geweiht vom Tau; der Morgen war meist ein schauernder Feentanz der vielen Schmetterlinge, Blüten und mit dem Wind spielenden Lichter; ich ruhte unter den Vorhängen der Schlingpflanzen, die die Bäume umkleideten; an manchen Orten wurden meine Träume verzaubert vom Gluckern der Quellen; manchmal begegnete mir so machtvolles Schweigen, dass es die Landschaft auslöschte und nur eine aufmerksame Verblüffung im Ohr hinterließ;

einmal glaubte ich eine Bewegung zu hören; ich warf mich auf den Boden, begann einen Hang, der bedeckt war mit einem Teppich aus blühenden Kräutern, hinaufzukriechen; ich erreichte die Spitze eines Steilhangs, von der ich einen Teil der Insel überblickte und ein Stück Horizont mit dem brandenden Meer; es war eine riesige Schlucht; von den Gipfeln stürzte sie senkrecht hinab zum Meeresufer; in jeder Höhe hatten sich verschiedene Arten von Bäumen angesiedelt, ich sah nur ihre Kronen: ein Dom aus Laubmassen, der in Millionen von Insekten und ebensovielen bunten Vögeln explodierte; Dunst stieg von ihm auf, nur wenige Zentimeter, eine Schicht aus Nebeln darüberstrickend; mir stockte der Atem; diese Landschaft reichte zurück bis in den fernsten Anbeginn der Dinge;

ein anderes Mal, da ich das Geräusch einer panischen Flucht vernahm, kroch ich in die Nähe eines schmalen Erdlochs; es lag am Fuß eines Riesenbaums, der anscheinend seit sieben Jahrhunderten trauerte; von Fliegen und Wanzen überzogen, verströmte er einen Antimon-Geruch; ich bewachte das kleine dunkle Loch voll Erwartung, dass der Eindringling in ihm erschien; dann näherte ich mich, um einen Blick hineinzuwerfen; die Öffnung war schwer zugänglich; mit tausend Vorsichtsmaßnahmen steckte ich meinen Kopf hinein, dann meine Schulter, schließlich einen Teil meines Körpers; unter dem Fundament des Baums öffnete sich eine große Mulde; etwas hatte zwischen dem Geflecht der Wurzelknollen gegraben und einen Hohlraum von mehreren Metern geschaffen; die Wurzeln hatten sich weiter in den Boden gesenkt, dabei in der Luft ein löcheriges Gewebe aus weißlichen Wurzelfäden ausgebildet, eine verblüffende organische Kuriosität; das glich nichts anderem, weder einem Gewölbe, noch einer Krypta; es war eine eigene Realität, außerhalb der Zeit, außerhalb der Welt; sie schien aus ihrer unterirdischen Melancholie heraus zu leben, aus einer Milchigkeit, die sich des berstenden Lichts draußen entsann; ich war von diesem Anblick wie verhext;

*

diese winzigen Entdeckungen fügten sich eine zur anderen; sie lösten in mir eine diffuse Beunruhigung aus, zuweilen einen Moment hingerissenen Staunens; sonst überließ ich mich nicht solchen Gefühligkeiten, weniger, weil ich gerade diesen Eindringling verfolgte und mein Geist nur auf dieses Ziel gerichtet war; es gab einen anderen Grund: *eine ungeheure Traurigkeit war über mich gekommen*, sie hatte begonnen wie ein kleiner Kummer und hatte mich inzwischen völlig eingenommen; ich spürte sie schon früh, ohne sie erfassen zu können, dann griff sie auf mein Bewusstsein über; nach einiger Überlegung vermochte ich es auszudrücken: Auf meiner Insel gab es einen Eindringling, und sein Eindringen – des Anderen, der über so viele Jahre für mich zu etwas Undenkbarem geworden war – warf mich an den Rand dieser Welt wie ein abgelegtes Ding; nachdem ich mich am Ende dieser zwanzig Jahre ins Zentrum von allem gesetzt hatte, ja in den Urgrund für die Vollendung dieses Orts, bekam ich den Eindruck, veraltet, verstaubt, verbraucht, verklemmt, von allem abgeschnitten, in mir selbst erstarrt zu sein;

dieser Eindruck wurde noch verstärkt durch die Art, wie ich die Insel neu entdeckte, wie ich bei ihren Einzelheiten verweilte, ihre Stimmungen genoss; sie hatte nichts mehr von dem feindlichen Block, den sie bisher für mich dargestellt hatte; ich nahm sie nun als eine von Leben überschäumende Unordnung wahr; der Eindringling war überall, unsichtbar, jedoch höchst wirkungsvoll; er war es, der diese Landschaften, diese Schmetterlinge, diese Düfte, diese bezaubernden Lichter aufscheinen ließ; er bedrängte und durchdrang das Gesamte und dessen kleinsten Teil; was ich in ihm vermutete, war genau das Gegenteil des Wenigen, das ich in mir selbst sah; ich stellte ihn mir lebhaft, schnell, frei vor, er führte ein Vagabundenleben in der schmalen Piroge auf seinen langen Reisen, mit der Freude der Primitiven; auf alle Fälle wusste er, wie er diese Hölle betreten und wieder verlassen konnte, die mich inzwischen zwanzig Jahre gefangen hielt; er kannte sich auf der Insel aus; er wusste, wohin er ging und wie; nirgends hatte ich störende Eingriffe bemerkt, gefällte Bäume, vergeudete Früchte, nirgends die üblichen Verwüstungen von Fremden, die auf eine unbewohnte Insel kommen, um Proviant zu fassen; dieser da hatte eine genau begrenzte Mission ausgeführt, mit so großem Geschick, dass er den Ort in keiner Weise störte; der Luftzug dieser neuen Entdeckung durchwehte mein Bewusstsein wie ein glühendheißer Zyklon; am Abend beweinte ich das Relikt, zu dem ich geworden war; meine Fantasie stellte sich den Eindringling als ein Wesen im Schmuck all des Begehrens vor, das bei mir schon lange verwelkt war;

*

ich hatte in einer starren Welt gelebt, angefüllt mit Gegenständen aus einer jahrtausendealten Fregatte, gewebt aus toter Vergangenheit, aus endlos Wiedergekäutem, etwas wiederholend, was schon dagewesen war; er, der Unsichtbare, der von nichts herkam und nichts glich, ragte dagegen in reiner Neuheit empor;

*

die Vergangenheit, die mich hatte erstarren lassen, wurde rissig in mir; während ich von Spirale zu Spirale in alle Teile der Insel ging, geriet ich in eine schmerzhafte Beziehung zu mir selbst; nachdem ich mein seltsames Gefängnis zweimal ganz umrundet hatte, saß ich wieder da, betäubt vor Erschöpfung, auf der letzten Spitze des letzten Felsvorsprungs; Massen von Meeresvögeln vollführten ihre Tänze; sie überhäuften die von Wind und Salz geschnitzten Klippen mit ihrem Kot; ich sah sie kaum; ich sah nur den Eindringling, der bestimmt von irgendwo ebenfalls auf sie blickte; ich grübelte über mein Gefühl, dass er den Ort vollständig durchwirkte; selbst der Himmel, selbst das Meer, sie waren für mich stets leer gewesen, gaben das unaufhaltsame Hereinbrechen dieses Fremden bekannt;

*

ich spürte das unwiderstehliche Bedürfnis, den Fußabdruck ein weiteres Mal zu untersuchen; vielleicht hatte es ihn nie gegeben; sein Fehlen wäre ein Glücksfall und würde meine frühere Herrlichkeit wieder herstellen; ich rannte hin, zu dem verwünschten Strand, und bekam einen großen Schreck: *der Fußabdruck war verschwunden, war nicht mehr da, ich hatte mich geirrt!* ...; ich wollte gerade brüllen vor Freude, als er plötzlich wieder erschien, an genau derselben Stelle, unerreichbar für die Wogen;

erneut fiel ich vor ihm auf die Knie, begann im Wahn zu reden, während ich ihn tränenversunken anstarrte; ich fiel hintüber, schicksalsergeben; dann sang ich ein Lied von weiß nicht was, es stieg aus einer Krypta meines Gedächtnisses; ich kannte es und kannte es nicht; ein Liedchen über Matrosen, Häfen und Saufgelage; eine gängige Melodie; ich war zweifellos ein Seemann ...; solch merkwürdige Erinnerungsfetzen kamen mir öfter ein; in den zwanzig Jahren war mir genauso viel eingefallen wie alle Dinge, die ich aus dem Schiff geholt hatte: Worte aus verrückten Sprachen ... ein Hang zu Hüten und Armbändern ... wie man mit dem Kompass und dem Winkel umgeht ... die Geschicklichkeit meiner Hände für alles ... meine Kenntnis im Befestigungsbau ... mein Wissen um die Vorrichtungen, mit denen man Wasser fasst, Wind nutzt, schwere Lasten transportiert ... meine Findigkeit im Pfropfen von Obstbäumen, im Säen und Ernten, trotz des Wütens der Ratten ...; ich hatte nie das Gefühl, irgendwelche Kenntnisse zu besitzen, nur jedesmal die freudige Überraschung, wie hervorragend meine Hände die Aufgabe meisterten; ein Kenntnisreichtum ruhte am Grunde meines verfinsterten Gedächtnisses; er sprang aus den verlorenen Fächern meines Geistes herauf; vergessene Fächer, die sich ohne Grund öffneten, sich lautlos wieder schlossen und mich verdutzt zurückließen; dieses umfassende Wissen, davon war ich überzeugt, machte aus mir einen außergewöhnlichen Menschen; ich musste ein sehr bedeutender Mann gewesen sein, ein Ingenieur, ein Gebildeter, ein Baumeister, ein Herr über eine Pflanzung oder der Kommandant eines Schiffs; mein Gedächtnis hatte sich verflüchtigt, aber meine Fähigkeit, das Unglück zu bezwingen, war unberührt geblieben; es war zweifellos diese *rätselhafte Erfahrung*, unbestimmt und grenzenlos, die ich unwissentlich in mir feierte, die ich zugleich suchte, und die ich mit so viel Eitelkeit auf der Oberfläche meines Inselkäfigs entfaltet hatte ...; in diesen zwanzig Jahren hatte ich in mir selbst gegraben, auf der Suche nach meinen Grenzen, meinen verlorenen Fähigkeiten und nach allen Gründen, warum mich die Gottheiten ausgewählt hatten, um es mit der Macht dieser Insel aufzunehmen; ich sang;

*

ich weiß nicht, wie lange ich auf dem Rücken neben dem Fußabdruck lag, mich in seltsamen Hirngespinsten wiegte, mich Wahnvorstellungen hingab, die ich eigentlich überwunden glaubte, und die mir dort wieder einfielen in tausend verworrenen Trugbildern; ich sang, ich brüllte, schrie laut wirres Zeug; ich beschimpfte mich selbst, beschimpfte den Eindringling, wenn ich meinte, er lugte hinter einer Wolke auf mich herab oder er schlich geduckt hinter einer dicken Schildkröte in der Qual des Eierlegens; ich wollte den Fußabdruck nicht mehr verlassen, schaute alle Augenblicke zu ihm hin, ich untersuchte ihn nicht mehr, sondern jeder Blick auf ihn versetzte meinem Bewusstsein einen wahren Schock;

*

ich blieb bestimmt über mehrere Jahreszeiten am Strand; schmiegte mich möglichst nahe an den Fußabdruck; schützte ihn vor den Vorstößen der Gischt; baute ihm ein kleines Blätterdach, aus Furcht, er könnte sich durch die Sonnenhitze verflüchtigen; ich wachte neben ihm auf; ich wusch mich neben ihm; ich fischte ganz in der Nähe; schluckte die Trauben der Uferreben neben ihm liegend; er veränderte sich den Tag über im Takt mit dem Strand, der auch nie derselbe war; es gab reichlich Anlass, von der ungeheuren Gleichförmigkeit des Sandes fasziniert zu sein, der doch flüssig, ungleich und veränderlich war; die Spur stand dem in nichts nach; vom unablässigen Anstarren verwandelte sie sich vor meinen fiebrigen Augen in ein Gesicht ohne Züge: das Gesicht des Eindringlings; in einer geisterhaften Wendung wurde sie plötzlich zu seiner Stimme; oder aber sie ragte zu einem Zeichen auf, das der Eindringling eigens für mich hier hinterlassen hatte: als Warnung oder Aufruf, als Grenzpfosten oder Besitzmarkierung; manches Mal schrie die Spur mir zu: *Ich bin gekommen* ... und ein anderes Mal: *Hier bin und bleibe ich!* ...; oder aber sie drückte einfach das Verlangen des Eindringlings aus, sich die Beine zu vertreten, wobei er im Sand einen ganzen Fuß als Abdruck hinterlassen hatte;

ich verfiel darauf, ihn mir in allen Einzelheiten vorzustellen; er musste sehr groß sein, sehr schwer, ein halber Riese, gemessen an der Wirkung, die seine Spur ausübte; mein Gedächtnis setzte dämmerige Zonen frei, und ich sah ihn als einen Neger oder, nach der Sitte der Indianer, schillernd rot von der Farbe der Rukufrüchte; er war auf jeden Fall einer dieser hässlichen Söhne der Sonne, gewohnt, vom Salz gegerbt zu werden, sie konnten in den Sternen lesen und die Winde meisterten sie nur mit ihren Nasenlöchern; er musste diese Gegend gut kennen, sie in langer Einsamkeit ohne Furcht bereisen können; seine Piroge musste recht groß sein, um so lange der hohen See standzuhalten; wo hatte er sie versteckt? ... in welcher unbekannten Bucht? ... hatten seine Leute ihn nur abgesetzt, würden sie eines Tages zurückkehren, um ihn abzuholen? ... wer war er, dass er über das Geschick verfügte, bis hierher zu gelangen, und dass es ihm gelingen konnte, unentdeckt zu bleiben? ... diese Fähigkeit machte aus ihm einen Krieger, der in der Lage war, mich in nicht mal einer Sekunde zu vernichten; abertausend fürchterliche Waffen kamen mir in den Sinn, sie mussten seine Schultern belagern, auf seinen

Rücken trommeln, um seine Hüften baumeln; *nägelgespickte Hacken; Schlagbeile mit einer Schneide; Spieße zum Bauchaufschlitzen; Giftpfeile; Dolche aus Walknochen; Kopfspalter aus Muschelspitzen* ...; er war sicher nackt, nur mit einem Etui für sein Minotaurenglied; sein Haar geflochten mit Eidechsenblut; und seine Ohren durchstochen von Jadestiften und Malachitfibeln; seine Stirn war von erschreckender Flachheit, damit er Himmel und Erde zugleich sehen konnte ...;

er nahm Gestalt an und verlor sie wieder, infolge der absonderlichen Bilder, die meinen Geist einnahmen; das eine zeigte ihn blau mit gelblichen Augen; ein anderes bedeckt mit einem Pflanzenbrei, der aus ihm einen lebenden Dornbusch machte; wieder ein anderes zeigte ihn mir mit Büscheln klappernder Ringe an Nase, Mund und Ohren, wobei Tätowierungen seine Haut in eine Hexenrinde verwandelten ...; er hörte nicht auf, sich wie wahnsinnig zu verändern, er erschien sogar ganz rothaarig und bärtig, mit einem Eisenhaken anstelle der rechten Hand, als Portugiese, Spanier oder Engländer, vielleicht war er auch einer von diesen Franzosen, die sich immer für die Herren der kleinen Inseln hielten ...; aber diese Abdriften dauerten nicht lange an; er konnte unmöglich Teil der Welten sein, die durch die Fregatte die meinen geworden waren; er war anders, wie diese Insel, unüberwindlich fremd;

ich begann, ihn mir mit Schlitzaugen vorzustellen oder mit einem Turban, den Kopf in einen Spitzhelm gezwängt, einen Türkensäbel schwingend, während er auf einer Kamelstute ritt; ich sah ihn inmitten seines Volks, wie er Steinsaft trank und in den Gestirnen ausgebreitete Prophezeiungen las; ich sah, wie er Federn anbetete und sich auf eine Saurierfamilie an ruhig fließenden Flüssen berief ...; bestimmt schleppte er die Eingeweide seiner Eltern in einer übergroßen Muschel als Urne mit sich herum, was ihm die Zwiesprache mit ich weiß nicht welchem üblen Teil des Himmels erlaubte; er briet roten Mais, wenn seine Frauen gebaren oder bestellte mit einer Handvoll Pollen Regen; ich spürte wohl, dass es sich um Fiebergesichte handelte, aber ich muss zugeben, ich liebte es, sie nach Herzenslust wachzurufen, endlos wiederzukäuen, ich zog gerade aus diesen kindischen Illusionen mein zweifelhaftes Vergnügen, denn ich empfand dabei ein gesteigertes Dasein, wie es mir seit zwanzig Jahren nicht mehr vergönnt gewesen war;

je mehr ich ihn mir in primitiver – und dazu höchst grotesker – Gestalt vorstellte, desto mehr überkam mich die Empfindung, nicht mehr Teil der Menschheit zu sein, von der ich vergessen war und die ich vergessen hatte; ich stand außerhalb, *in der Leere des Da-Draußen*, den Blick mit vergeblichem Geheul auf diese Menschheit gerichtet; weder er noch sonst jemand hörte mich; ich gehörte zu einem Ding, zu dieser Insel, war in ihr verborgen, und er war der Mensch; er kam vom Horizont, er ritt die Winde, er konnte wieder auf die Reise gehen; er brauchte mich nicht, aber ich war nichts ohne ihn; dieses Inselgefängnis war nur wie ein Zweiglein in seinem unermesslichen Universum, für mich hingegen war sie wirklich alles, mein Anfang, meine Gegenwart und mein Ende, meine ganze Vergangenheit und meine ganze Zukunft

... in einer allmählichen Alchimie, ohne dass es mir überhaupt bewusst wurde, verzichtete ich auf meine Furcht und begann, ihn anders zu sehen; er besaß also etwas, und ich nicht, etwas Unendliches, das ich vergeudet hatte, indem ich es zu schützen versuchte; er war *das gesamte Anderswo, und alle Möglichkeiten* dazu;

bei der Betrachtung des Fußabdrucks fiel mir plötzlich auf, dass er vom rechten Fuß stammte; das war schon mal ein gutes Omen, der linke hätte nichts Gutes gebracht; es heißt, in manchen Völkerschaften wachen Sklaven darüber, dass Besucher das Reich mit dem rechten Fuß betreten; es heißt, dass es in sieben Weltteilen Treppen gibt, deren Stufen so abgezählt sind, dass der letzte Schritt, der den Tempel erreicht, mit dem rechten Fuß ausgeführt wird ...; dass manche Apostel Christi im Staub nur die Spur ihres rechten Fußes hinterließen, und dass die Mütter großer Propheten im Schlaf nur den großen Zeh des rechten Fußes bewegten ...; trotz der Lächerlichkeit dieses Aberglaubens hörte der Fußabdruck mit einem Schlag auf, feindlich zu sein; *er war von einem Menschen, den das Schicksal zu mir geführt hatte;* er war die Antwort auf Jahre des Schreckens und der Rufe vor dem verlassenen Horizont; er war mit ebensoviel Recht auf dieser Insel wie ich, vielleicht ebenso verloren wie ich zu Beginn; ich musste lachen bei dem Gedanken, wie er möglicherweise zitternd vor Bangigkeit in der Krone eines großen Baumes saß; ich stellte mir vor, wie ihm die Kinnlade herunterfallen würde, wenn er mich eines Tages vor sich sah; ich wusste nicht, wie er mich wahrnehmen würde; ob er diesen Hochmut bemerkte, mit dem ich mich bisher bekleidet glaubte ...; bestimmt hatte er mich vorübergehen sehen, mich für einen Erzengel der Hölle gehalten und sich daraufhin in einem Schweineloch verkrochen; ich liebkoste die Idee, er sei der Überlebende eines ähnlich mysteriösen Ereignisses wie jenes, das mich hierher verschlagen hatte, und wir könnten das Zivilisationswerk auf dieser Insel gemeinsam vollenden; sie dem Besten unterwerfen, was in diesem Menschsein lag, eigentlich war das unsere Aufgabe; außerdem: *Was hatte ich zu verlieren?* zwanzig Jahre Einsamkeit! *Was konnte er mir schon antun?* mich auf die eine oder andere Weise aus diesem starren Verlies hinauswerfen! ...; ich war fassungslos bei dem Gedanken, dass ich ihn hatte töten wollen, oder dass ich mir vorgestellt hatte, er wollte meine Haut; falls diese Furcht noch vorhanden war, blieb sie wirkungslos angesichts eines Hochgefühls, das mich plötzlich erfasste: *Ich hatte das Verlangen, auf ihn zuzugehen, ihm zu vertrauen, und alles daranzusetzen, dass er mir vertraute;* und falls das Schlimmste eintreten sollte – falls er mich tötete, verstümmelte, in Sklaverei unterwarf –, so wollte ich es zulassen, denn er hätte mir immerhin diesen Augenblick des Kontakts, der Berührung, der Begegnung geschenkt, den nichts mehr wahrhaft verfälschen konnte; und sollte es nur ein kurzer Moment sein, für mich würde er eine großartige Sekunde bleiben – der Moment, in dem ich nach zwanzig Jahren des Einsiedlertums endlich ins Dasein zurückkehrte;

*

mit tastenden Fingern suchte ich mein Gesicht unter dem Wust von Haaren und Bart, der nur meine Augen unter dem

Rand des Hutes freiließ; mit meinem schärfsten Messer begann ich, alles abzuschneiden, alles zu rasieren, Schädel und Wangen, sogar die Haare auf Armen, Brust und Beinen; ich war bestürzt über den Haufen von Haaren, der sich um mich ausbreitete, ein echtes Fell, und ich hatte es nicht mal bemerkt; völlig gegen meine Gewohnheit ging ich ins Wasser, um mich zu reiben und noch mehr zu reiben; meine menschliche Haut sollte wieder zum Vorschein kommen, wieder zu sehen sein, ich wollte, dass er sich in mir erkannte; er war kein Eindringling, *er war ein Anderer;* ein Anderer, der etwas mit der Wenigkeit zu tun hatte, zu der ich geworden war; Er, unendlich reich an allem, was nicht von hier stammte und mich wieder zu dem machen konnte, der ich einmal war; ich belud mich mit Früchten, häufte Maniokwurzeln in einen Korb, dazu Mango- und Himbeerwein; ich nahm Holzapfelmarmelade für ihn mit, einen getrockneten Kofferfisch, eine Kugel Blütenpollen ... sehr kleine Wunder, mit denen ich mir den Alltag in der Hölle angenehmer machte; beladen mit all diesen Gaben ging ich ein weiteres Mal auf die Suche nach ihm ...;

30. Juli – im Jahre des Heils 1659 – gestern haben wir auch einen Mann wegen Skorbut verloren. Der Chirurg wollte ihn nicht an Bord einbalsamieren. Ich ließ ihn rasch in ein Leichentuch aus Segelstoff einnähen. Dann versammelten wir uns zum Totengebet. Die Feier war deutlich länger als sonst. Wahrscheinlich wegen des ungewöhnlichen Ortes, an dem wir segelten: Das Blau der Algen erblasste schon längere Zeit unter einem Teppich von Quallen. Die Leiche schlug auf dieser gallertigen Masse auf, sie war lebendig, als bildeten die tausenden Lebewesen nur durch ihre Klebrigkeit ein riesiges Ungeheuer, das unser Schiff belauerte. Der Leichnam des Unglücklichen hatte es schwer, hineinzusinken, aber am Ende zogen ihn die Zwölfer-Eisenkugeln in die Tiefe, wenn auch mit grausiger Langsamkeit. Es gelang ihm, in die Abgründe zu entschwinden und seine Seele Gott anheimzugeben. Ich wage es kaum zu schreiben, aber die Gottheiten, die diese Quallen beleben, mögen ihn ebenfalls beschützen ...
5. August – im Jahre des Heils 1659 – Wir nähern uns dem Kontinent. Nach den Sandbänken und kleinen Koralleninseln wurden die ersten größeren Inseln gesichtet. Stets ein angenehmer Anblick. Sie kündigen sich mit Gewürzduft, Pflanzendunst und Vogelschwärmen an, die sich auf unseren Rahen nicht mehr ausruhen müssen. Wie ein Wunder, wenn sich eine Insel vor dem leeren Horizont abzeichnet, als wäre sie aus den Abgründen emporgetaucht. Es führt jedesmal zu einer gewissen Befriedigung, vor allem, da wir unsere Süßwasserfässer auffüllen, zwei oder drei Lamantine oder Wild-

schweine fangen können, um sie nach Art der Wilden über dem Feuer zu braten. Eine Abwechslung vom wurmigen Pökelfleisch und ledrigen Schiffszwieback ...

17. August – Im Jahre des Heils 1659 – Heute Morgen, als wir eine kleine unbekannte Insel verließen, vor der wir ein paar Tage lagen, kam mir die Idee, eine alten Passage anzusteuern, die ich vor sehr langer Zeit befahren habe. Etwas ging mir nicht mehr aus dem Sinn, Erinnerungen hatten mein Gedächtnis und meine Neugier angeregt ... Dem Navigator gefällt das nicht. Denn für das betreffende Gebiet gibt es keine genaue Karten. Zu seiner Beruhigung habe ich mehr Sondierungen angeordnet und die Wachen verdoppelt ...

2. Das kleine Ich

schwer zu beschreiben, welches Hochgefühl meinen Geist beflügelte; ich schritt schnell mit entspanntem Rücken dahin; ich hatte mich von meinen alten Kutten aus Tierhäuten befreit, so dass meine Arme nackt blieben; ich trug nur dies Fell, das meine Knie gegen die Dornen schützte; ein Cape über meinen Schultern ließ Brust und Bauch frei; ich wollte, dass er meine Glieder sah, meine Atmung, meinen gesamten Körper; sogar meine Augen trugen zu dem Fest bei und suchten einen Teil meiner Seele auszudrücken; ich war aus der fernsten Tiefe einer Grube auferstanden, um mich voller Lebenslust an das Fenster meiner Pupillen zu setzen; sogar die Lederstreifen, die seit einiger Zeit meine Füße schützten, hatte ich abgewickelt; sie waren bloß, damit der unsichtbare Andere meine Zehen sah; sofort spürte ich an meinen empfindlichen Fersen, wie die gesamte Insel lebte; die Weichheit des dichten Grases; das Saugen des Schlamms und der Sumpflöcher; die trockene Hitze der Steine ...

ich glitt häufig aus, da ich meinen Gründerstab weggelegt hatte; es war angenehm, die Grabessteifheit ganz aufzugeben, durch die Art, wie ich ging, mich umwandte, hinsetzte, einfach lebendig war ...; ich bewegte mich jetzt ohne Deckung, machte so viel Geräusch wie möglich bei meinen Worten, Gesängen, bei meinen langen Rufen ...; alle hundert Schritte rief ich: *Werda, werda, wo bist du, guter Mann?* ...; und so lief ich dahin, bereit, den Anderen von einem großen Baum heruntersteigen oder aus dem Halbdunkel einer Bambusschlucht auftauchen zu sehen;

mein Umherschweifen war so planlos, dass es die Vögel aufscheuchte; sie schossen von überall her, dichtgedrängte Schwärme, die in alle Richtungen explodierten, um sich sogleich wieder zusammenzuscharen angesichts dieser Gefahr; das Gestrüpp wurde von überstürzten Fluchten geschüttelt, wohl von am Boden nistendem Geflügel, dabei waren aber auch Ratten, Schlangen und diese verfluchten aus der Fregatte entlaufenen Katzen, die sich hier ohne Ende vermehrt hatten; ich bekämpfte das Problem mit den Katzen, indem ich sie jagte und verzehrte; ich stellte aus ihren Knochen Flöten her; ich pflanzte ihre Schädel über meinen eingesäten Feldern auf, um die schwarzen Grackeln zu vertreiben; ich verwendete sie auch als Lebendköder, um Haie zu fangen, ich hatte es auf den Lebertran und die Flossen für eine köstliche Suppe abgesehen; ich war glücklich, so zu lärmen; bisher hatte ich mich stets zwischen die Feindseligkeiten dieses Ortes geschlichen, mit ängstlichen Schritten, unsicheren Schritten, zuletzt waren sie derart verkrampft, als würden sie betreten verstummen; mein Leichtsinn erlöste mich endlich aus tausendjähriger Verknöcherung;

schwer zu sagen, wieviel Wegesstrecke ich jeden Tag zurücklegte; ich marschierte bis zur Erschöpfung, hielt nur, um eine

Katze oder einen jungen Vogel zu jagen und mir ihn mit feierlichem Aufwand zuzubereiten; ich wollte, dass die Witterung von gebratenem Fleisch sich in alle Richtungen verbreitete und der Kerl zu mir angelaufen kam; ich kochte Katze, aber auch Hase, Lerchen und Ortolane, eine besondere Köstlichkeit; ich briet eine große Echse, ihr Fleisch erinnerte mich an Bison, und füllte sie mit Wachteleiern; auf diese Weise bereitete ich auch eine Wasserschlange zu, die beim Baden über mich hergefallen war; das mit dem Baden war das Neueste; in der Nähe eines Baches bekam ich immer Lust hineinzuspringen, mich zu waschen, die tausendjährigen Krusten abzulösen, die mich überall bedeckten und sehr allmählich in Schuppen abfielen; das frische Wasser war so erquicklich, dass ich lange Zeit darin liegen blieb ohne mich zu rühren; sogleich stürzten hundert Krabben zu mir, ich konnte sie in Büscheln packen und in meinem eisernen Topf herrliche Frikassees zubereiten; als ich sie kochte, machte ich übrigens eine mehr als erschütternde Entdeckung; ich kauerte an meinem kleinen Feuer, erfreut über das Brutzeln der Krabben in meinem Kokosöl, als ich meine Zehen sah; mein Herz zog sich schmerzvoll zusammen; ich meinte, eine Tierpranke vor mir zu haben, mit glasigen, langen, unförmigen Krallen; in den zwanzig Jahren waren meine Nägel gewuchert, hatten Bärentatzen gebildet, und ich hatte nie darauf geachtet; noch trauriger sahen meine Hände aus; die Nägel waren abgeschliffen, abgebrochen, schartig und gespalten, sie wölbten sich in unterschiedlicher Länge, fast wie Klauen; mit größter Sorgfalt kürzte ich sie alle, feilte sie dann mit meinem Messer, bis meine Finger und Zehen wieder einen erträglichen Anblick boten;

leider blieb es nicht bei diesem einen Schock; der nächste war die Illusion über mein Sprechen; wenn ich nicht gerade sang, schritt ich durch das Unterholz, über die Savannen und Hügel, deutlich sichtbar nach allen vier Winden, und schrie: *Werda!* ...; auf jedem Felsvorsprung – wenn seine Anlage meine Stimme in die weiteste Ferne zu tragen versprach – schrie ich aus Leibeskräften ein Wort, einen Vers aus meinem Büchlein, etwas, das diesem Anderen zeigen sollte, dass hier ein Bruder lebt, der ihn sucht; was ich auszusprechen glaubte, hatte ich im Kopf, aber wie groß war meine Überraschung, als ich mich plötzlich selbst hörte; ich hatte zunächst geschrien: *Werda!* ... davon war mein Geist überzeugt, mein Verstand hatte es so registriert; aber an der Stelle, wo ich es geschrien hatte – auf dem Rand einer Klippe, die viele andere niedrigere Felsen überragte –, war meine Stimme an die Felswände getragen worden, so dass eine Art Echo das wiedergab, was ich wirklich geschrien hatte: *ein undeutliches Brummen!* ... etwas Unverständliches, das sich in nichts mit dem deckte, was ich zu äußern meinte;

beinah wäre ich hintübergefallen; mit klopfendem Herzen sagte ich andere Worte, ein paar Sätze, sang eine Strophe und zwei meiner ältesten Lieder; jedesmal vernahm ich als Antwort nur Pfeifen oder Brummen, Meckern, Heulen, Gackern ... Laute, die viel mehr mit den Tönen aus meiner Umwelt zu tun hatten, als mit der Struktur der menschlichen Sprache; meine Worte waren zu einem erschreckenden Abbild der Tierschreie herabgesunken, die mich die ganze Zeit umgaben;

ich hätte weinen können, aber mein Hochgefühl wegen des Anderen war so groß, dass mir genügte, es zu wissen; ich blieb vor diesen Felswänden, die das Echo zurückwarfen, eine ganze Ewigkeit, sicher mehrere Wochen, und hier prüfte ich, ob das Bild der Worte, wie sie in meinem Geist waren, mit den Klängen, die aus meiner Kehle kamen, übereinstimmte; vielmals war ich schon daran aufzugeben, in der Furcht, ich hätte durch eine fatale Verformung meines Kehlkopfs die Gnade des Sprechens verloren; aber sie kam wieder; das Echo warf mir ein paar Laute zurück, dann Silben, endlich Wörter, die satzähnlich klangen; ich nahm meine Wanderungen zu meinem guten Mann wieder auf, arbeitete dabei unablässig weiter an der mühevollen Rückkehr zum Segen des Wortes;

*

Herr, mich beherrschte ein Gemisch aus Bestürzung und Hochgefühl, ich war betrübt zu entdecken, was aus mir tatsächlich geworden war; dennoch war ich durch das Hochgefühl, den Anderen zu treffen, mit einem Teil der Menschheit wieder in Kontakt zu kommen, voller Freude; indem ich mich auf der Insel isolierte, indem ich mich von der Insel isolierte, hatte ich mich auch von mir selbst isoliert; mein Leben hatte sich nur gerade dem angepasst, was zum Funktionieren auf dieser feindlichen Macht notwendig war; ich war in eine verderbliche Osmose mit ihr geraten; sie hatte mich angesaugt, vielleicht sogar verdaut, ihr nachgeformt; im Zweifel, ob mein Verstand und meine Sinne richtig arbeiteten, begann ich, Farben, Aromen und Gerüche zu hinterfragen, die ich zu erkennen meinte; es verging keine Sekunde mehr, ohne dass ich überprüfte, ob meine momentane Wahrnehmung mit dem an diesem Ort Möglichen übereinstimmte; da bemerkte ich, dass schon seit einer wer weiß wie langen Zeit der Himmel für mich nicht mehr blau war; er war farblos; ein Deckel; eine Leere; ein Abgrund; was ich von ihm sah, war nur das von irgendeinem Gefühl ausgelöste Trugbild; das gleiche erschien mir angesichts des Meeres und von ihm ausgehend der ganzen Insel; zu jeder Gelegenheit, wenn ich am Strand entlanglief, musste ich fortan neu lernen, mit Bedacht hinzuschauen; ich suchte blaue, violette, gelbe, rote Nuancen, die silbrigen der Wolken, das cremige, kalkige oder sprühende Weiß der Gischt; ich entdeckte im Laub warme Grüntöne, Lindgrün, lauwarmes Grün, schattiges Grün, Grün, das ins Rote geht oder von Gelb geädert ist; das Gleiche versuchte ich bei jeder Blüte, jedem Tier, jedem Ding; und in alles führte das Licht unentwegt flüssige Abstufungen ein; ich ging bald in einer berauschenden Explosion unaufhörlicher Lichtreflexe, in prachtvollem Gefunkel; ich irrte durch einen Palast aus Diamant und feinem Gold im Glanz von tausend Fackeln; seltsamerweise begann ich bei diesem dauerhaften und totalen Schauspiel zu zittern; meine Beine verloren ein wenig ihre Lauflust; alles war zu neu, zu erneuert, zu erstaunlich; alles stellte sich mir anders dar, in einer wahren Überfülle; mein Geist war so beweglich geworden, dass mir schwindelig wurde; ich musste mich häufig setzen und die Augen schließen, um die Reizüberflutung zu bannen, die mir manchmal die Luft abschnitt; um ihr zu entkommen, schlief ich schlagartig und für längere Zeit ein, wie die Neugeborenen die Welt filtern, wenn alles auf sie einstürzt;

*

ich brauchte Zeit, bis ich mich an meinen neuen Zustand gewöhnt und eine gewisse Gelassenheit wiedergefunden hatte; das Hochgefühl war weg; ich war nüchterner, ruhiger, aufmerksamer für mich selbst und die kleinen Dinge rings um mich; ich dankte dem Himmel für die unerwartete und umfassende Neuentdeckung; ohne sie hätte der Andere nur noch ein Tier mit Pranken vorgefunden, grunzend, verstört, hysterisch; jetzt ging ich ruhig voran; meine Augen stellten sich hauptsächlich Fragen; mein Verstand betete einen langen Rosenkranz von Zweifeln herunter und gewann damit ein Gleichgewicht; ich mäßigte die Laute, die aus meinem Mund drangen, um ihnen möglichst viel Menschliches zu geben; und mein etwas langsamer schlagendes Herz ertrug das Gebrodel von Gerüchen und Farben besser, die meine Streifzüge begleiteten; so ging ich auf den Anderen zu; und dann sah ich ihn;

er war da, direkt vor mir stand er auf einer Savanne; er kaute rote Beeren, offenbar riss er sie von den umstehenden Sträuchern; er schien sehr alt zu sein; graue Haare; dunkle, trübe Augen; das Gebiss bewegte sich ruckartig, aber seine Haltung war noch voller Stolz; er schaute mir ohne Überraschung, aber auch ohne jede Freundschaft entgegen, nur unwillig, dass ich ihn in seiner Ruhe störte; nachdem ich ihn mit größter Feierlichkeit begrüßt hatte, begann ich ihn leise anzusprechen; er zuckte zusammen, machte zwei Schritte zurück; bemüht um Langsamkeit und Beruhigung blieb ich stehen; bedacht auf die Schönheit meiner Gesten hielt ich ihm die für ihn bestimmten Köstlichkeiten eine nach der anderen hin; er zeigte keine Reaktion; ich setzte mich auf der Savanne nieder und führte ihm vor, wie ich einige der schmackhaften Wunderdinge aus meinen Kalebassen kostete; zugleich breitete ich den Rest vor mir aus und lud ihn mit einer gefälligen Armbewegung ein, mitzuhalten; sein Geruch war so stark, dass er die Savanne überflutete und mir in die Nase stieg; er war ...; *er war mir nicht fremd ...*; plötzlich wurde mein Geist von einem Beben ergriffen; aber da war so viel Weisheit in seinen Augen, dass ich ihn wieder ansprach; ich sagte ihm, für wen ich mich hielt und was ich erlebt hatte; ich sprach über die Insel, die Fregatte, die Ratten, die Katzen, meine Felder, meine Bienenstöcke, mein festgewachsenes Boot, meine Versuche, die Insel auf Flößen aus Gummi- und Bambusholz zu verlassen ...; völlig umsonst; ich fuhr noch fort, ihm einige Höhepunkte zu schildern, in diesem Moment wich er plötzlich zurück und lief weg; da sah ich ... seine Bockshörner ... und fing an zu heulen vor lauter Schreck und Scham;

dieser alte Schafbock war mir viel menschlicher vorgekommen als ich! ...; ich glaubte, verrückt zu sein und stürzte mich ins Dunkel einer Schlucht, krümmte mich dort vor Verzweiflung; es war mir unmöglich zu verstehen, was vorgefallen war; eine solche Halluzination war das Zeichen für die Zerrüttung meines Geistes; ich brauchte mehrere Stunden regen Nachdenkens, bis ich einsah, dass dieses Unglück nur der brennende Wunsch nach dem Anderen war; der unstillbare Durst nach einem Tropfen Menschlichkeit; als ich meine Wanderungen wieder aufnahm, gelang es mir dank dieser neu erkannten Wunschmaschine, den Ort viel besser zu erforschen, als zu allen anderen Zeiten meines Alleinseins; ich drang nicht weit vor im Raum; ich durchlief kleine Offenbarungen und ungeahnte Tiefen des Gefühls, jeder Schritt bot neue Erkenntnisse; jeder Gipfel eines Hügels war ein Ort neuen verwunderten Lernens; alles, was rings um mich empfindsam oder menschlich war – Bäume, Tiere, Laub, Felsen und Moose, Winde und Klippen –, enthüllte sich meinen Blicken; Bewusstseinssplitter, Kreislauf der Zärtlichkeiten; Momente voller Zuneigung und Melancholie; ich verbrachte bei meinen Wanderungen ganze Tage damit, diese Wesenheiten richtig zu betrachten; ich war endlich fähig zu spüren, was uns verband; genau wie ich war jedes von ihnen bemüht, das zu leben, was ihm gegeben war; genau wie ich kämpfte sich jedes ab, mit List zu überleben; alle lebten wie ich in diesem »Da-Draußen«, am Boden dieses Verlieses, sie wurden dadurch zu meinen Leidensgenossen, zu meiner Notgemeinschaft; wir waren im gleichen Boot und litten das gleiche Schicksal; darum war ich glücklich und gebeutelt zugleich;

*

es kamen noch weitere Überraschungen; ich hatte die Insel mit einer dritten Verteidigungslinie überzogen: mit Vorratslöchern, gegraben am Fuß von Felswänden; sie stammten aus meiner täglichen Furcht vor einer Invasion der Wilden; ich hatte ihnen Namen gegeben – *strategische Punkte, taktische Flanken, Feldlager, Rückzugsbasen, Nachschublogistik …* – nach einem Wortschatz, der aus der Leere meines Gedächtnisses emportauchte; so hatte ich einen Unterschlupf an jedem

Punkt der Insel und dabei überall das Notwendige, um mich neu einzurichten; im Laufe meiner lautstarken Ausflüge auf der Suche nach dem Anderen besuchte ich, alter Gewohnheit gehorchend, nacheinander alle diese Orte; alle waren sie im Busch versunken, wie sie sollten, und nicht mehr zu erkennen; in meiner Sorge, die Insel zu zivilisieren, pflegte ich diese Vorratslager mit einem unauffällig in die nähere Umgebung gestellten Schild zu benennen; wie ich die Vorräte wieder füllte, frischte ich die verblasste Tinte auf oder überdeckte sie mit Zeichen, Wörtern, Sätzen aus meinem geschätzten Büchlein; an jenem Tag fand ich also eine Basis in einer Steingrube, verdeckt von stark riechenden Büschen, die einen Schwarm roter Bienen und haarige Raupen berauschten; die Basis bestand aus einer Hütte aus Rippchen-Holz, eingerahmt von einem Felssturz; davor gluckerte ein über tönende Kiesel dahinschießender Bach; als ich die Tafel suchte, die sich dort befinden musste, traf ich nur auf ein Stück Rinde mit nichts als einem unwürdigen Gekritzel; das Gekrakel war nicht nur völlig unverständlich, es stammte offensichtlich von der Hand eines Schwachsinnigen; der Ortsname, mein Besitzsiegel, das Kennzeichen meines Glanzes war in Wirklichkeit nur ein seelenloses Geschreibsel...;

ich rannte weg wie eine geköpfte Ente, auf der Suche nach meinen nahegelegenen Schildern, meinen Zeichen und Wegmarken; es war eine bittere Entdeckung nach der anderen; auf einigen Tafeln waren noch Worte zu lesen: *Yé, Tabak, Kongo, Odono, Jupiter, Niger, Schöne Brücke* ...; einige ältere ließen erkennen, was ich hatte schreiben wollen: *Weg des Wortes, Sagen und Denken, Überzeugung ...;* aber auf allen anderen hatten Sonne und Regen einiges von der ursprünglichen Aufschrift ausgelöscht, doch was ich darüber geschrieben hatte, ergab überhaupt keinen Sinn mehr: Zusammensetzungen von Silben oder Buchstaben, die in peinlichem Aberwitz aufeinanderprallten, *KKKOP, IIIMBV, ILILILX* ..., um nur einige zu nennen ...

statt zu weinen, beschloss ich, mich darüber zu freuen; ich nahm mir Zeit, jedes einzelne der Schilder zu säubern; zunächst entfernte ich alles mit einer Sorgfalt, die einer Beschwörung nahekam; dann beschriftete ich die Schilder unter Aufbietung aller mir möglichen Mühe, Schicklichkeit, Gewissenhaftigkeit, nach Wunsch und Willen mit neuen Namen – *Stuten ... unsterbliche Wagenlenkerinnen ... Krisis ... Veränderung ... unbeweglich* ... – und betete dabei zum Himmel, dass ich wirklich das Gewollte hinschrieb ...

*

der Zweifel an der Tauglichkeit dessen, was ich wiederherstellte oder von mir selbst wieder einbrachte, setzte sich in sehr gesunder Weise fort; ich nutzte diese Zweifel wie ein Sturmfeuerzeug: mich besser zu beobachten, besser auf mich zu achten, die Zielsetzung meines Tuns zu prüfen, auf das zu hören, was ich sang, als käme es nicht aus meinem Mund, meine Schrift zu überwachen und jede Linie tausendmal wieder zu lesen ...; diese Reaktion fand ich positiv; ohne mich von den vielen Rückschlägen niederdrücken zu lassen, reagierte ich wie ein Mann, ich nahm die Sache wieder in die Hand; für mich stand fest, dass der einsame Geist vor allem ein Abgrund der Illusionen ist; und diese Erkenntnis gab mir das Gefühl, auf einem wilden Meer in Seenot geraten zu sein und mich an eine letzte Planke klammern zu müssen, nämlich an mein ursprüngliches Ich, meinen Rest Menschlichkeit ...

ich achtete auf diese Wiederauferstehung, die sich während meiner Wanderungen von Tag zu Tag vollzog; auf diesen Anderen zuzugehen stürzte mich in heilsame Umwälzungen; bisher war ich in einem Sumpf von Wahnvorstellungen versunken, der sich am Grund meines Hirns zusammenbraute; nun widmete ich alle Kraft dem Draußen-Bleiben, wie im starken Wind, unter dem Knallen der Brecher auf See, unter der knallenden Sonne, wirklich draußen, wie an der Kante einer den wütenden Stürmen ausgesetzten Klippe; ich, der ich mich stets in der Deckung von Zelten, Laubhütten, Höhlen, Gewölben und Schluchten aufgehalten hatte, lebte jetzt draußen – und auch ohne jeden Zweifel: *außerhalb* – ich aß draußen, arbeitete draußen, schlief draußen, träumte draußen, pisste und kackte draußen; ich mied die Verstecke, setzte mich völlig ungeschützt aus, um nicht wieder von einem Unheil erfasst zu werden; ich ging ein weiteres Mal daran, alles neu zu entdecken; das waren jedoch nicht nur Vorsicht und Zweifel, von denen meine Nase, meine Ohren, meine Augen geschärft waren oder auch mein Mund, und wodurch der Tastsinn meiner Hände erweitert wurde; es war vor allem *die Erscheinung, die nicht auftauchte,* die ungreifbare und undeutliche Erscheinung des Anderen, den das Schicksal mir endlich geschenkt hatte; er begleitete meine Schritte; er schuf tausend Möglichkeiten bei jeder meiner Erforschungen eines neuen Gebietes; ich stellte mir vor, er habe das Gleiche gesehen wie ich, so dass sein Blick nun meinem voraus ging bei allem, was ich beobachtete; er ging meinem Blick nicht nur voraus; er beeinflusste ihn; ich versuchte zu empfinden, was er empfunden hatte vor dieser Ansammlung von Vogelnestern; ob er wohl zusammengezuckt war beim Anblick dieses alten Schweins, dem ein Mysterium einen gelblichen Kamm auf den Kopf gesetzt hatte ...; ich spürte die Existenz des Anderen, er gab den Dingen ihre Farbe, er bestimmte meine Eindrücke; und bei alledem konnte ich nicht umhin, mir *sein grenzenloses Verlangen nach diesem Ort* vorzustellen, zweifelsohne, im Anschluss an die vielen Monate einsamen Segelns; er war daran gegangen, mit einer Begierde in diesen Ort einzudringen, auf die ich eifersüchtig war, und die in mir eine brennende Besitzgier nach der gesamten Insel auslöste;

*

die Wanderungen brachten mich weiterhin zu meinen früheren Niederlassungen; auch wenn ich meinte, rein zufällig umherzuirren, gelangte ich doch jedesmal zu einem meiner Vorratslager, an den Rand einer Pflanzung mit Roggen, Reis, Kaffee, Weizen oder Mais ...; egal was ich anstellte, zu irgendeiner Zeit des Tages befand ich mich genau vor einem Vorrat an Waffen oder Lebensmitteln; tatsächlich irrte ich keineswegs umher, sondern steckte nach wie vor in einem engen Korsett; ich ging Punkt für Punkt zurück in die Gegenden der Insel, die ich bereits kannte und mied unmerklich alle anderen; um diesen Mechanismus zu bekämpfen, begann ich, meine Wege zu »überdenken«; das einfachste war dabei, mich an die Stelle jenes Anderen zu versetzen und mir vorzustellen, ich sei eben erst auf dieser Gefängnisinsel gestrandet, also meine Erforschung nach einem Gefühl auszurichten, das ich für das seine hielt; so verließ ich die in meinem Geist gebahnten Spuren und ging nach draußen, nach außerhalb, setzte mich aus ...

*

daraufhin leitete mich etwas anderes an, ohne mich richtig zu führen; eine nomadische Kraft; sie lenkte meine Schritte, blieb aber außerhalb meiner selbst; ab und zu streifte sie meinen Geist, kitzelte mein Verlangen, übertrug mir plötzlich einen überraschenden Impuls; ich konnte ohne Grund eine Kehrtwende machen oder diesen Abhang hinunterlaufen, als hätten mich die knisternden Bambusrohre dort unten gerufen; so kam ich in bisher unsichtbare Bereiche; ein machtvolles Gefühl der Fremdheit ging von diesen ständig neuen Räumen mit ihrem dichten Wald oder mit ihren schauernden Brachflächen aus ...

ich sah Stämme mit geplatzter Rinde, die nach Schwefel und Sandelholz rochen; ich kam durch sumpfige Savannen, übersät von zweihörnigen Steinen, sie waren mit Zeichen bedeckt, die zu vergessenen Zeiten wohl den Wilden bei ihren Festen gedient hatten ...

ich entdeckte Völker von Lianen; sie hatten die Bäume und Sträucher ringsum überwuchert, alles in ihrer Nähe Lebende wieder und wieder umstrickt, bis sie es abgewürgt hatten; ich musste ihren dicht verflochtenen Wust mit meinem großen Säbel durchhauen; ich glaubte, die Seufzer von allen zu hören, die in diesen Halseisen gefangen waren; die Lianen warfen ein Gestirn grellgelber Blüten in die Luft, hungernd nach dem Licht, gierend nach der Hitze, die Scharen von Kolibris und eine Sorte kleiner Springaffen anlockten;

ich sah eine stille Landschaft oder genauer: ihr Stoff schien die Stille zu sein; wie plötzlich ein Loch, aus dem alles, was mit Geräusch und Lärm lebt, vollständig abgezogen war; der Ort war mit schwarzen, vom Wind abgehobeltem Schotter bedeckt; er war durchsetzt von mehr oder weniger gut ausgebildeten Kratern, in denen eine unbestimmbare, wie von Sternstaub glitzernde Flugasche lag; zweifellos war der Ort von abertausend Kugeln zerstoßen worden, die aus der Tiefe des Himmels gefallen waren; zu sehen war nur der Verkehr der Termiten, sie ernährten sich von Bims, und eine Sorte Spinnen mit grüner Behaarung, in ihren klebrigen Fallen verzehrten sie Eidechsen und winzig kleine Fledermäuse …

im buschigen Unterholz ließen feuchte Dämmrigkeiten in mir Geysire des Gefühls aufsteigen; sie gemahnten mich an eine fremde Welt; die Welt des Schiffs, mit der ich mein Dasein neu begonnen hatte, bestand aus friedlichen Quellen, lieblichen Wiesen, aus Burgen und Städten, Häfen und steingepflasterten Straßen; die andere, nun angesichts des feuchten Dämmers in mir aufsteigende Welt, bestand aus versengten Savannen, aus Ufern an entfesselten Meeren, aus Flüssen so unermesslich wie Ströme, und aus Strömen, die riesigen Ozeanen glichen; ich erspähte Orte mit Pflanzengedränge, wo blaugolden schimmernde Farne wuchsen; Pflanzen, die aussahen wie Krönchen, umrankten darin ungeheure Baumstämme, es war unmöglich, ihre Wipfel zu ahnen oder auch nur festzustellen, ob das wirklich Bäume waren ...; ich war gerührt, als wäre ich in eine Krypta der Kindheit zurückversetzt; ich verweilte so lange in dem schwitzenden Dämmer, dass ich ihn mit Elfen, Irrwischen, Kobolden bevölkerte, deren Bilder ich aus dem Schiff geholt hatte; im trüben Dunst glaubte ich sogar die Umrisse einer Burg zu entdecken, deren Turm aufragte wie ein Tannenbaum ... aber solche Vermischungen vermochten nicht lange zu bestehen; die Orte hier gehörten zu einer anderen Realität als die Burgen ...; die aus der Fregatte stammenden Bilder besiedelten so sehr meinen Geist, dass sie auch auf alles ihren erobernden Zugriff warfen, was nichts mit ihnen zu tun hatte ...

*

der Eindruck, der sich mir bei dieser Neuentdeckung der Insel aufdrängte, war der einer »wildwütigen Dichte«, eines Urzustandes, von dem ich nur einen winzigen Teil wahrnahm, und neben dem meine Festungen, meine Weiden und Niederlassungen völlig lächerlich wirkten; die Insel war da wie von jeher – unermesslich, unerschöpflich – und ich hatte geglaubt sie zu unterwerfen; ich kam mir winzig vor angesichts dieser

Überfülle; sie breitete sich endlos weiter aus vor meinem klar gewordenen Blick; und nicht nur meine Augen wurden von ihr überschwemmt, sondern auch diese Ordnung, die ich mit Hilfe von Richtlinien und Eroberergesetzen aufgeboten hatte, und da diese Ordnung auf alles ausgedehnt wurde, was mich umgab, hatte sie sich in mir selbst festgesetzt, um vor allem mich selbst in Besitz zu nehmen; die stolzen Mauern stürzten eine nach der anderen ein von der Explosion aller meiner Sinne;

ohne Ende berauschten mich die einströmenden Düfte; jeder Ort drängte mir einen eigenen auf; der Wind vermischte sie, ohne die Stärke jedes einzelnen zu mindern; Dutzende verschiedene Gerüche standen reglos über einem Flussarm, senkrecht über den Zweigen einer Maniokpflanze, auf sonnenbeschienenen Felsblöcken, wo Zitronengras wogte; sie hingen in Schichten um eine Sorte Bäume mit fleckiger Rinde, weich wie Menschenhaut – ich ging, wie wenn ich etwas Unsichtbares mit linkischen Armbewegungen zur Seite schob, wie durch Vorhänge aus Tüll ...; unfähig sie zu benennen, klammerte ich mich an mir bekannte Aromen, an Ähnlichkeiten im Geruch, die mich beruhigten, wie Rose, Jasmin, Papaya, Marzipan, Thymian, Veilchen ...; aber das Ungenügen war mir sofort klar, so dass mein Hirn begann, sie auf irrwitzige Weise zusammenzusetzen; da gab es Niederschläge von Sonnentau in Myrrhe, auf verbranntem Sand einen Umschlag zu Benzoeharz und Oregano, irritierenden Mandelgeruch in Fäden von Kampfer ...; tausend unsinnige Kombinationen, die ich mit zehntausend Bindestrichen verknüpfte – *Ylang-*

Ylang-Jasmin-Iris, Anis-Thymian-Kacke-Tuberose-Zitrone, Rosmarin-Marzipan-Harz-kalter Stein … – derweil sie in meinem trunkenen Geist Bilder von mit Blattgold tapezierten Klöstern aufriefen, von verknoteten Tauen in einem Wasserstrudel, von kreideweißen Städten unter der Walze der Sonne oder von in weiche Trümmer gefallenen Tempeln inmitten von Lavendelfeldern …; darüberhinaus stürmten abertausend Empfindungen, untergegangene Erinnerungen, flüchtig Auftauchendes auf mein Bewusstsein ein, um dort lange und völlig nutzlos zu verharren;

*

nachdem ich die Dufträusche hinter mir gelassen hatte, überfiel mich alles, was ich hörte; die Insel war immer laut gewesen: das Getöse an manchen Meeresufern, das Wüten der Winde gegen die Klippen, das Brausen der Blätter, die Masse der Vogelschreie, das Prasseln der Millionen Kleingetiers, das die Nacht erfüllte, hinzu kamen die Bacchanale meiner Haustiere, der Ratten in meiner Ernte oder der Gekkos, die den Mond beschimpften; daneben noch die Kakophonie von Krickkrack, Plopplop, Gluckgluck, Rumms, Rischelraschel, Krächzkrächz und Klingeling, die der Finsternis eine unheimliche Note verlieh …; dieses Spektakel hatte mich jahrelang verfolgt; um zu überleben, hatte ich meinen Verstand dem Komplott des Höllenlärms verschlossen, und, wenn ich richtig darüber nachdenke, die meiste Zeit einfach nicht hingehört; die Schleusen meines Geistes filterten die gesamte Insel, so war sie nahezu lautlos und still geworden; zu hören waren nur: die Geräusche der Vögel, die ich zu jagen pflegte, das Gejammer meines Viehs, wenn es etwas brauchte, das Treiben des Windes kurz vor dem Orkan; außerdem: dieses Scheppern der Steinchen, wenn ein Erdbeben aufzuziehen begann und ich die Gewölbe und Höhlen meiden musste; doch jetzt – als wollte ich hören, was der Andere hörte, als wäre ich eifersüchtig auf die Frische seines Gehörs – vergnügte sich mein Ohr in höchster Begierde; die einzelnen Geräusche meiner ersten Jahre kehrten auf einmal flüssig und kompakt zurück, wobei jedes Teil mit seiner eigenen Färbung zu einem kolossalen Ganzen beitrug;

der Lärm der Vögel trat aus dem Unbestimmten heraus, wandelte sich in Zwitschern, Pfeifen, Flöten, Schnattern und Quieken ...; das gackerte, krähte, gluckste und gurrte in tausendzwölf Weisen, es lenkte meine Aufmerksamkeit auf Federbüsche, leuchtende Hälse, auffällige Schnäbel, schillernde Federn und ungewöhnliche Flugformen; die Quellen murmelten; die Bäche verströmten fröhliche und traurige Melodien; die Klippen klangen wie Gitarren; der diffuse Höllenlärm der verschiedenen Tageszeiten verwandelte sich in ein Zusammenspiel, das ich unterscheiden konnte, es breitete sich aus wie die Klangdecke eines Orchesters; das verlieh den Räumen des Lichts, den schattigen Stellen, den vielen Abstufungen der Höhe oder der Offenheit eine andere Wahrheit; dank dieser wahren Klangskulptur vermochte ich sowohl den Verlauf der Zeit als auch die Dichte der unterschiedlichen Orte wahrzunehmen, die sich in dieser Bewegung wandelten ...;

*

seit ich Gewissheit hatte, dass der Andere da war, dass er machtvoll hier lebte, ermaß ich erst, wie sehr mein Raum bis dahin festgelegt war; wie sehr ich diese Insel in eine massive und umfassende Starre gezwungen hatte; wie sehr ich die Quellen nur nützlich empfunden hatte, so dass sie nicht mehr sangen, wie sie es jetzt taten, und mir überreich Ornamente aus sprudelndem Wasser darboten und dazu gebärende Schlünde, die Körper und Geist aufreizten ...;

*

nur zur Erklärung, Herr, wenn ich an ihn dachte, *an den Anderen*, hatte das Wort ein großes A ...

*

der Wind spielte auf tausend Arten, in verschiedenem Takt auf den Zweigen, den Sanden und den Flächen der Savannen; er stieß an die Stämme, stieg die Rinden hinauf, betätigte Rasseln, indem er zuweilen Kaskaden toter Blätter herabwehte, ganz so, als wollten die Elemente mir Beifall spenden; die Vögel gaben mir seine Kraftlinien zu erkennen, indem sie ihm in aufsteigendem Schwung folgten, und auseinanderstoben, wenn er genau über den Boden strich ...; die Bienen und anderen fliegenden Dinger wimmelten in dem Atem, den der Wind überall ausstieß, wie sich ausbreitende Ringe auf einem unsichtbaren Gewässer; die kleinste Pflanze nährte sich von Schmetterlingen, verwandelte ihre Blüten in Kolibris, wandelte ihr Laub zu Insektenvölkern ... eine lebendige Veränderlichkeit, die der Wind unterstrich, indem er ihre Schauer, Sprünge und plötzlichen Aufschwünge noch verstärkte;

*

die Bäume wurden auf einmal lebendig; sie verbanden sich in Geheimversammlungen, ich ging zuweilen schweigend an ihnen entlang, den Kopf gesenkt, mit dem Gefühl zu stören; darüber umso mehr verblüfft, da ich die Bäume seit meiner Ankunft nur angeschaut hatte, um ihre Gefährlichkeit abzuschätzen; alle waren mir so vorgekommen, als verbargen sie ein mehr oder weniger heimtückisches Gift; jeder Baum war mir in unterschiedlichem Maße verdächtig, Fieber oder alte Zauber zu verströmen; ich hatte die Bäume nach dem Grad der Unruhe eingestuft, die ich vor ihnen empfand; auf dieser Grundlage war ein Gutteil meiner Zeit damit vergangen, sie mit Hilfe von Erinnerungen zu benennen, die aus meinem Gedächtnis oder aus der Welt stammten, die mir die Fregatte geboten hatte; ich sagte *Hexeneiche, Drachenbuche, Schlangen-Baobab, Sauerweide* ... entsprechend den Ähnlichkeiten und einigen vagen Gemeinsamkeiten; in gleicher Weise hatte ich allerhand fremdartige Früchte mit *Apfel, Traube, Kirsche, Himbeere* benannt, doch musste ich unweigerlich Worte zusammensetzen, wenn eine unvereinbare Besonderheit zu beschreiben war – dann sagte ich*: Holzapfel, Hügel-Aprikose, Ochsen-Mango, Hunds-Mandelbaum, Meer-Uferrebe* ...; Namen zu geben war offenbar meine stolzeste Geistestätigkeit gewesen; aber jetzt, in diesem vom Anderen ausgelösten Malstrom fand ich nichts, was ich benennen, nicht einmal, wie ich es benennen konnte; ich vermochte es mir nicht einmal mehr vorzustellen; es genügte mir zu schauen, einen Strom mehr oder weniger wohlgesonnener *Erscheinungen* zu ahnen, und, koste es was es wolle, mit ihnen in Verbindung zu treten; ich hatte die Empfindung, vor Mächten zu stehen, deren Ursprung um mehrere Jahrtausende weiter zurücklag als meiner, und die sich zweifelsohne noch viele bewegte Jahrhunderte nach mir an diesem Ort befinden würden ...; ich war winzigklein geworden;

*

mit diesen Trugbildern im Kopf streifte ich umher und vergaß dabei manchmal, dass ich auf der Suche nach dem Anderen war, der mich so beherrschte; ich war berauscht von meinen Entdeckungen wie auch von dem, was ich nicht verstand; ich begnügte mich damit, den Gerüchen zu folgen, den Düften, der Musik des Winds, in einer unruhigen Ekstase; es kam vor, dass ich umkehrte, nur um einfach zu riechen, zu berühren, zu schauen oder zu horchen, verblüfft über diese Insel, die von meiner hochmütigen Führung völlig unberührt geblieben war; mit meinen Techniken, Richtlinien und Gesetzen, meinen Bildern und Prinzipien hatte ich über all die Jahre nicht mehr als einen hauchdünnen Film auf eine mächtige Schicht gelegt, von der ich nicht einmal eine Ahnung hatte; oder vielleicht habe ich sie nur zu sehr geahnt, und das hat mich dazu gebracht, in einer Scheinwelt vollgestopft mit Operettendekoration zu leben, mit nebulösen Vorstellungen auf einem hohlen Podest;

während dieser zwanzig Jahre, Herr, stand ich der Insel von Angesicht zu Angesicht gegenüber, mit dem ständigen Gefühl einer Bedrohung; meine Anstrengungen hatten dazu gedient, mich in meinen Trugbildern zu verschanzen, wir waren füreinander daher gewiss unsichtbar geblieben; sie war zu dem Raum geschrumpft, den mein Blick und mein Wille durchpflügten ...; die Insel hatte nur für mich und durch mich existiert; ich war meine eigene und einzige Realität gewesen; er, jener unerwartete Andere, hatte mich nicht allein mit seinem Fußabdruck zur Explosion gebracht, ich entdeckte auch, wie er die ganze Insel in eine Ansammlung atemberaubender Erscheinungen explodieren ließ; sie berauschten mich mit solcher Heftigkeit, dass viele von ihnen mich allmählich zu ängstigen begannen; ich vermisste fast den Idioten mit Sonnenschirm, der durch Savannen und Saumpfade schritt, mit dem Äußeren eines schönen Gockels in großer Pose; ich lief unaufhörlich hin und her, entdeckte und überraschte diese unendliche Realität, die in der Entgeisterung ganz in mich eindrang, wie ein Luftzug aus unbekannten Abgründen meiner eigenen Wahrnehmung; ich war tatsächlich schlicht und einfach explodiert;

*

ich entdeckte vergessene Gefühle wieder; ich weinte ohne Grund, aber das Ungewöhnlichste war, Herr, wenn etwas Unerwartetes vor mir auftauchte – *eine Landschaft, ein Geruch, nur ein Murmeln, eine unbekannte Ziegenrasse oder ein Wildschwein, das ich noch nie gesehen hatte* –, brach ich vor lauter Überraschung in Gelächter aus; ich entdeckte das Lachen wieder, mein Lachen; dieses Phänomen begann eines Tages, als ich mich mit vorsichtigen Schritten einem Gebüsch von stark riechenden Sträuchern näherte; mein stets aufmerksames Auge entdeckte ein winziges Nest, es bestand aus einem Irisieren, ähnlich wie wenn Licht auf Goldfäden trifft; der Vogel pickte wohl einen Piratenschatz irgendwo an der Küste weg und webte damit sein märchenhaftes Heim; das Nest war viel kleiner als die weiche Blase, welche die Kolibris bebrüten; es war in einer Lücke zwischen kleinen Zweigen befestigt und mit diesen langen Dornen bewehrt, die der Gefräßigkeit jedweden Raubtiers keinerlei Chance lassen; ich hatte mich zu dem kleinen Wunderding hinuntergebeugt, wie gewiss die Eroberer von El Dorado geträumt haben, als ich von einem Vogelpärchen so angegriffen wurde, dass ich ihre Art nicht ausmachen konnte; noch heute bin ich unfähig, zu sagen, wie sie aussahen; mit irrwitziger Wendigkeit gelang es ihnen, mir in Arme, Hände, Stirn und Hals zu picken, so treffsicher, dass sie mich in die Flucht schlugen; ich musste mich in ein Wurzelloch werfen, mich unter Stelzwurzeln hindurch zwängen, die Spinnen mit Bärten behängt hatten; und dort fing ich an zu lachen, dass so geringfügige Wesen mich derart in Panik hatten versetzen können;

meine ersten Lachsalven kollerten ein wenig, ähnlich einem längeren Brummen; dann drifteten sie ab, erinnerten an die Rassel des trockenen Laubs, dann an das Kristall der Quellen, wenn es stark regnet; schließlich hatte mein Lachen eine kindliche Klarheit, sie überraschte mich immer wieder selbst und schien mir näher an einem harmonischen Marimbaklang als an der prosaischen Bewegung des Kehlkopfs ...;

da wurde mir bewusst, dass während dieser zwanzig Jahre auch mein Lachen verschwunden war; dabei hatte ich es in den Zeiten gepflegt, als ich meinen Rückfall ins Tierische fürchtete, damals lachte ich ohne Grund über den leeren Himmel, das stiefmütterliche Meer, über die Papageien, ich lachte, wenn es mir einfiel, nur um das Lachen in Gang zu halten; am Ende war es aber doch ohne Pauken und Trompeten verschwunden; als ich meine stolze Verwaltung aufbaute, verschloss ich mich allmählich gegenüber meiner Umgebung; aber ich verschloss mich vor allem gegenüber dem einzigen Menschen, der ein Lachen hätte hören, es weiter verbreiten und so am Leben halten können: und dieser Mensch war ich selbst; ich war eine Verwaltungsmechanik geworden, ein ausbeuterischer Rüpel, der die Ratten, die Katzen, die Attacken der Termiten ausrotten wollte, der die Quellen und die Kraft des Windes bändigte, der die geringste Macke an meinen Bauten und Palisaden verfolgte, in Abwehr gegen das Kaputte, im Hass gegen das Vernachlässigte, der ständig Pläne und Programme umsetzte, sich immer ein weiteres Mittel der Produktion oder des Konsums ausdachte, um anzuhäufen, zu wachsen und mich auf dieser Insel auszubreiten, die zugleich mein Reich und mein Verlies war; ich stand mit nichts in echtem Kontakt; und, das war ein hartes Paradox, der Mangel an Kontakt hatte mich vor allem von mir selbst entfernt; zweifelsohne verschwindet dann das Lachen, gerät das Lächeln in Vergessenheit; nun fand ich beides mit beschwingender Lebendigkeit in mir selbst wieder, nicht weit entfernt von der eines blödsinnigen Gemüts, aber das störte mich nicht im mindesten; ich lachte mit allen Rachenmandeln und mein Bauch und mein Brustkorb hüpften glücklich mit;

*

bei Tag wie bei Nacht ließ ich einfach das Gelächter, die Tränen, die Gesänge, die Seufzer, alle natürlichen Äußerungen zu, die in jedes meiner Glieder zurückkehrten; es war ein Sturmläuten aus den Tiefen meiner Persönlichkeit; mein gesamter Körper ging dazu über, aus der anmutigen Bewegung heraus zu leben, mit tänzelnden Schritten, die Arme schwingen sehr leicht und der Kopf leitet die Wellenbewegung der Wirbel ein; ich war in einem körperlichen Rausch, während ich dem Anderen über Berge und Täler entgegen ging; und der Wind! ... – *Heia, Herr, der Wind!* – für die verschiedenen Lüfte des Windes war ich viel empfänglicher; sie trugen mich, ganz so als hätte ich einen Körper mit Flügeln und kräuselnden Federn; auf den ausgesetzten Savannen der Höhe, dort wo die Bäume gewundene Formen bekommen, da sie dem Wind trotzen, wurde mein Gang zu einer luftigen Choreographie; ich war verwandelt in ein leichtes Wesen zwischen den Wolken der Schmetterlinge; ich gab mich langsamen Verrenkungen hin, nur um mich den Böen des Passats anzupassen; in flüssigen Bewegungen meines Oberkörpers und meiner Glieder ahmte ich das Zittern des Laubes nach, wenn ich – am Durchgang zu einem Vorberg oder unter dem Schutz der Uferrebenstöcke – mich dem wirbelnden Kreislauf des Windes überließ; und der Wind – *Herr, der Wind!* – das war der lebendige Kern dieser Insel; er war überall, auf Reisen und sesshaft, radikal fremd und ortsbekannt zugleich; er kam vom Meer und vom Himmel, karrte Unbekanntes her und hatte nie Angst, sich ins neue Unbekannte zu stürzen; er leckte an den Bäumen, kratzte an den glühenden Felsen, fächelte die Erde auf, bis sie sich von selbst in Staub auflösen musste; er trug Algen, Salz, Pflanzendunst, Quellwasser herbei und einbrechende Versprechungen, die jenseits der Horizonte lagen; er bildete unablässig einen Niederschlag von Gerüchen, die er in seinem unendlichen Spiel ineinander vermengte; er hat mich überzeugt; ich, der den Wind bisher nur mit einer ängstlichen Augenbraue erfasst hatte, da ich in ihm wer weiß welchen Tornado oder wilden Zyklon vermutete, suchte ihn nun auf wie eine Erscheinung, die zwar eine dunkle Absicht hatte, aber die ganze Insel in ihrem Erschauern sammelte, so dass dies mir vorkam wie eine Art ... Poesie; mehr als je zuvor dachte ich an mein rätselhaftes Büchlein; ich hatte es schon immer als ein Gedicht angesehen; genau wie das Büchlein rührte der Wind in mir eine halb magische, halb natürliche Lebenskraft auf, und sie war es, die meinen Schritten, meinem Hintern, meinem Becken die Selbstsicherheit eines Tänzers gab; ich tanzte, das war es, und darüber war ich sehr froh;

*

der Rausch hielt den ganzen Tag an; am Abend legte sich der Wind, gab den bodennahen Lüften Raum, den kleinen Leutchen mit Schnüffelnasen, die die ganze Zeit Lebewesen aufspüren; dann machte ich ein riesiges Feuer, es sollte von allen vier Himmelsrichtungen der Insel zu sehen sein, über ihm briet ich stark riechendes Fleisch; anschließend kostete ich ostentativ die mitgebrachten Leckereien, hoffend, dass mein Anderer aus einem Schatten treten und sich zu mir setzen würde; er kam nie, aber ich hatte manchmal das Gefühl, er sei da; ganz nah; er traute sich nur noch nicht; er vertraute mir nur noch nicht; ich musste ihm Zeit lassen; es ging wohl etwas von mir aus, sagte ich mir – etwas Unangenehmes, nicht Einladendes, möglicherweise etwas Unmenschliches –, das ihn wohl noch in diesem Abstand hielt;

daraufhin beobachtete ich mich selbst, mehr als zuvor, um sicher zu gehen, dass dieser Rauschzustand wirklich zur Seite der Freude und Offenherzigkeit gehörte; der priesterliche Ernst der vergangenen zwanzig Jahre erschien mir jetzt gefährlich; mich verlangte nach Leichtigkeit, ich benutzte dafür, was ich mit dem Stoff meiner Seele am besten im Einklang fand; die Aufmerksamkeit für mich selbst zwängte mich nicht mehr in eine Ordnung; sie erlaubte mir hingegen frei zu sein, frei in der Zeit, frei von den Mühen, frei von Ordnung und Strenge, frei etwas zu tun oder nichts zu tun; ich war verfügbar und es drängte mich zu allem hin, vor allem zu mir selbst; ich strebte danach, eine friedliche Natur auszustrahlen, in ihr wollte ich alles ausdrücken, was ich unter dem Menschlichen zu verstehen meinte; um dies zu erreichen, dachte ich viel über den großen Abgrund dieser zwanzig Jahre nach; meine Überlebensstrategien zogen eine nach der anderen im Lichte meiner neuen Wahrnehmung an mir vorüber; ich formulierte sie vor den Instanzen meiner Vernunft neu, um genau zu analysieren, was in dieser Einsamkeit geschehen war; die Insel, Herr, war eine abgeschlossene Masse geblieben, sie hatte nur den Stachel ihrer Bedrohung oder die Spitze dieses oder jenes Nutzens gezeigt; in meiner Beziehung zu ihr fand ich nichts als eine diffuse Verzweiflung, sie allein drückte sich in meiner abwesenden Anwesenheit während dieser zwanzig Jahre aus;

nun, an dieser Stelle meiner meditativen Abende, während die Glut eine Ortolanhälfte bräunte, *wurde die Insel um mich herum lebendig;* ein seltsamer Eindruck; ich bemerkte zwar immer noch die Tiere, die Insekten oder das Gewürm, jetzt aber mehr als *eine neue Dichte*, die den kleinsten Zwischenraum einnahm, bis sie völlig in unsichtbare Materie überging; diese Materie bestand nicht nur aus dem Anderen, zu dem mein Wesen hinstrebte; nein; sie war brechend voll von Winden; sie war zu Formen, Farben und Düften explodiert; eine Dichte, die keinen Ort hatte, die sich aber doch meiner gesamten Wahrnehmung aufdrängte; Herr, ich meinte ein unglaubliches Wunder zu erleben, und es kam nicht von meinem eigenen Hochgefühl, auch nicht von dem Anderen, der sich versteckte, sondern *von der ausstrahlenden Wirkung des Fußabdrucks*; er hatte nicht nur den Sand gezeichnet; er hatte sich wirklich in mir festgesetzt, sich in jeder meiner Zellen vermehrt und überschwemmte mich mit einer Flut des Möglichen-Unmöglichen, das bis dahin unvorstellbar war;

ich war nicht mehr allein, der Andere war da, irgendwo; meine Gefühle strebten zu ihm hin, wie sich alle Lebewesen der

Sonne zuwenden; Gefühle und Empfindungen müssen wohl etwas treffen, das ihnen gleich ist, um weiterzubestehen; nicht nur das trübe Auge eines Schafbocks oder die Freude über eine gute Ernte; die größte animalische Raserei könnte einen Blick, ein Gesicht nicht ersetzen; das Gefühl braucht das Gegenüber; dadurch wird es reich; selbst das Gefühl, am Leben zu sein, entsteht aus dieser Schwingung; deshalb war während dieser zwanzig Jahre das Gefühl meines eigenen Daseins in mir selbst erloschen; oder es war nur ab und zu spürbar; auf dieser Dürre war mein Lachen verschwunden, die Frische meines Blicks, daneben wohl auch die Lust zu tanzen, verrückt zu spielen, den Possen des Windes zu folgen; ich mochte mich lange umschauen, ich sah nur wie diese Leichtigkeit, diese Bewegungen, diese Freuden, diese Kühnheiten, diese Entgleisungen alles Lebendige umschlossen; *die Insel rings um mich wurde lebendig;* jedes lebende Ding war zunächst angerührt, beweglich, leichtsinnig, heiter, es tänzelte und zog seine Bahnen; selbst die riesigen Bäume, die allein mit ihrem Laubwerk tausend Meilen bedeckten, versprühten jugendliche Fröhlichkeit, wenn sie ihre Blätter bewegten ...;

während der ersten Jahreszeiten dieser zwei Jahrzehnte war das Gefühl für mein Dasein nur in Momenten des inneren Zusammenbruchs zu mir zurückgekehrt; ohne genau zu wissen weshalb, begann ich mich selbst zu bemitleiden, jammerte operettenhaft oder vergoss verzweifelte Tränen; in dieser kläglichen Hilflosigkeit kam ich wieder in Kontakt zu mir selbst; und bestimmt dienten diese Zustände tatsächlich dazu, Kontakt aufzunehmen, denn sie kamen in zyklischer, fast regelmäßiger, geradezu berechenbarer Folge; zu Beginn erschreckten und betrübten sie mich; später aber pflegte ich diesen Zuständen freien Lauf und sie in die Leere rings um mich auslaufen zu lassen; da war nichts und niemand, der ihnen einen Sinn hätte geben können; *die Leere um mich herum hatte ein gähnendes Loch in mein eigenes Inneres gegraben;* das ging so weit, dass ich Wochen verbrachte, ohne dass es in mir irgend etwas anderes gab als diese Leere in mir, diese Abwesenheit; ich sah zu, wie die Rührseligkeiten kamen und gingen, sie entstanden aus einer inneren Stumpfheit, gegen die sie wohl ankämpften, zu denen sie aber fast im gleichen Maß beitrugen; durch mein Alleinsein glich ich in meinen Empfindungen einem Ruinenfeld, leicht beweglich für triste Freude, rasende Trauer, dumpfe, zu großen Taten drängende Deprimiertheit, oder für das langsame Verzweifeln, in das ich versank, während ich wieder und wieder in meinem merkwürdigen Büchlein las ...;

nun aber, ja Herr, nun hörte die Insel nicht auf, sich in einem unablässigen Strom verschiedenartigster *Erscheinungen* zu zeigen*;* zunächst erschreckend, dann beglückend, später häufig wunderbar, riefen sie unablässig tausend Bilder in mir auf, zuweilen waren sie auch grauenerregend, stets aber überwältigend; und dieser Strom von geistigen Bildern zog Millionen anderer an, die von den Bäumen ausgingen, den Blumen, den Bienen, den Gekkos, von allem Geformten und Ungeformten meiner Umgebung; die Ströme bildeten neue Ströme; ich wurde der Hirte eines nomadischen Volks nomadischer Bilder, aber ebenso der Verfolgte einer Horde von Bildern, dass mir das Hirn explodierte;

der Himmel war voller Raubvögel, die wahrscheinlich nicht existierten und die, glaube ich, nie existieren werden; der Horizont führte mir den Widerschein großer Häfen zu, wo Gerberlohen übelriechendes Öl verströmten; ich meinte, die Festungen von Küstenstädten zu sehen, manchmal riefen mich lange Reihen von Leuchttürmen mit tausend Blinklichtern ...; sie tauchten ebenfalls in dem Gleißen des Meeres auf, das so lange leer gewesen war; jetzt trug es tausend Geisterschiffe mit unglaublich großen Segeln;

das nahm kein Ende: die Bilder verbanden sich miteinander, die Insel verband sich mit anderen Inseln, anderen Riffen, anderen Meeresufern, zog mich fort in reisende Archipele – ich hatte sie wohl in einem früheren Leben häufig besucht –, in kleine Buchten, Felseinschnitte, Flussmündungen, auf rosa Korallenatolle, bewohnt von schwarzen Teufeln, in weite Deltas, brausend von Vögeln und seltsamen Booten; Wurzeln irrten fliegenübersät in Teichen aus Lehm ...; ich hatte das Gefühl, ein Ganzes zu sein in Verbindung mit einem geheimnisvollen Ganzen; und in dieser Verbundenheit aller Dinge mit allen Dingen sah ich mich als winzigkleines Wesen und doch mit einmal bedeckt von reichen Unermesslichkeiten;

treibend in dieser Bilderflut, spürte ich gegenüber der Insel und ihrer überwältigenden Lebenskraft keine Fremdheit mehr; ich hatte auch nicht mehr den Eindruck, dass sie irgendeine Feindseligkeit gegen mich entfaltete; diese Wahrnehmung hatte mir nur eine Bedeutung verliehen, die ich in Wirklichkeit nicht besaß; weiter nach dem Anderen suchend, war ich in allmählicher, ständiger Verwandlung, auch fiel es mir immer schwerer, zwischen den Wachzuständen und meinem von Träumen bevölkerten Schlaf zu unterscheiden; wie die Jahreszeiten vergingen auf diesen Savannen, diesen Hügeln, in diesen Landschaften, und ich sie nicht mehr für nicht enden wollende Erscheinungen hielt, gewann ich den Eindruck, Herr, vor Personen zu stehen; ich spürte starke Wesenheiten und war von ihnen tief beeindruckt; der Wind war ein unsichtbarer und geschwätziger Wiedergänger; die Wellen waren kichernde kleine Mädchen, die kamen und ihre Freude über die ganze Insel verbreiteten; wenn ich vor den großen Bäumen stand, erschienen sie mir jedesmal als sehr weise Greise, die meinen Geist überragten; sie hielten Versammlungen ab, wo über das Problem meines Menschseins beratschlagt wurde; ich erblickte Magier mit Krummstäben aus Glas, Schamanen mit langen, zu Zöpfen geflochtenen Haaren, Würdenträger eingehüllt in Mäntel aus Seide und Zobel; ich ahnte Gespenster von Kaisern, die ihr Reich in ihrer Todesstunde verlassen hatten und sich nun in den Pflanzenfasern wiederfanden ...; tatsächlich, Herr, fand ich in meiner Umgebung alles vor, was ich in meine flammenden Anrufungen des Menschlichen aufgenommen hatte; das Menschliche reifte nicht nur in mir, sondern es überzog mineralische Formen, Bäume, Blüten, bestimmte Tiere ... derart, dass ich annahm, mich während der letzten zwanzig Jahre stets, ohne es zu wissen, gewissermaßen unter Menschen befunden zu haben ...;

ich sah, welcher Abstand zwischen mir und diesem oder jenem Baum bestand, der so übermächtig war, dass er mich zwang, ihm eine menschliche Form zu ersinnen, einen Anschein von Haut für seine glatte Rinde, eine Ahnung von einem alten Schenkel für seinen größten Ast, die Form eines Auges für diesen Knoten in seinem Stamm; dann stellte sich Sympathie ein, und das Gefühl, einer Person gegenüberzustehen, erfüllte mich mit Befriedigung;

*

es konnten Monde vergehen, ohne dass ich an diesen Anderen dachte, den ich suchte; sein Dasein entschwand mir, aber es war so sehr mit diesen Erscheinungen verwoben, die mich unablässig bewegten, dass ich keinen Moment meinte, ich hätte ihn vergessen oder die unaufschiebbare Lust auf den Kontakt mit ihm verloren; das Berauschendste aber war, dass er allen Teilen der Insel, die ich nicht im Blick hatte, Bestand verlieh; er vermehrte meine Aufmerksamkeit, breitete mein Bewusstsein aus; in der Verwirrung der Allgegenwart schoben sich meine Wahrnehmungen übereinander und gaben der Insel eine wundersame Ausdehnung; tatsächlich wurde sie noch unermesslicher, noch machtvoller als während der letzten zwanzig Jahre, als ich mich nur mit meiner Blickrichtung begnügt hatte: in jedem Moment war mir bewusst, ins Innere einer Wesenheit getaucht zu sein, das nicht an den Rändern der Strände aufhörte, wie ich immer geglaubt hatte; die Insel ging unter dem Wasser weiter, ritt auf den Wellen, vermischte sich mit Himmel und Wolken, reichte weiter in den Untergrund der Schluchten, breitete sich in die Gänge und Höhlen aus, wo ich doch häufig meine frühen Schauer des Entsetzens vergraben hatte; so weite Räume, so viel Tiefgründigkeit, so viele unerwartete Perspektiven fingen den geringsten meiner Blicke und dehnten ihn ins Unendliche! ... und das alles, ohne dass ich diesen Anderen je sah, seinen Geruch wahrnahm oder seinen Schatten ahnen konnte ...;

aber nach reiflicher Überlegung, Herr, waren diese Wahrnehmungen an sich schon ein Ort der Begegnung; es war, als ob die Begegnung mit ihm schon stattgefunden hätte; er war zu mir gekommen, ich war auf ihn zugegangen; ich hatte ihn mir in allen möglichen Weisen vorgestellt, ebenso wie er (wenn er mich erspähte) sich bemühen würde, herauszufinden, was ich war; die geistige Befreiung bot mir eine spürbare Weite, die ich ohne Ende zu ermessen suchte; wo ich umherstreifte – ob am Rand eines Sumpfes, auf einem nackten Felsgrat oder im Inneren der Masse von Pflanzen –, überwand ich meinen eigenen Lebensraum, um mich über etwa zehn Meilen auszudehnen; was fern von mir lag (und was ich durch Geräusche, Gerüche, undeutliche Ahnungen wahrnahm) wurde von meinem Geist so behandelt, als befände es sich näher als das Ding direkt neben mir; und indem ich das ganz in meiner Nähe Befindliche in das Netz der Wahrnehmung des Gesamten einfügte, entfernte es sich von mir wie eine Realität in der entrücktesten Ferne; auf diese Art kreisten das Nahe und Ferne während meiner Wachsamkeiten umeinander; nah und fern zeigte sich ständig hinter dem Aufscheinen meines Bewusstseins und dem Glühscheit meiner Vorstellungen; so war ich in eine Tiefe und zugleich eine Weite der Wahrnehmung geworfen, die wohl nur die großen Jäger und Krieger kennen, wie ich glaube, oder die großen Raubtiere; sie bildeten alle einen gemeinsamen Leib mit dem Lebendigen, das jedes Ding der Natur war; ich war plötzlich ein Tier, die Ohren gespitzt, die Nüstern im Wind, ständig witternd, befühlte die Rinden, betastete die Oberfläche der Blätter, bückte mich zu einem ungewöhnlichen Haufen Kacke, merkte auf, wenn die Brummer und die Moschusratten unruhig wurden, zuckte vor Begierde beim kleinsten Knistern und konnte unbeweglich stehen bleiben, wenn ein Teich aus Schweigen sich um mich ausbreitete und ich wissen wollte, woher das kam, bevor ich weiterging; dann bewegte ich mich vorwärts, Schritt für Schritt, lugte nach links, lugte nach rechts, drehte mich plötzlich um oder sprang mehrere Meter, um einen Block mit einer neuen Realität weit vor mir zu überraschen, dem ich bei einer langsameren Annäherung die Zeit zum Zerfall gelassen hätte;

*

in dieser Insel hatte ich stets eine Falle, eine kompakte Feindseligkeit gesehen, Dämonenverstecke, einen Hinterhalt voller wilder Tiere und fleischfressender Pflanzen; nun jedoch meinte ich einen ... unermesslichen Garten ... zu entdecken, bebaut von einer Wesenheit, von der ich weder Logik noch Absicht verstand; einer Wesenheit, die weder gut, gerecht noch böse war, sondern zum Reich einer grenzenlosen Macht gehörte; *und dieser Garten war niemandes Eigentum, er war für niemanden da;* von ihm ging nur eine Wirkung spürbarer Besonderheiten, einzigartiger Fähigkeiten aus, die sich in unendlich vielen Ausprägungen anordneten – von äußerster feindlicher Gewalt bis zu engster, harmloser Gemeinschaft; ich hatte manchmal den Eindruck, von alldem aufgesaugt zu werden, dass jeder meiner Sinne und jede meiner Taten ohne mein Wissen sich dort einfügten; in anderen Momenten fühlte ich mich ausgestoßen und verspürte den Drang, etwas zu tun, um dort meinen Platz zu finden; aber am unangenehmsten empfand ich, zugeben zu müssen ..., *dass ich nicht im Zentrum von irgendetwas stand;* dass nichts auf mich zustrebte oder in mir endete; dass alles auseinanderfiel und sich wieder zusammenfügte, mit mir oder ohne mich, je nachdem, ob ich hinzukam, hindurchlief oder mich entfernte ...

*

nirgends war auch nur die geringste Einsamkeit zu entdecken; die Pflanzen, die Felsen, die Tiere trieben einen schwunghaften Handel miteinander, doch war ihr Tun nicht zu erkennen und noch weniger zu zählen, alles geschah massenhaft, voller Energie, in großer Dichte und dabei vorübergehend wie eine Welle ...;

und schlimmer noch, Herr; in einem animistischen Fieber bildete ich mir ein, dass die Erscheinungen nicht mehr zählten, dass sie untereinander austauschbar waren; als ginge man in der Ballung von Zeit, Raum und Wahrnehmungen stufenlos von einem Wesen zum anderen über; so war jedes Wesen zugleich das Ganze und ein beliebiger Teil des Ganzen; so wurde jeder Tod zum Ort einer Wiedergeburt, die die Gesamtheit bereicherte; so war die Gesamtheit nur der höchste

Grad grenzenloser Vielfältigkeiten und Verschiedenheiten; so kam es vor, dass ich zu einem Farn wurde; oder ein andermal sah ich mich ohne jeden Anflug von Verzweiflung als Ameise, die ausgeschnittene Stücke von Blättern schleppte; in anderen Momenten fand ich mich als Eier vertilgende Schlange, flog im Schwarm der Bienen, in Scharen kreischender Grackeln, oder sumpfte an Ort und Stelle vor mich hin, nach dem Vorbild dicker Pilze, die von der eigenen Gärung leben ...; ich war dann der ganzen Insel unglaublich nahe; in der Qual meines unruhigen Schlafs *ging ich so weit, selbst zur Insel zu werden*; da kämpften die großen Ozeane gegen mich; ich spürte das Krachen der Wellen in meinen dröhnenden Gewölben; das ruhige Lecken ihrer Gischt an meinen vom Sand besänftigten Hängen; oder ihre rammenden Schläge an den Flanken meiner Klippen ... ich fürchtete jedoch nie, von ihnen überflutet zu werden: denn zugleich war mir die umsichtige Geduld der Wurzeln gewärtig, der Erde, des Getiers, der Pflanzengemeinden, des Zusammenspiels von Sonne und Wind, die mit mir eine einzige Leibesmasse ohne Grenzen bildeten; in den Pausen zwischen Wachen und Schlafen fühlte ich mich in der stufenlosen Fülle aller Existenzen schweben ...;

daraus bezog ich eine schöne, demütige Heiterkeit; zum ersten Mal seit Jahrzehnten hatte ich nicht mehr das Gefühl, in ein verlorenes, von allen vergessenes Gefängnis geraten zu sein; was ich sah, war Teil von mir, wie eine Verlängerung meiner Haut, eine Folge meines Herzschlages; es hörte nie auf, auch in der Ruhe nicht (auf meinem Lager aus Blättern oder in meiner Hängematte zwischen zwei niedrigen Ästen), wenn die nächtlichen Fantastereien sich ins Fieber steigerten; die Schwärze nahm alles ein, doch Bilder jagten in jähen Funken in alle Ecken meines Geistes; ich versuchte nicht mehr, mich aus dieser Insel zu befreien; im Gegenteil: ich richtete mich auf ihr ein, ich breitete mich auf ihr aus; ich öffnete mich ihr ohne die geringste Scham, wie ein Kätzchen der jungen Sonne; dies vermittelte mir ein Gefühl ungekannter Freiheit und vor allem Stärke; einer wohltuenden Stärke, ich konnte sie nutzen, noch mehr zu wachsen, damit mein Hirn seine Halseisen sprengte; mehr als zuvor öffneten sich die Bilder zu ergreifenden Ausblicken, weiteten sich zu berauschenden Visionen ...; ich muss Euch von den Bildern sprechen, Herr ...

die ersten Bilder meines Einsiedlerlebens stammten aus der Fregatte; ich hatte sie aus einer gut gebauten Truhe, mit genau den richtigen Maßen und so dichten Beschlägen, dass Wasser und Salz nicht eingedrungen waren; sie war für ein paar Jahreszeiten in einem Winkel der Höhle gelegen, bis ich sie eines Tages öffnete, um darin das Werkzeug eines Kopisten zu finden, Feder und Tinte (sie sollten mir zwei, drei Jahreszeiten für meine Schriften und Schilder dienen), aber auch Stücke von Pergament mit Illuminationen, die Landschaften darstellten: *Schlösser, Weizenfelder, Kirchen, Jungfrau Maria, Jesus, Brücken, Mühlen, Flüsse und Bäche, Herden, Damen und Herren, Ritter und Schiffe, Lancelot und König Arthur, Pächter, Zyklopen, Harpyien* ... ein Wust von Abbildungen, die Kopisten als Muster für dicke gelehrte Bücher benutzten; ich hatte so manches Jahr damit verbracht, mir die Bilder derart einzuverleiben, dass sie am Ende zu der Welt wurden, die ich vermeintlich verloren hatte; ich hatte mir meine Vorfahren im Schatten dieser Burgen vorgestellt, im Mahlwerk dieser Mühlen, bei der Arbeit in diesem Roggen und Weizen; in der großen Einsamkeit hatten die vielen Bilder den Hintergrund meines Geistes tätowiert; ich hatte sie um mich herum verwirklicht, hatte Brücken errichtet, Mühlen nachgebaut, hatte meine Laubhütten nach dem Vorbild alter Herrenhäuser gestutzt ...; jetzt kamen diese Bilder vom Beginn während meiner durchwachten Nächte machtvoll zu mir zurück; doch dann verschwammen sie, trieben weg, wie verformt von der seltsamen Wahrnehmung, die während meiner Wanderungen zum Anderen entstand ...

... die Mühlen befuhren mit einem Mal das Meer ... die Burgen lösten sich auf zu orientalischem Blumenschmuck und feinen Vergoldungen .... die schmucken Dörfer der Kupferstiche wurden zu Städten aus Salz ... liebliche Weiden verwandelten sich in gelbe Marmorwüsten ... Wege mit dicken Felsbrocken benetzten sich plötzlich glitzernd mit kristallenem Tau ... Schiffe zeigten Segel aus der Haut weißer Haie, aufgespannt vor rötlichen Monden ... Pergamente flüchteten sich in blauschimmernde Krüge und Lederfolianten wurden auf dem Rücken von Zwergen in die Regale einer riesigen Bibliothek geschafft, die in einem Dreieck aus großen Leuchttürmen stand ... in jedem Piktogramm mit winzig kleinen Figuren sah ich Menschenvölker zahlreicher werden als Fliegenschwärme ... sie begannen, sich mit den Nachtinsekten zu vermischen, die gegen mein Feuer flogen oder mit Ameisenzügen, die auf mich einstürmten, um meine Tierhäute zu zerschneiden … jede Nacht durchlebte ich, mit den Ikonen, Bildern und Piktogrammen in meinem Kopf, diese reglosen Reisen …

da mir solche Hirngespinste einkamen, musste ich wohl viel mit alten Seeleuten geredet haben, mit Irrfahrern, die schon so viele Landschaften gesehen haben, dass ihre Pupillen davon gebleicht sind und ihre Lider flattern; diese Länder und Landschaften lebten in ihnen weiter, ohne dass sie ein zusammenhängendes Ganzes bildeten; die Wüsten überfluteten die Teiche; das Gras eroberte die Städte; Städte schwammen an Gewitterhimmeln und so manche Schiffe blieben auf einem Pfahl oder in einem Eisblock stecken; Affenbrotbäume zeigten Eichenlaub und Kakteen standen beladen mit Datteln, Birnen, Mangos oder Mandarinen …; von diesem Durcheinander schielten ihre Augen zum Oberlid und ihr Blick blieb ganz trüb, wie belegt von widersprüchlichen Erinnerungen und randvoll mit Gefühlen, die niemals eine Mischung ergaben …; ich habe dieses Phänomen nie verstehen können; manche Menschen sind offenbar so geartet, dass sie nur die Landschaft ihrer Kindheit bewahren; das Durcheinander der auf mich einströmenden Bilder erinnerte mich an dieses ungeschriebene Drama, so dass ich fürchtete, das Schwarz meiner Pupillen könnte verblassen und ich würde für immer zu meinen Wimpernspitzen schielen …

zu Beginn sah ich ziemlich entgeistert zu, wie diese Welt der Bilder sich in meinem Inneren zu einem Fremdkörper mischte; dann gelang es mir, sie heraufzubeschwören; später, meine Gefühle, mein Lachen, meine Begierde nach irgendeinem Geschmack auf sie zu projizieren, mit einigen Gedichtzeilen aus dem seltsamen Büchlein, die ich auswendig kannte; meine Projektionen wirkten, wie wenn man in die Glut bläst; die Welt der Hirngespinste geriet ins Zittern, verflog und fügte sich neu zusammen; ich weitete diese Welt nach Belieben aus, nahm sie im Laufe meiner Albträume und auf der Bühne meiner langen Schlaflosigkeiten wieder auseinander; die Welt gehorchte geschmeidig meinen Anwandlungen; aber was sich auf den Wänden meines Schlafes abspielte, war unberechenbar und immer unwahrscheinlich: Städte aus blauem Lehm, bewohnt von barfüßigen Händlern ... Schiffe aus Stein segeln auf riesigen offenen Büchern, die von Männern mit langen weißen Bärten gehalten werden ... Adlervölker tragen auf Befehl einer Bruderschaft von Priestern Tempelsäulen durch die Lüfte ... alte Bambusbüsche wie wandernde Bonzen in nebeligen Gebieten mit Binsengruppen und Reisfeldern ...; das alles ergab keinen Sinn, aber besaß einen Vorteil: ich war Teil dieser Lebewesen; trotz ihrer Fremdartigkeit war ich der Bruder eines jeden; ich war in ihnen; sie segelten in mir; ich enfaltete mich in ihrer Gesellschaft in einen begehrenden Raum, der kein Fundament mehr hatte und keine Grenzen ...;

aber am Ende einer dieser erregenden Nächte wurde mir klar, dass der Andere, obwohl er unauffindbar war, in der kleinsten dieser unsinnigen Formen steckte, ich merkte, dass sie nicht von mir ausgingen: sie kamen von ihm; in dieser Flut der Trugbilder betrachtete ich immer nur ihn; all dieses Lebendige, all dieses Menschliche, das war er; ich strebte zu ihm hin, indem ich ihn mir in vielen möglichen Weisen vorstellte, ohne Grenzen in der Form und ohne Abschluss im Raum;

*

eines Tages stieß ich unversehens auf einen sonderbaren Strand; ohne Sand, bedeckt mit dicken Steinen, die Brandung und das Spiel der Gischt waren das einzige mir Vertraute; als ich ein paar Schritte näher ging, konnte ich mich vor Überraschung kaum halten: Meeresschildkröten hatten den Strand eingenommen; es waren so viele, dass in dieser verschwiegenen Bucht kein Sandkorn mehr zu sehen war; unmöglich herauszufinden, was sie dort trieben – ob sie wie wahnsinnig Eier legten oder sich einer monströsen kollektiven Paarung hingaben ...; ohne Zweifel unterlagen sie der Macht eines dunklen Zaubers: sie waren einfach da, langsam, bebend, leidenschaftlich, bewegten sich millimeterweise, stiegen auf und ab, bestiegen sich ständig gegenseitig in einer verlangsamten Raserei, die mich in ihrem Bann hielt; auf den Stränden, die ich bisher durchwandert hatte, waren nur zwei, drei Schildkröten aufgetaucht; sie kamen nachts, legten ihre Eier und gingen im Morgengrauen wieder fort; Versammlungen wie diese waren bisher nie zu sehen gewesen, schon gar nicht im hellen Sonnenschein ...;

tagelang beobachtete ich die Tiere; ihre Panzer, groß wie Monde, zeigten kleine, in tausend Jahren geformte Erhebungen, daran hingen manchmal Klumpen von Austern oder vertrockneten Muscheln; ihr Kopf war alterslos; ihre in einem salzigen Saft schwimmenden Augen sahen aus wie abgenutztes Glas; in meinen frühen Jahren hatte ich viel Schildkröte gegessen; es erinnerte mich an Pferdefleisch, wie man es an den Salinenküsten isst; am besten schmort man es wie ein Ragout mit ein paar würzigen Kräutern; insbesondere ihre Eier waren echte Köstlichkeiten und große Kraftspender; sofort bekam ich Lust, eine der Schildkröten zu töten und ein Festmahl zu kochen, die Witterung hätte mir den Anderen angelockt, doch ich blieb reglos stehen in Betrachtung des Phänomens; dabei kam mir der Hintergedanke, wenn der Andere ebenfalls dieses wunderbare Schauspiel entdeckt hatte, konnte er nicht weit entfernt sein; ich stellte ihn mir irgendwo im Busch versteckt vor, genau wie ich fasziniert von dieser Masse Lebewesen beim Vollzug eines heiligen Geheimnisses; Vögel entschlüpften dem Horizont, flatterten auf die Panzer, hüpften auf den Köpfen, pickten an den Schuppen; zahllose rote Krebse taten es ihnen gleich, sie reckten dabei große gelbe Zangen in den Himmel wie Geigen; hinzu kam ein Gewimmel des Gewürms, dessen Erregung die Gesamtheit erzittern ließ; all das ergab anstelle des Strandes einen großen Organismus, er zog die Brandung des Ozeans und den Angriff der Gischt auf sich; ohne genau zu wissen warum, legte ich die Häute über meinen Schultern ab, ich behielt nur das Stück weichen Leders an, das ich gewöhnlich um Lenden und Schritt band; dann ließ ich mich wie die Vögel und die Krebse in das Knäuel der Panzer gleiten ...;

das Kleingetier floh, als ich kam, aber die Schildkröten kümmerten sich überhaupt nicht um mich; ich wurde bald kühner und kletterte auf sie hinauf, indem ich mich wand wie ein Weichtier, verband mich mit den Höckern, Rundungen und Mulden, bewegte mich zwischen ihnen, auf ihnen, mit ihnen, begierig, diesen unergründlichen Lebewesen nahe zu sein; ich machte die Erfahrung, mitten unter ihnen liegen zu bleiben, mich nicht mehr zu rühren und zu sehen, wie dieser Organismus der tausend Köpfe, tausend Mäuler und tausend traurigen Augenpaare begann, langsam über mich hinweg zu steigen, so wie jede Einzelne von ihnen über die andere stieg ...; ich sah kräftige Beine vorübergehen und Bäuche mit gelben Schuppen; Köpfe glitten unter meinen Hals und Pupillen fixierten mich, ohne mich zu sehen; mit der Zeit bemühte ich mich, sie ebenso anzustarren; mein Rücken muss wohl rund geworden sein und sich mit Schuppen überzogen haben ...; mit meinem ganzen Körper saugte ich mich an jeder Schildkröte fest, es war eine seltsame, zutiefst fleischliche Empfindung, sie trieb mir Schauer über die Haut und belebte meinen Bauch mit vergessenen Reizungen ...; mein Geschlecht wurde wohl steif, ergoss sich in Stößen, schrumpfte wieder, ich begann sie zu lecken und hatte einen Geschmack von Algen, zersetztem Salz und toten Muscheln ...; ich war bald nass von ihren Tränen und ihrem klebrigen Geifer, so dass mir die Luft wegblieb, ich musste mich rasch befreien, um mich in den Wellen zu erquicken ...;

grundlos glücklich besah ich mir das Phänomen; nach dem, was ich empfunden hatte, als ich mich hinein begab, wurde es noch geheimnisvoller; ich stellte mir vor, der Andere hätte mir bei meinem Treiben zugeschaut; er musste mich für verrückt halten; diese Möglichkeit flößte mir keine Scham ein; ich war sogar eher froh darüber; es brachte ihn mir näher, so wie ich ihm auf verworrene Weise nahegekommen war, als ich mich an diese Schildkröten schmiegte ...; sie zu umfangen, sie zu berühren war, als hätte ich ihn umfangen und berührt ...;

ich hätte den Rest meines Lebens an diesem Ort verbringen mögen, so sehr faszinierte mich dieses Schauspiel, aber mir wurde klar, dass die Zeit der Schildkröten nicht meine war; was sie da taten, entsprang einer unendlichen Langsamkeit, einer unfasslichen Endlosschleife, sie hätte mich womöglich ganz und gar geschluckt, falls ich in ihr eine Bedeutung oder ein Ziel hätte finden wollen ...; ich brach wieder auf zu den Gipfeln über den Uferreben; als ich diesem Strand den Rücken kehrte, dachte ich daran, ihm einen Namen zu geben – etwa: »Strand der ewigen Schildkröten« –, aber ich schwieg, löschte das aus meinem Geist und zwang mich, die reine Wildheit dieser Begegnung zu bewahren ...;

*

es war wohl der Tag der Herzsprünge; ich war kaum an den Reben vorbei, am Rand einer Savanne von Dornensträuchern mit dem Geruch von Piment und übersät von roten Pompons, als eine Schar Grackeln über mich herfiel; schwarz und glänzend wie Teufel, wollten die Vögel mir die Augen auspicken; ich konnte mich gerade noch zurückhalten, einen Schreckschuss auf sie abzufeuern; mein Schießpulvervorrat ging zur Neige, auch hatte ich kaum noch Kugeln – so wenige, dass ich stattdessen Muschelstücke verwendete; die geflügelten Teufel verfolgten mich mehrere Meilen, als wollten sie mich aus einem verbotenen Reich vertreiben; der Vorfall machte mich so neugierig, dass ich schnurstracks umkehrte, aber zu meinem Schutz darauf achtete, einen großen Bogen zu beschreiben; ich kam seitlich wieder zu der Savanne, so konnte ich sie bequem mit meinem Fernrohr überblicken; die Dornensträucher waren mit Nestern gespickt; sie steckten eng verkeilt zwischen den trockenen Zweigen und den langen Dornen; spinnwebähnliche Fäden verwoben sie so eng mit den Blättern, dass der Wind nichts mehr ins Zittern brachte; in den Nestern saßen hungrige kleine Lebewesen verschiedenster Sorte, die ein Schwarm Grackeln im Verein mit einem Dutzend anderen Vogelarten, ohne zu unterscheiden, in unermüdlichem Hin und Her fütterte; vor mir lag eine riesige kollektive Brutstation als uneinnehmbare Festung; die geflügelten Wächter verfolgten die Ratten, die Katzen, die Schlangen ... aber auch die Sand-Hasen, die Apfel-Füchse, die Kurzbein-Wölfe – all die unbekannten Raubtiere, die ich aufgrund einer vagen Ähnlichkeit und dank eigenen Ermessens mit diesen Titeln bedachte; der Ort unterlag äußerster Wachsamkeit; nichts durfte hinein; die geringste Regung an seinen Rändern löste ein Spektakel mit Geschrei und blitzendem Geflatter in den Lüften aus ...; auch hier hielt mich die Betrachtung in Bann; für lange Zeit in aller Geduld ...; sicher hoffte ich in der Tiefe meiner Seele, dass dieser andauernde Alarmzustand mir früher oder später den Anderen, diesen Unsichtbaren, herbeiführen müsste; ich betete zum Himmel, dass seine Erkundung ihn am Ende genau an diesen Ort bringen möge ...;

es war nicht das erste Mal, dass ich von Vögeln angegriffen wurde; bei meiner ersten Weizenernte war eine Vielzahl von Vögeln und sieben Sorten Ratten in die Nähe meines Feldes geströmt; angelockt durch schön reife Ähren, hatten sie in beachtlicher Eintracht so etwas wie eine Belagerung eingerichtet; alle kampierten sie dort, Tag und Nacht, in Wind und Regen, fetzten sich bei der kleinsten Gelegenheit, um ein paar Körner zu stiebitzen; ich musste mehrfach auf sie schießen, ich stellte sogar eine Wurfanlage mit Steinen auf; als das nichts half und auch, um meine Munition zu sparen, brachte ich eine Garde klappernder Vogelscheuchen in Stellung, mit denen wenigstens die leichter zu beeindruckenden Räuber fernzuhalten waren; sie lagerten in der gesamten Gegend mit Gepäck, Nestern und Gelegen; es war ein Guerrillakampf, nur ein paar Kalebassen voll Weizen zu ernten – damals benutzte ich eine aus einem Piratensäbel geschmiedete Sense –, bevor sie alles aufgefressen hatten; die Feindseligkeit der Insel sammelte sich im Ingrimm dieser Vögel und Ratten; sie griffen gemeinsam an, wobei einer die Frechheit der anderen nutzte; späterhin verteilte ich meine Felder, um tunlichst solche Ansammlungen zu vermeiden, so dass der von dem Getier angerichtete Verlust mir immer noch genug übrig ließ, um je nach Jahreszeit ein schön warmes Brot oder ein paar in einem Tonofen knusprig gebackene Fladen zu essen ...; jetzt, in gespannter Erwartung, dass meinem Anderen die gute Idee käme, in diese Falle zu gehen, schreckte ich bei jedem Alarm auf, begierig, ihn endlich unter einem Schwarm wütender Vögel zu entdecken ...; während der Wochen, die ich dort ausharrte, wurden tausend verschiedene

Arten Lebewesen von den Grackeln angefallen ... aber nicht er ... niemals er;

*

zur Fortsetzung meiner Suche stieg ich auf einen der steilen Hänge, die zu den höchsten Gipfeln hinaufführen; es sind sehr angenehme Orte, ohne Stechmücken und ohne die fieberträchtigen Hitzeschwaden; ich fand dort etwas Ähnliches wie Himbeeren und andere wohlschmeckende Früchte, die ich mir unaufhörlich in den Mund steckte; Geigen-Pflaumen wuchsen dort zuhauf, sie waren kleiner als die Pflaumensorten, die ich bisher kannte; die Zunge wurde von ihnen blau, die Zähne kalt und sie hinterließen einen Terpentingeschmack auf den Papillen; nachdem ich ihre Reifezeit herausgefunden hatte, erntete ich diese Stellen regelmäßig ab; diesmal freute ich mich wieder auf die Himbeeren und versuchte mir einzureden, dass der Andere sie bestimmt gefunden hatte und dort nun unachtsam verweilte; ich bereitete mich also darauf vor, ihn bei seinem Festmahl zu überraschen, es mit ihm zu teilen, als ich auf etwas Unglaubliches stieß: *ein kleines Reisfeld, schauernd unter dem Streicheln des Passats* ...; es wuchs in dem von den Gipfeln herabrinnenden und in kleinen humusgefüllten Felsmulden angestauten Wasser; ich brauchte eine Weile, um das Wunder zu erklären, bis mir einfiel, dass ich eines Tages, von Wildschweinen verfolgt, diesen Hang hinuntergerannt und alle viere von mir streckend auf dem Rücken gelandet war, wobei einige Kalebassen zerbrachen, die ich stets am Gürtel trug; diese kleinen Behälter für die Reise enthielten einige Samen und Pflänzchen, die ich aus der

Fregatte gerettet hatte; bei meinem Sturz hatte ich eine halbe Handvoll Reiskörner verstreut, die wohl für günstigeren Boden am anderen Ende der Insel bestimmt gewesen waren; ich mochte lange auf dem Bauch kriechen, das Moos absuchen, in den Ritzen nach jedem einzelnen Korn klauben, ich fand nicht mehr als eine lächerliche Prise, die ich später nie zur Frucht bringen konnte; das Missgeschick war meinem Geist entfallen; und nun, an jenem Tag, entdeckte ich den schön grün stehenden Reis, blühend, wasserdurchtränkt, strotzend vor Gesundheit; er hatte sich an die mittlere Höhenlage gewöhnt, an den mit vulkanischer Asche vermischten Humus und an das dauernd fließende Wasser; wie eine Fata Morgana stand er da;

ich fasste diese Entdeckung als ein Augenzwinkern auf, das mir die gesamte Insel schickte; ich fragte mich, wie viele solcher Überraschungen die Insel hinter meinem Rücken bereit hielt; mit den Überresten von der Welt des Schiffs, das ich in meinem Kopf wie eine Arche Noah feierte, hatte ich nach manchen Ungeschicklichkeiten und Unfällen die Insel wohl auf verschiedenste Weise befruchtet; ich weinte über das unverhoffte Reisfeld; und wieder, als ob mein Körper von nun an meine Wahrnehmungen leitete, legte ich mich nackt zwischen die Triebe, streichelte sie, zählte sie, betrachtete jeden einzeln; ich malte mir aus, wie sie heranwuchsen, reiften, in meinen Weidenkörben weggeschafft, vom Stroh befreit wurden, mir lief das Wasser im Mund zusammen bei der Vorstellung, bald den Geschmack eines Reisfladens wiederzuentdecken ...; während ich mich an den jungen Sprossen rieb, überlief mich Schauer nach Schauer einer verwirrenden Empfindung; sie erweckte meinen Körper in einer Weise, die ich vergessen hatte; ich wäre stolz gewesen, wenn der Andere, mein Unsichtbarer, in diesem Moment erschienen wäre, mich da gesehen hätte, bei der Feier dieser unwillkürlichen Befruchtung, dieses ohne jede Absicht entstandenen, vollkommenen Werks …;

der Gedanke an den Anderen, angesichts des neuen Wunders des Reisfeldes, vergrößerte die Reichweite meines Blickwinkels, jedes Blinzelns meines Bewusstseins; ich ging in der Prüfung dieses neuen Wunders völlig auf; mein Leib, mein Blick, meine Gedanken und mein Geist verschmolzen auf ungewöhnliche Weise zu *einer stummen Klarheit*; ich stammelte nicht mehr im Kopf; ich erlebte die Gegenwart mit solch einer Schärfe, dass ich mir vorstellte, wie diese verlorenen Körner einzeln in Moos und Humus kämpften, die fremden Wasser einsogen, ihre Alchimie für sonderbare Feindseligkeiten öffneten, versuchsweise eine Vorhut keimen ließen, unter tausend Vorkehrungen emporwuchsen, um sich bei der geringsten Gelegenheit wieder zu ducken; ich sah auch, wie die Bewegungen des Saftes die Sonne einfingen, die Entwicklung der Fasern und Rispen bis hin zum Korn selbst, bei dem ich mir schön heiße Fladen und köstliche, mit Zuckerrohrsaft oder mit Kokosmilch vermischte Reiskugeln ausmalte; *ich war lebendig inmitten der lebendigen Triebe;* dieser Zustand verwirrte mich derart, dass Frauenleiber auf meinen Geist einströmten und mit ihnen Schildkrötenpanzer, Schwärme von Grackeln und Moos, das die Stämme der märchenhaften Bäume umspannte; Herzklopfen, Lippen, Brüste, Blicke, Vulven und der Geruch des Geschlechts ...; als ich aufstand, war ich durstiger als je zuvor, hungrig, ausgebrannt, mit einem tiefen Verlangen nach allem; ich schwang mich mit großen Schritten wieder zur Suche nach dem unsichtbaren Anderen auf; ich lief einfach so, betrunken, schwerelos, torkelnd, unbeholfen und leichtfüßig, wie verliebt, aber ohne einen Gegenstand der Liebe, nur mit dieser Erweckung, die uns die Liebe verschafft; ich war völlig außer mir, Herr, ganz begierige Vorstellung und vorstellende Begierde ...;

*

ich schonte mich nicht mehr, zumal ich nichts von der Anstrengung spürte; erst nachdem ich wieder und wieder an denselben Orten vorbeigekommen war, die mir jedes Mal neue Überraschungen bereiteten, wurde mir klar, dass ich die Insel wohl vier oder fünfmal umrundet hatte; sie war doch nicht so groß, auch wenn meine Wahrnehmung mir bei jedem Schritt Unermessliches eröffnete; ich beschloss, mich erneut auf die Suche zu begeben, dieses Mal an Stellen, die meinem unsichtbaren Anderen eine angenehme Zuflucht bieten konnten; ich unternahm also einen Rundgang zu den mir bekannten Höhlen, ich fand noch andere und besuchte auch jene, wo ich meine Kriegsvorräte lagerte; es waren durchweg einladende, dauerhaft kühle Orte mit der Atmosphäre einer Kirche; in einer von ihnen traf ich auf eine ungewöhnlich große Kolonie von Fledermäusen; sie hielten sie seit Jahrtausenden besetzt; der Boden war von ihren sagenhaften Ausscheidungen bedeckt und ihre Pisse verbreitete einen derartigen Gestank, dass mir schlagartig die Luft wegblieb; ich fiel kopfüber und musste fünfundzwanzig Ellen kriechen, bevor ich meine Beine unter den Arm nehmen konnte ...;

in einer anderen Höhle fand ich eine unterirdische Quelle wieder, die mich ganz zu Anfang richtig verzauberte; ich hatte vorgehabt, mir ein türkisches Bad einzurichten und geplant, dort während meiner Sommerfrische zu baden, Düfte einzuatmen und über dem seltsamen Büchlein zu sinnieren ...; ich hatte einige Bambusstangen zum Trocknen auf einen Sockel von Kieseln gelegt, um ein bequemes Ruhebett zu bauen, daneben kleine Untersetzer für Kerzen aus Gummiharz; aber Dringlicheres hatte mich von diesem Plan abgelenkt und ich war lange Jahre nicht an den Ort zurückgekehrt; die Bambusstangen waren immer noch da, inzwischen so trocken wie gewünscht; die Quelle gluckerte tief drunten in einer schwarzen Felsrinne mit deutlichen gelben Verfärbungen von Schwefel; ringsum die Fugen waren mit einem hell leuchtenden Ton gefüllt, der weißliche Moose gedeihen ließ, die mit sehr wenig Licht auskamen; der Eingang zur Höhle war ein enges Loch; die Strahlen der Sonne drangen kaum ein, erzeugten nicht mehr als einen unwirklichen Dämmer; die Höhlendecke zeugte von ständigen Einbrüchen, durch die von den Wurzeln zusammengehaltenen Steine erschien sie aber stabil; diese Wurzeln schickten Fasern zum Boden, welche die Wände wie durchscheinende Adern überzogen; ich forschte in den Winkeln und Gängen: Mein Anderer war nicht hier; dennoch verharrte ich lange an diesem Ort; das Halbdunkel beruhigte mich und die Flut der Bilder, die meinen Geist überschwemmten; ich muss wohl eingeschlafen sein ... und erwachte mit dem Gefühl, dass etwas mich streifte; ich dachte sofort an den Anderen ... in einem Aufblitzen sah ich ihn, wie er leise durch die Höhle schlich ... mich entdeckte ... neben mir niederkniete ... lächelte, und meinen Arm berührte, um mich zu wecken ...; in einer Mischung aus Schreck und Lust sprang ich auf, ... nur um Landschildkröten zu entdecken, ... ehrwürdige Wesen, die ungerührt zur Quelle humpelten ...;

die Landschildkröten waren zahlreich auf der Insel; ich hatte einige bei mir aufgenommen; ich mochte ihre Langsamkeit, ihre Lebensweise ohne unaufschiebliches Verlangen oder drängende Begierden; sie machten alles in ihrem ureigenen Tempo; wenn die Dinge um sie herum sich beschleunigten, zogen sie den Kopf ein, schlossen die Luken und warteten, bis das Unwetter abgezogen war; ich hatte einige von ihnen angetrieben, sie gezwungen, Abhänge hinunterzulaufen, indem ich sie mit Muscheln bewarf; je nachdem, wie sehr sie traumatisiert waren, blieben sie mehr oder weniger lang reglos liegen und stellten sich tot, bis man sie vergaß; dann bemerkte man plötzlich, dass sie weg waren; zweifellos hatte ich einmal eine Landschildkrötenkrise durchgemacht, in der ich langsamer lebte, gegen die Zeit, die ich überwinden wollte, mich dabei in einer inneren Erstarrung verschlossen, um der Rettung, auf die ich so sehr hoffte, die Möglichkeit zu geben, den Horizont zu füllen und mir die gewünschte Hilfe zu bringen; da ich die Insel nicht verlassen konnte und mich nicht damit abfand, auf ihr zu sterben, blieb mir nur die Zeit, nur sie konnte ich verlangsamen oder anhalten ...; bei meinen Zaubertricks gegen die Zeit war ich zur Landschildkröte geworden ...; daher nahm ich es als Zeichen, sie genau in dem Moment wiederzufinden, in dem ich so weit von ihnen entfernt war wie nie; ich sprühte vor Energie, Schnelligkeit und Kraft, ungeduldig, diesen Anderen aufzustöbern und endlich zum Menschlichen zurückzukehren; sie hingegen trotteten zum kühlen Wasser mit einem vermutlich ebenso großen Appetit, aber völlig ruhig in unerschütterlicher, heiterer Entschlossenheit; durch sie, diese alten Landschildkröten auf ihrem Weg Schritt für Schritt zum Gesang der Quelle, kam diese Insel mir zur Hilfe, Herr: *sie erinnerte mich an das Wahrzeichen der Geduld und wie schön die Langsamkeit war ...*;

*

ich glaubte, ich würde ihn in meiner letzten Höhle finden; sie lag am Ufer eines alten Flusslaufs mit vom Wind entblätterten Sträuchern, die ihre Nahrung aus dem sandigen Kiesbett zogen; darüber öffnete sich die Höhle an der Flanke eines Hügels wie eine klaffende Wunde, wobei das auf ihm wachsende dornige Gras ihre Ränder zu heilen schien; damals hatte ich die Höhle leicht gefunden, da sie vom Strand aus zu sehen war; ich lagerte in ihr zwei Musketen, Pulver und zwei, drei Kugeln, außerdem getrocknete Früchte, die ich übrigens nicht mehr fand, sie waren wohl vom Getier der Gegend verschleppt worden; ich näherte mich diesen Orten immer aufgeregt, da ich Spuren erwartete, die meine früheste Tätigkeit bezeugten, als ob sie dem Ich, zu dem ich geworden war, ein älteres Ich entgegenhielten; die Höhle war hell, gefleckt von Schatten, die tiefere Gänge anzeigten; schon als ich eintrat, spürte ich etwas; ganz hinten; regungslos; ich rief: *Wer ist da? Seid Ihr es, Kumpan? ... Friede, Friede, Freund Freund ...;* da er schwieg, vermutete ich, er hätte Angst, und begann ihn zu beschwichtigen; ich sagte ihm meinen Namen; wie lange ich schon auf dieser Insel lebte; für den Fall, dass er meine Sprache nicht verstünde, wählte ich einen sanften, freundlichen, wohlwollenden Ton und hielt ihm meine offenen Handflächen hin; ich wollte ihm erzählen, wie ich seinen Fußabdruck gefunden, und wie viele Jahreszeiten ich mit der Suche nach ihm verbracht hatte, aber ich verstummte recht bald, und begnügte mich damit, völlig normal weiterzugehen, um so jeden Zweikampf zu vermeiden; er rückte im Dunkeln ein wenig nach links; als ich mich nach links wandte, schob er sich schwerfällig nach rechts; ich hielt ihn für leidend, er war vielleicht verletzt, dann wurde mir plötzlich klar, warum es so schwierig gewesen war, ihn zu finden; verfolgt von seinen kannibalischen Brüdern war er an Bord irgendeines Bootes auf der Insel gelandet; er war in diese Zuflucht gerannt, um sich zu verstecken und seine Wunden zu pflegen; sie mussten tief sein, da er so lange hier geblieben und so geschwächt war; in meinem Geist zog das Arsenal der über die Jahre gesammelten Medikamente vorüber; ich hatte Pflanzenpasten für offene Brüche; Honigbalsam für Verbrennungen; Sirup von Roter Beete gegen Brustfluss; Aufgüsse von Rum, Tabak und Zitrone, das Beste für die Wundheilung; ich hatte Stärkungsmittel für das Blut zur Bekämpfung von Räude und Krätze; dazu eine ganze Reihe aus der Fregatte geborgener Salben, die wohl dem Bordchirurgen gehört hatten; wegen ihren verwaschenen Etiketten sind ihre Wirkung und Anwendung mir immer ein echtes Geheimnis geblieben; manchmal hatte ich willkürlich ein wenig von ihnen auf Verletzungen verteilt oder bei einem Fieber eingenommen, aber so sparsam, dass nicht viel dabei herauskam; dennoch hielt ich mich für fähig, alles Mögliche wieder auf die Beine zu bringen; ich fing gerade an, es ihm zu erklären, als ich das Seufzen hörte; Herr, das hatte nichts Menschliches; ein Schmerz riss meinen Geist auf; ich überfiel das Ding, wie um das Unglück zu bannen – aber das Unglück war da; es war nicht der Andere, sondern ein alter Lamantin; das Tier hatte sich wohl zum Sterben hergeschleppt; es war nur noch Knochen und ganz eingefallen vom Alter oder auch, weil seine Art auszusterben begann; seine Haut war von einem sonderbaren Aussatz zerfressen und sein Blick war nichts als ein trauriges Betteln; er erlosch schlagartig, als ich ihm den Hals brach; dann floh ich aus der Höhle ...;

*

am Ende jeder Enttäuschung richtete mich die Gewissheit wieder auf, dass er da war, gleich hier vor mir, nicht sehr weit; ich hielt in kleinen Buchten, die sich auf den ersten Blick als friedliche Häfen anboten; es waren Felsnischen, die der Sand angefüllt und das Meer mit vielerlei Pflanzen befruchtet hatte; diese versteckten, schlecht zugänglichen Buchten waren sehr fischreich; weiße Meeräschen und riesengroße Taschenkrebse schlummerten dort unter der Gischt; ganze Bänke bunter Karpfen wimmelten direkt am Ufer; an solchen Plätzen hatte ich mit dem Gewehr gefischt, bis ich anfing, meine Kugeln einzuteilen; daraufhin fertigte ich mir aus den Nägeln der Fregatte eine Reihe Angelhaken; ich trug stets einige in meinen Reisebeuteln; ich bestückte das Ende einer festen, dünnen, geflochtenen Schnur mit ihnen und angelte, indem ich das Fleisch der an den Riffen klebenden Muscheln einhakte; an jenem Tag hatte ich meinen Köder kaum ausgeworfen, als ich einen schrecklichen Ruck spürte; ich erriet, was es war: einer der schleimigen Schlangen-Fische mit Kiefern wie Stahl, die zwischen den Felsen hausten, um den Kraken aufzulauern; es war ein Jammer, wenn ein solches Biest sich an meinem Köder verbiss: sie einzuholen war schwierig; ihr Leib ist ein einziger Muskel, der sich um die Riffe rollt und sie bäumen sich auf bis zum Tod; sie einzuholen ist also völlig unmöglich, es sei denn, dass der Angelhaken sie zum Absaufen bringt; ich kämpfte mit dem Tier, ich weiß nicht wie lange das währte; die Nacht brach schon herein, als sein Widerstand mit einem Schlag aufhörte; wahrscheinlich hatte es ihm blitzartig das Herz zersprengt; da hatte ich also einen Boa-Fisch erbeutet, schleimig, fleckig, grün, viel dicker als mein Arm und beinah zwei Meter lang; ein echtes Monster, das wohl seit Jahrtausenden dort lebte; ich nahm den Fisch schnell aus, denn es war schon spät in der Nacht; auf einem Feuer von kleinen Mandelbaumzweigen briet ich lange Stücke; das feine weiße Fleisch war von erlesenem Geschmack, etwa zwischen Hase und Geflügel; ich würzte es mit ein paar trockenen Kräutern aus meinen Kalebassen und verspeiste es in Gedanken an diesen Anderen auf der Lauer, irgendwo in einem Winkel; ich brüllte ihm in alle vier Windrichtungen zu, er sei selber schuld, denn hier gebe es ein Festmahl, und lächelte, lachte sogar, als ich die Reste an die Krabben verteilte und während ich mich auf ein Lager aus Blättern zur Ruhe begab, nach einem Schluck Rum, der mir dabei half, den Ansturm meiner geistigen Bilder und meiner Gefühle abzuwehren;

*

als ich mich vor Tagesanbruch wieder auf den Weg machte, waren meine Schritte langsamer; etwas hatte sich verändert; ich suchte meinen Anderen nicht mehr mit dem gleichen Fieber; das Verlangen ihn zu finden, war immer noch stark, mein Geist immer noch gleich darauf gerichtet, aber da war ein ... Zögern, als fürchtete ich, die Suche könnte erlahmen und ich müsste mir eingestehen, dass er unauffindbar war ... und es für immer bleiben würde;

in manchen bösen Stunden stellte ich mir vor, er sei nur kurz gelandet und habe gleich darauf wieder abgelegt, habe lediglich diese landeinwärts gerichtete Spur hinterlassen; aber ich zerstreute meine Verzweiflung, indem ich mir einredete, er ist hier, er hat Schiffbruch erlitten, ein Baumstamm hat ihn hergebracht, wie ich schon so manche Stämme aus dem Ozean hatte auftauchen sehen, vollbeladen mit von weither kommendem Getier; einmal hatte ich sogar beobachtet, wie von einem in der Strömung hergetragenen Stück Holz ein kleiner Affe mit weiß und ockerfarbenem Fell an Land ging; er war in eigenartigem Tanz auf dem Sand herumgehüpft, bevor er sich in die nächsten Bäume schwang; einen seiner Sorte hatte ich unter den Affen der Insel zuvor nie gesehen, aber ein paar Jahreszeiten später erkannte ich ihn in Dutzenden kleinen Äffchen wieder; in ihrem Fell waren Ocker und Weiß vermischt; so spiegelten sie ihren vom Ozean angespülten Erzeuger ...; ich sagte mir diese Einsicht wieder und wieder: *die Insel nahm alle auf, sie war einladend, sie bestand im Zufall, in der Begegnung, in der Aufnahme;* mit diesen Stanzen im Kopf ging ich dem Anderen entgegen, zwang mich, an sie zu glauben, ich fand den Anderen nicht, behielt gleichwohl meine Begeisterung, da ich sie unbeschadet bewahren wollte ...;

*

eines Tages traf ich den Entschluss, wieder zum Fußabdruck zurückzukehren, nicht um mich einmal mehr von seiner Existenz zu überzeugen, sondern um zu feiern, was er in meinem Geist und meinem Leben bewirkte; ich fand ihn an der Stelle wieder, an der ich ihn zurückgelassen hatte, mit den zahllosen kleinsten Veränderungen, die den Strand unablässig trafen; an jenem Tag sah ich die Fußspur unter einem Sonnenstand, der ihre seitlichen Formen betonte und sie schärfer zeichnete; ich streckte mich ein weiteres Mal neben ihr aus, um zu prüfen, welcher Art die Versteinerung war, die sie verewigte; der Sand war durchsetzt von einem schwarzen Ton, der dazu neigte, rissig und hart zu werden; er war es, der verhinderte, dass der Sand sich an dieser Stelle verteilte; wiewohl sie einen Anschein von Beweglichkeit bewahrte, hielt der Ton die Form in einer solchen Festigkeit, dass der Regen, die Gischt und Windstöße sie nicht abtragen konnten; diese Beständigkeit war ein echtes Wunder; als ich den Fußabdruck von Nahem betrachtete, sah ich, dass der Gallert der Qualle in den Ton eingesickert war; die Oberfläche war grau, durchzogen von weißlichen und bläulichen Ablagerungen; ich lächelte bei dem Anblick; ich lachte sicher auch; vor Freude, dass der Fußabdruck da war, dass er eine solche Intensität ausstrahlte, die nicht aufhörte, sich in mein Inneres auszubreiten; er war ein Riss in der Wirklichkeit, die ich bis dahin dieser Insel verordnet hatte; Risse dieser Art hatte ich am Fuß alter Vulkane angetroffen, in leuchtendem Rot strahlten sie eine Weltuntergangsstimmung aus; der Fußabdruck vermittelte mir dasselbe: seine Dauer glich der Glut einer Schmiede, er verströmte große Kraft; besser noch: er war der Krater eines Ausbruchs, der nur mich traf, im Bauch, im Herzen, im Geist; er wühlte in meinem Inneren, störte das Unsichtbare auf, vertauschte, was möglich war und unmöglich; ich lachte laut über ein ständig in meinem Geist kreisendes Bild: *hier gebar die Insel, und sie gebar auch mich ...*;

ich fürchtete, ein Sturm könnte den Strand verwüsten und den Fußabdruck für immer mitreißen; sein Verschwinden würde mich in eine Einsamkeit zurückwerfen, die ich inzwischen nicht mehr ertragen würde; ich rannte wie ein Verrückter in den Wald, sammelte in aller Eile Rippchen-Holz auf, es war faserig, biegsam und wurde unter der brennenden Sonne hart wie Eisen; ich hatte dieses Holz häufig benutzt, um meine Kanäle zu fassen, meine Windmühlen aufzustellen oder brüchige Höhlen abzustützen; mit den Ästen baute ich über dem Fußabdruck ein Schutzdach, das ich mit Zuckerrohrblättern abdeckte; als es fertig war, sah das Gestell aus wie eine richtige kleine Hütte; unter der Einwirkung der Sonne begann das Stroh des Zuckerrohrs auszubleichen und würde sich bald mit einem fettigen Film überziehen, der nichts durchlässt, weder Wasser noch Wind noch Hitze; das Ganze warf ein schützendes Schattenviereck auf den Fußabdruck, entzog ihn der Hitze der Sonne, dem Hämmern des Regens und dem groben Hobel der Winde von Süden;

ich begann nachzudenken, als ich die Wellen betrachtete, die kamen, um ein paar Daumenlängen vor dem Fußabdruck zu vergehen; die Flut war nicht stark in dieser Gegend, ihr höchster Stand würde die Fußspur nicht erreichen, aber eine aus den Meerestiefen aufsteigende Woge würde sie mit einem Schlag wegwischen; so nah am Ufer kann man unmöglich gegen die Wut des Ozeans bestehen; ich mühte mich dennoch ab, einen Deich zu bauen, indem ich einen nach dem anderen der rosa Felsbrocken herüberschleppte, die sich am Fuß einer Klippe angesammelt hatten; ich stapelte sie in einer Rinne von über zwanzig Ellen Länge aufeinander, bis sie eine kleine Mauer von einem Klafter Höhe bildeten; ich schnitt eine Reihe langer Pflöcke, die ich aufrecht entlang der kleinen Mauer steckte, dicht dahinter, als ob sie sich daran stützten und diese Stütze nutzend, verbrachte ich wer weiß wieviele Monde und Sonnen damit, Felsblöcke hinauf zu schaffen; sie bildeten bald zwischen dem Fußabdruck und dem Meer einen beachtlichen Schutzwall, der mir bis zur Schulter ging; ich fing an, in dicken Kalebassen Sand herzuschaffen (sonst dienten sie mir dazu, meine Fische und mein Fleisch einzusalzen);

um den Wall der Pflöcke zu verstärken, häufte ich dahinter Sand auf, benetzte ihn mit Meerwasser und bedeckte ihn mit flachen Steinen und getrockneten Schildkrötenpanzern; die Befestigung war von beruhigender Stabilität; danach konnte ich im Schatten des Schutzdachs, tief in einem kleinen Thron sitzend, an meiner Rumflasche nuckeln, in die verschiedene Früchte eingelegt waren; die Früchte verlängerten das Brennen des Alkohols in einer Mischung aus Aromen, die in alle Richtungen explodierte; so blieb ich wer weiß wieviele Jahreszeiten liegen, philosophisch nuckelnd, ganz in die glückliche Betrachtung des Fußabdrucks versunken ...;

*

seine Nähe löste in mir noch weitere Vorstellungen aus; ich sah die Mulde der Ferse, die Rundung des Fußgewölbes, die getüpfelte Reihung der Zehen, und dies versetzte mich wieder an andere Ufer, in andere Länder, zu Menschen, ihren Gesängen, ihren Tänzen, zu Büchern, zur Liebe, zu Essgelüsten, in Betten mit Seufzern, Lächeln und Flüstern ... ein Wust von Dingen, die mir den Geist berauschten, und mich sowohl vom Vergehen der Zeit wie von der Dichte der Insel ringsum ablenkten; zuweilen kehrte ich zur Wirklichkeit zurück und erkannte völlig überrascht, dass ich mit offenen Augen schlief; manchmal kam ich auch mit einem großen Zittern zu mir und merkte, dass ich viel zu lange nichts gegessen hatte; noch benommen, machte ich mich in der Nähe auf die Suche nach Früchten und Kalebassen mit Wasser; ich hatte keine rechte Lust, in meine Höhle zu gehen; ich war am Rande des

Fußabdrucks sesshaft geworden; und wenn ich mich von ihm losreißen konnte, um in meiner Hauptniederlassung ein paar Lebensmittel und Geräte zu holen, stand ich jedesmal staunend vor dem wuchernden Gras, dem Gewimmel der Katzen und der schamlosen Vermehrung der Ratten ...; eine ganze Menagerie machte sich unverschämt an meiner Habe zu schaffen, aber das regte mich nicht sehr auf; *ich ließ die Insel gewähren;* ich wehrte mich nicht mehr gegen das Überbordende an ihr; ich beschränkte mich darauf, den Schutz meiner lebensnotwendigen Vorräte zu sichern und zu gewährleisten, dass gewisse Vorrichtungen in gutem Zustand blieben; die Haustiere in meinem Hinterhof hatten den Instinkt wieder gefunden, sich selbst zu ernähren, aber sie blieben weiter in Herden in der Nähe der Pferche und Weiden, als hingen sie noch der Ordnung an, die ich ihnen all die Jahre aufgezwungen hatte; ich sorgte nur dafür, dass sie mich sahen und ging genauso unvermittelt wieder fort; zurück beim Fußabdruck prüfte ich als erstes meine kleine schützende Mauer, ich verstärkte sie Tag für Tag, Stück um Stück, ob das einen Sinn hatte oder nicht ...;

bald darauf begann ich mit einer sehr gezielten Suche nach Felsen mit ungewöhnlichen Farben; Indigo, Veilchenblau, Grellrot und Jadegrün; ich sammelte auch Muscheln mit prächtig glänzendem Perlmutt, zerbrach sie, um die schönsten Stücke auszuwählen und sie kunstvoll auf den Rand der kleinen Mauer zu legen; die Mauer schillerte in allen Farben; sie glänzte in der Sonne und der Vollmond brachte sie zum Strahlen wie die Kuppel eines byzantinischen Palastes; in der übrigen Zeit brachte ich in Kalebassen die schwärzeste, fruchtbarste Erde, ich drückte sie in die Ritzen zwischen den Steinen und fügte in diese besonders bunt blühende Pflanzen mit all ihrem Wurzelwerk ein; viele vertrockneten in der Sonne, andere kümmerten unter der Gewalt dieses Exils vor sich hin; aber als der Regen wieder einsetzte, fingen sie an zu blühen und die kleine Mauer erwachte zum Leben; ein Allerlei von Farben und Düften lockte Bienen, Libellen, Schmetterlinge an ...; durch ihr summendes Treiben erwiesen die Insekten dem Fußabdruck ihre Verehrung; in der von mir herbeigeschafften Erde musste es wohl verschiedenste Nährstoffe geben; ein überraschend üppiger Busch gedieh auf den rosa Steinen und den Plättchen von Perlmutt, so wurde die kleine Mauer zu einer halb mineralischen, halb pflanzlichen Hecke; ich bemühte mich, die Pflanzen auszureißen, die zu Bäumen werden konnten, da ihre kräftigen Wurzeln das Bauwerk zerstört hätten; bald waren die aufeinander gestapelten Felsbrocken nicht mehr zu sehen, nur noch hier und dort schienen rosa Spitzen und Perlmuttplättchen auf wie mineralische Blüten zwischen den schauernden Blättern; Kletterpflanzen kämpften sich von der kleinen Mauer frei, bedeckten den Sandhügel dicht hinter den Pfosten und wuchsen rasch überall dort, wo es noch Raum gab; der gesamte Schutzwall war ein großer Erfolg, der mich immer wieder begeisterte; mit dem Rücken an den Sandhügel gelehnt, hatte ich den selbsterrichteten Thron unter der Laubhütte zu meiner Annehmlichkeit mit dicken Kissen wohlriechender Kräuter versehen; dort saß ich stundenlang, gab mich dem Nichtstun hin, träumte, summte, kratzte mich am Nabel, natürlich in der Anschauung des bewegenden Fußabdrucks; die Blüten der kleinen Mauer lockten Kolibris an; Zuckervögel mit goldenem Hals flogen in Scharen herbei, um mit dem Schnabel in ihnen zu wühlen; neben vielem anderem Getier hatten Eidechsen die Bäume verlassen und lebten hier mehr schlecht als recht, von diesem hängenden Dschungel leidenschaftlich angezogen; Krabben auf Wanderschaft überkletterten ihn und Meeresvögel nutzten ihn als zurückgezogenen Ausguck ...; der Fußabdruck war umgeben von einer begeisternden Lebendigkeit, die ziemlich genau wiedergab, was ich in meinem Inneren erlebte ...;

bald musste ich gegen die blühenden Lianen ankämpfen; sie überfielen den Hügel und breiteten sich auf dem glühenden Sand aus wie ein Teppich; dort starben sie, zersetzten sich und vermochten anschließend, von diesem Humusbett aus, neue Wellen von Lianen loszuschicken; diese vermischten sich so geschickt, dass sie absichtsvoll mit ihrem Siechtum und der Verquickung untereinander einen Boden schufen, der allein die Ausbreitung ihrer Art begünstigte; mich faszinierte diese pflanzliche Existenz: sie verzehrte sich selbst, um ständig voranzukommen, war nur dauerhaft auf ewige Sicht; ich griff zu meiner Sense, doch überließ ich diese Liane überall sonst ihrem Treiben, beschnitt sie nur so weit, dass sie den Fußabdruck wahren musste; ich beschrieb einen sauberen Kreis von drei Ellen um ihn und sein Dach, und es verging kein Tag, ohne dass ich jätete, schnitt, ausriss, schabte und säuberte ... unaufhörlich kam und ging ich und stapfte um ihn herum ...;

Herr, da trat das Schlimmste ein; an einem Regentag, der Sand war nass, ließ ich die Schauer niederprasseln und begab mich sofort danach an die Arbeit, als ich plötzlich etwas bemerkte, das mir ans Herz griff; es überlief mich eiskalt; *da war noch ein Fußabdruck;* er war ganz frisch; ich warf mich auf ihn, besah ihn von Nahem, blickte um mich, konnte aber nichts anderes erkennen, als von meinen Füßen aufgewühlten Sand; der Regen ließ den neuen Fußabdruck hingegen besser hervortreten; ich mochte ihn lange so nah wie möglich betrachten, er war genau wie der andere; ich blieb eine ganze Weile versteinert sitzen, verscheuchte jeden Gedanken und verbot meiner Fantasie wie ein wildes Tier zu springen; ich hatte wohl in meinem Herzen alles verhärten wollen, aber offenbar hatte das Organ eigene Wahrnehmungswege, es begann in beängstigender Unregelmäßigkeit zu pochen; als ich mich endlich aus der angststarren Benommenheit befreien konnte, überfiel mich eine ungeheure Ermattung, eine Mischung aus Zweifeln, ins Auge springenden Tatsachen, Abwehr und Furcht; mit unendlicher Langsamkeit tat ich etwas, das ich während dieses gesamten Abenteuers nie versucht hatte; ich stand auf, näherte mich der frischen Fußspur, die ich eben entdeckt hatte, und stellte meinen Fuß hinein, er passte genau; ich schnellte herum, fegte mit einer ausholenden Armbewegung das kleine Schutzdach weg, stand über der geheimnisvollen Spur; zitternd, Herr, streckte ich meinen Fuß aus, setzte ihn hinein, während mein Herz brach, während die aus meinem Herzen emporquellenden Tränen kurz davor waren, mir aus Augen und Ohren zu strömen; ich meinte zu sterben, als sich mein Fuß auf die Form setzte; er fügte sich genau ein und ich konnte den Gedanken nicht mehr wegschieben, dass der geheimnisvolle Fußabdruck kein anderer war als mein eigener;

ich schrie vor Verzweiflung wie ein angestochenes Schwein; ich fiel vor der Spur auf die Knie, begann sie zu zerstören, um ihre letzte Lüge zu bannen; ich wälzte mich über ihr, schreiend wie ein Säugling; in meinem tränenreichen Zorn zerstörte ich den Hügel aus Sand, den Schutzwall der Pfosten; ich nahm mir die kleine Mauer vor, schleuderte die Steine weg, einen nach dem anderen, so weit wie möglich in das Gebrodel der Gischt; ich bekniete den Ozean, er solle kommen, diesen Strand verschlingen und auf ewig alles auslöschen, was ich auf ihm erlebt hatte; in meiner Erregung versuchte ich vergeblich, einen mir wohlbekannten, alten beständigen Schrecken zurückzudrängen: Ich war allein, tausendfach allein, ich war es immer gewesen und würde es für alle Zeiten bleiben auf dieser vergessenen Insel ...;

*

und doch blieb ich an diesem Strand, als wartete ich im Abgrund meiner Verzweiflung noch auf ein Wunder; bestimmt vergingen unzählige Jahreszeiten oder sie vergingen nicht, mir war es gleich; ich lag ähnlich niedergeschlagen wie während meiner Zusammenbrüche der ersten Jahre; um den Fuß einer Uferrebe gekrümmt; an einer schattigen Stelle, wo der Sand so weiß wie unwirklich war; unbeweglich, hirnlos, nur Trauben kauend, die ich unwillkürlich pflückte, indem ich die Hand hob; Hunderte kleine Krabben, gelbe, grellrote, liefen mir über Bauch und Beine hin und her; sie hatten sich inzwischen an meine Lähmung gewöhnt; sie meinten, ich wäre nicht mehr am Leben; das war nicht falsch; der schwere Mantel der Einsamkeit drückte mich nieder; sie raubte mir den Atem; mein Körper war riesig geworden; ich war ein Häufchen tief unten in seinem Inneren, als könnte ich so der Berührung der starren Angst ausweichen, die er mir übertrug; und wenn ich auch meine Sinne immer offenhielt, die mir ein gewisses Verständnis für meine Umgebung eingaben, hatte ich wie ein Teufel zu kämpfen, als ich spürte, dass mein Körper sich um mich schloss wie der Schlund eines Verlieses; zuweilen rief ich jene Horden von Bildern zuhilfe, die von der Fußspur kommend meinen Geist angeregt hatten; doch die Quelle war versiegt; die Bilder, die in einem Totentanz zu mir zurückkehrten, waren trübe Wiederholungen; sie trieben durch meinen Geist nach einer zerfetzten Partitur, die keine Melodie mehr ergab; während ich diese Bilder verscheuchte, schaute ich mich um, mit lichtlosem Auge und hängenden Lidern; der Strand zog seinen starren Glast in die Länge; die knotigen Stämme der Uferreben setzten tiefe Schnitte in Schatten und Licht; ihre runden Blätter waren so geformt, dass sie gerollt Tüten für die Trauben abgaben; Olivenbäume, direkt daneben giftig und üppig die Früchte der alten Manchinelsträucher ...; alles war glasig von der Sonne; jede Einzelheit gehörte in das Archiv der Trost- und Zukunftslosigkeit; Herr, die Ernüchterung war vollkommen;

ich dachte wieder an die wundervollen Orte, durch die ich auf der Suche nach dem eingebildeten Anderen gekommen war; was mich damals entzückt hatte, besaß seinen Hexenzauber nicht mehr; sehr rasch konnte ich mir immer weniger vorstellen, wie die Insel ein Ganzes bildete, und in meinem Geist nicht mehr die runde Gestalt, die ich geahnt hatte, wiederfinden, den Aufschwung ihrer Berge, die Sumpfgebiete, den Busch ihrer jahrtausendealten Bäume, die den Himmel auslöschten ... das alles verschwand im Nebel des Unwahrscheinlichen ... das alles sank allmählich in Vergessenheit ...; was ich von der Insel gewahrte, war auf meinen Blickwinkel geschrumpft; die Insel war nicht mehr als dieser Strand, auf dem ich lag; Uferreben, Krabben, Sand, Gischt, metallischer Horizont, leerer Himmel ...; mein Herz krampfte sich ein weiteres Mal zusammen, als diese vereinzelten Stücke von Landschaft ihm den Klang von Krügen schickten, hohl, entleert; gegen meinen Willen begann die alte üble Hoffnung wieder meine Seele zu quälen; mein Blick verweilte auf der Linie des Horizonts mit dem Verlangen, den Funken eines Segels auftauchen zu sehen, plötzlich eine Brechung in dem unerbittlichen Blau zu erspähen – die das Erscheinen eines noch nicht sichtbaren Schiffs ankündigt; dieses Flehen zum Horizont hatte mich jahrzehntelang mit einer zähen Lästigkeit gepeinigt; nun zeigte es wieder die Spitze seines Mauls und die Piken seiner Bitterkeit; ich schob dieses Flehen mit aller Kraft von mir, aber mein Wille war nicht mehr als ein bedrängter Floh in einem schreckstarren Körper; inmitten dieses Niedergangs war mir kaum noch ein bisschen Schneid geblieben;

noch eine Hoffnung schlich in mir umher, ich hätte mich vielleicht im Wahn getäuscht; es war möglich, dass die Spur zu meinem Fuß gar nicht so genau passte ...; ich liebkoste zuweilen – mit einiger Berechtigung – die Idee, dass dieser Andere, der gelandet war, genau mein Alter, meine Größe, die gleichen Fußabmessungen besaß und ich mich allzu schnell der Verzweiflung überlassen hatte ...; das Leben war voll von Ungewissheiten; die Wirklichkeit bestand aus Unterschieden, aber im Gewebe dieser Unterschiede gab es immer noch seltsame Ähnlichkeiten, Übereinstimmungen und fabelhafte Zufälle ...; so zu denken tröstete mich ein wenig; erneut hegte ich die Idee, dass der unmögliche Andere noch hier irgendwo war; aber wenn ich wirklich klar blickte, gab ich sie als unmöglich auf; da war kein Boot; kein Kahn, der einen Menschen tragen konnte, war irgendwo gestrandet; keine andere Fußspur war in irgendeinem Winkel der Insel erschienen; ich käute trübsinnige Gedanken wieder, dachte mir etwas aus, um es sogleich zu verwerfen; schließlich erinnerte ich meinen Geist an die Zeit, als ich die Fregatte plünderte; das Wrack war auf den Riffen gescheitert, just diesem Strand gegenüber; wenn ich meine Beute auf dem Quietschen des selbstgebauten Floßes herüberschaffte, war ich sehr häufig an der Stelle gelandet und herumgelaufen, wo sich der Fußabdruck befunden hatte; er war ganz ohne Zweifel mein eigener, er war sicher nach einer letzten Fahrt dort versteinert, kurz vor dem Auseinanderbrechen der Fregatte, und hatte jahrzehntelang dort gewartet, nur um mich in diese letzte Verzweiflung zu stürzen ...;

*

die großmütigen Erweiterungen meines Geistes verengten sich wieder; er legte das Federkleid der Träume, Illusionen, Missverständnisse, Irrtümer und der gläubigen Verzückung ab; er vertrocknete, wurde unfähig, irgendeine Erscheinung zu ahnen oder zu erblicken; ich sah ihn auf der Oberfläche eines trüben Teiches hängen, wie die Augen eines toten Krebses, der in Kürze zum Grund sinken und im Bodensatz dünnen Schlicks enden wird ...;

*

Herr, an dem Tag, als ich die Kraft zum Aufstehen fand, war es nur, um mich wieder an den Ort des Fußabdrucks zu begeben; die ganze Umgebung war zerstört und zertrampelt; da waren nur noch die Reste des kleinen Schutzdaches und Spuren der rosa Steine verstreut in der Gischt; der Sand war von den Wellen durchmischt worden; die kleine Mauer war verschwunden, keine Fußspur; nichts mehr; nur Krabben, Algen, glasige Hitze und ein unter den Wirbeln des Windes fliehender Staub; ich war wirklich allein; ohne zu wissen warum, heulte ich voll Wut meinen Namen, *Robinson! Robinson Crusoe!* ... und schlug mir unter Beschimpfungen des Himmels an die Brust; ich war da, ich war allein, ich war ... ich selbst! ... ich stieß dieses *Ich-Selbst* zusammen mit irrsinnigen Lästerungen in die vier Himmelsrichtungen ...;

ich verstummte plötzlich und wiederholte: »ich selbst!« ...; ich sagte es noch mehrmals in allen Stimmlagen mit mehreren Betonungen auf jeder Silbe; und wie um mich meiner eigenen Existenz zu vergewissern, betastete ich meine Arme, meinen Brustkorb, meinen Schädel, den ich von den Haarbüscheln befreit hatte; ich war da; ich war ich selbst, ich selbst, ich selbst! ...; ich weinte im Gedanken an dieses »Ich-Selbst«; die lügnerische Ankunft des Anderen hatte mich aus ihm hinausgestoßen; doch das Verschwinden des verwünschten Fußabdrucks hatte mich wieder zu ihm geführt; ich kreiste um die Idee wie um den Eingang eines Gefängnisses; ich wollte nicht hinein flüchten, aber zugleich zwang mich die tödliche Einsamkeit dazu, Gesellschaft zu suchen, ein tröstliches anderes »Ich-Selbst«; ich weinte bei diesem Gedanken, der alles Elend der Welt in sich birgt; die Einsamkeit dieser Insel vertrug das »Ich-Selbst« nicht, sie vernichtete es am Ende in Trugbildern und leeren Mechanismen; ich hatte die bittere Erfahrung bereits gemacht, war schließlich ein strahlender Idiot geworden ...; gleichwohl blieb durch das Verschwinden der Fußspur dieses »Ich-Selbst« als meine einzige Aussicht übrig, als unendlich kleiner Raum, den ich zu einem Nichts an Regung, dem Anfang eines Impulses bewegen konnte; ich lächelte bei dem Gedanken an eine nicht wahrnehmbare Regung – alles war besser als die Starre ziellosen Alleinseins und der damit einhergehende Tod ...;

auf Knien begann ich mich sehr sorgfältig abzutasten; nicht in dem Fieber, das mich bei der Entdeckung der Fußspur meinen Körper hatte befühlen lassen, sondern voller Behutsamkeit, erfüllt von dem starken Wunsch etwas zu spüren; ich strich mir über die Haut der Arme, sie war zerkratzt, gealtert, verkohlt von Salz und Sonne; ich spürte ihre Oberfläche, kniff mich selbst, rollte das dürre Fleisch zwischen meinen Fingern; so betastete ich im Sand kauernd meine ganze Anatomie; ich kam bis zu meinem Hals, berührte das Schwirren meiner Adern und näherte mich meinem ... Gesicht; es war seltsam, dass ich seit so langer Zeit nicht mehr daran gedacht hatte ... *mein Gesicht* ... ich wusste nicht einmal, ob es mir in einer Stunde dieser düsteren Jahre je eingefallen war ... aus Furcht vor der Begegnung mit ihm betastete ich erst meinen Schädel, da waren noch die alten kleinen Beulen und ein paar Narben; dann untersuchte ich meinen Nacken, bevor ich langsam zurück zu meiner Stirn glitt; mich durchfuhr ein seltsamer Schreck, meine Hände fielen hinab zu meinen Schenkeln, den Knien, blieben eine ganze Weile dort, ohne dass ich es merkte, ich achtete immer nur auf das, was meine Hände spürten; dann kehrte ich allmählich wieder zurück zu ... dem Gesicht, das ich für das meine hielt; ich begann ein Kinn zu ertasten, Lippen, eine Nase, Wangen, einen Bogen mit dicken Augenbrauen ...; je näher ich diese Formen erfasste, desto wilder schlug mein Herz; jäh brach ich ab und schüttelte die Hände aus, als hätte ich etwas Abstoßendes berührt ...;

da kam mir erneut der Gedanke an den Spiegel; ich wollte diese Idee zuerst verscheuchen, denn ich hatte große Angst vor ihm, obwohl ich ihn aufbewahrt hatte; der Spiegel stammte aus der Damenkabine im vorderen Back; ein schöner Gegenstand, leider durch den Schiffbruch zersplittert; ich hatte ihn aus seinem Rahmen gelöst und eine Scherbe davon behalten, die groß genug war, um mich darin zu erblicken; ich hatte dann ein erstes Trauma erlebt, denn was ich in dem Stück Spiegel entdeckte, erinnerte mich an nichts; ein Fremder tauchte vor mir auf, der im gleichen Moment hineinsah wie ich; entsetzt packte ich den Spiegel in eine meiner Vorratskisten; und vergaß ihn; erst viele Monate später holte ich ihn wieder, versuchte Blinksignale mit dem Sonnenlicht, um jene Schiffe herbeizurufen, die ich vermeinte wenige Kabellängen entfernt segeln zu sehen; später räumte ich den Spiegel wieder weg, denn ich musste zugeben, seine dauernde Nähe an meinem Gürtel mit der Möglichkeit der Signale, die er bot, lösten bei mir immer unerträglichere Wahnvorstellungen aus; während der letzten Jahre stieß ich, wenn ich meine Vorräte sichtete, mehrmals auf die Spiegelscherbe, aber ich hielt mich nie mit ihr auf, noch versuchte ich, mich in ihr zu betrachten; dieses Gesicht interessierte mich nicht; anfangs stellte es mich vor den großen Abgrund meines verlorenen Gedächtnisses; nachdem ich dann voll und ganz Robinson Crusoe geworden war, brauchte ich es nicht mehr zu sehen, ja mir nicht einmal vorzustellen; am Ende war ich in meinem Kampf gegen alles Tierische zu der Überzeugung gelangt, dass mein Gesicht tot war und in meinen Augen nichts mehr leuchtete; wenn es vorkam, dass ich zufällig auf den Spiegel stieß, versetzte er mir einen Schock, den ich mied, eigentlich ohne es zu beschließen; ich war davon überzeugt, dass das Mienenspiel eines Gesichts nur zwischen Menschen etwas bedeutete; dass *ein Gesicht nur wiedergab, was es von der Begegnung mit anderen Gesichtern bewahrte;* meine Papageien oder der aus der Fregatte gerettete Hund – der mich ein paar Jahre begleitete – brauchten mein Gesicht nicht, um meine Gefühle zu spüren;

ihnen genügten meine Augen, meine Gebärden, mein Geruch, wenn diese Dinge überhaupt einen Rest meiner Seele spiegelten; lange Zeit war ich nur der allwissende Verwalter dieser Insel gewesen, ein großer Zivilisator ohne Gegenpart; am Ende verschmolz ich mit dieser Idee; und wenn ich mich so gerade gehalten, mit diesen Häuten ausstaffiert, sonnenbeschirmt, bewaffnet, für unumstößliche Rituale gesorgt hatte, dann nur, weil ich der zunehmenden Verfälschung, die aus mir ein Teilchen unter vielen auf dieser Insel machte, eine Form hatte entgegenhalten wollen; wenn es mir also unterkam, dass ich dieses Stück Spiegel zuhilfe nahm, so war es nur bei einer besonderen, höchst seltenen Gelegenheit, nämlich wenn ich die Verfassung der Insel feierte, indem ich sie in voller Länge verlas; dann holte ich den Spiegel aus einer Ecke meiner Vorratskammern, stellte ihn auf den Tisch unter dem Kapokbaum so auf, dass er, ins Leere gerichtet, für wer weiß welches ewige Auge die Pracht meiner Zeremonie spiegelte, da ich immer bedauerte, dass sie ohne Zeugen blieb ...;

als ich an jenem Tag an den Spiegel dachte, stürzte ich zu meiner Haupthöhle und begann meine Vorräte, Körbe, unzähligen Truhen, die kleinen und großen Kisten zu durchwühlen, ich drehte einen ganzen Trödelladen zusammengewürfelter Gegenstände um und um, die ich nie gebraucht oder nur ausprobiert hatte, bevor ich sie wegräumte; ich mochte lange alles in bebendem Eifer durch die Luft werfen, die meisten Nebenlager durchsuchen, das berühmte Stück Spiegel konnte ich nicht mehr finden; ich rannte wie ein Irrer wieder nach draußen, um einen nahen Teich aufzusuchen; im Verlauf meines Alleinseins hatte ich auch die zu glatten Teiche gemieden, da sie mich häufig mit meiner Silhouette überraschten; diesmal stürzte ich hin, um dieses Gesicht zu prüfen, das mir gehörte; zu der Jahreszeit war das Wasser trübe und grau, die Spiegelung war nicht deutlich genug, um abzubilden, was ich sehen wollte; ich kehrte in die Höhle zurück, wo ich einen Topf aus Blech ergriff, ich polierte ihn so blank wie möglich, um mich darin zu erkennen, aber das vom Salz gesprenkelte Blech gab nur ein undeutliches Gebilde wieder ...; es blieben mir nur noch die Hände, mit ihnen begann ich, diesen Teil von mir selbst zu erkunden; was ich unter meinen Fingern spürte – Lippen, Augenbrauen, Nase, Stirn, Wangen, Kinn, Grimassen ... –, tat nichts weiter als mein Herz aufzuschrecken, mein Geist konnte bei diesen Formen, die meine Finger wiedergaben, nichts erkennen; ich war nicht fähig, eine Gemeinsamkeit zu ermitteln oder die geringste Vertrautheit zu entdecken; etwas vollständig Unbekanntes diente mir als Antlitz; mir war bewusst, dass mein Gedächtnisverlust jeden Bezug zu meinem eigenen »Ich« ausgelöscht hatte, aber diese radikale Andersheit in dem, was mein Ich-Selbst hauptsächlich ausmachte, war für mich sehr schwer zu ertragen; ich lebte in einem Fremden;

ich verbrachte Tag um Tag, um mit meinem Gesicht vertraut zu werden, endlos betastete ich es, endlos stellte ich es mir vor; manchmal fand ich mich edel und schön, mit dem kräftigen Kinn und der hohen Stirn, würdig eines Schiffsadmirals oder eines Piratenfürsten; ein anderes Mal ahnte ich, meine Visage war aufgedunsen, vom Salz und von der Einsamkeit angegriffen, als wenn die einfache Tatsache, dass sie kein Blick traf, ihre Muskeln zu einem Spiel zwang, das mit einer Miene nichts mehr gemeinsam hatte; subito fürchtete ich, nur noch einem Gorilla zu gleichen und häufig bestätigten meine Finger dieses Gefühl; ... mitunter ertastete ich etwas Starres, ein sonnenverbranntes zähes Fleisch, das meine Grimassen nur mit Mühe entkrampften; ich sah wohl aus wie eine dieser Kannibalenmumien, die man in verlassenen Dörfern in Krügen vergraben findet; dies warf mich in ein unentrinnbares Grauen; ich dachte an den Anderen, den ich so lange verfolgt hatte und an die verheerende Wirkung, die ich auf ihn geübt, falls die Vorsehung ihn tatsächlich auf der Insel gewollt hätte ...; ich dachte auch an die unwiderrufliche geistige Zerrüttung, die meine werden konnte, wenn ich mich einmal richtig zu sehen bekäme ...;

diese Ängste flauten ab; ich nahm mir eine Ruhepause, sammelte mich; ich ging auf lange friedliche Wanderungen, bei denen ich mich nur mit dem Schwingen meiner Atmung befasste; schließlich schuf ich mir eine Idee von meinem Gesicht; ich arbeitete sie in allen Einzelheiten aus, mit ebenso viel Überzeugungskraft, als hätte ich einen echten Spiegel in meiner Höhle zur Hand; sogar meine Finger begannen es zu erkennen; der Fremde wurde zum Vertrauten, ich nahm das Gesicht als das meine an; ich übte die Gewohnheit, mit ihm zu sprechen, es anzulächeln und mir vorzustellen, es lächelte zurück; ich versank zweifellos, ohne etwas zu bemerken, in endlose Selbstgespräche, ich stellte die Fragen und gab die Antworten, spielte die Musik und tanzte ... aber das war nicht von Bedeutung, Herr, ich hatte endlich ein Gegenüber ...;

der Tag kam, an dem mir einfiel, dass dieses vorgestellte Gesicht nur eine Illusion war; ich redete so viel mit dem anderen Ich-Selbst, es hatte Profil gewonnen und brauchte kein Gesicht; es war da, hier, hinter mir, weiter weg, nebenan, überall; in mir anwesend ebenso wie außerhalb von mir, aber stets in beruhigendem Einverständnis; um mich mit ihm zu unterhalten, sprach ich mit der Zeit immer lauter, ich wollte mehr Abstand finden, in dem einer für den anderen besser existieren und wir uns gegenseitig betrachten konnten; das andere Ich-Selbst antwortete mir in gleicher Lautstärke, aber in Wendungen, die sich mehr und mehr von meinen unterschieden; das Thema unserer Gespräche war vor allem meine Geschichte auf dieser Insel; ich erzählte ihm alles mit großer Ehrlichkeit, ohne etwas zu beschönigen, und beschrieb ihm im einzelnen die Illusionen und Fantastereien, in die ich häufig verfallen war; ich erläuterte ihm auch meine Sicht von der Insel, wie sehr sie Wirren und Wandlungen unterlag; es fragte mich nach Details, bestätigte manche meiner Analysen, auch die kleinen philosophischen Betrachtungen über Leben und Tod sowie über das einsame Dasein, die ich mir inzwischen angeeignet hatte ...;

um ihm noch mehr Existenz zu verschaffen, beschloss ich, ihm einen Namen zu geben; ich verbot es mir, über einen möglichen Namen zu grübeln, bevor ich die Taufzeremonie vorbereitet hatte; sie fand im Morgengrauen statt, in sanftem Licht, das die Vögel im Chor begrüßten; wenn ich auch inzwischen die Freiheit des Busches genoss, der den Schmetterlingen so viel mehr Freude brachte, hatte ich am Vorabend den großen Platz unter dem Kapokbaum ein wenig gejätet, die Hecke vor den Palisaden beschnitten und die nähere Umgebung auf etwa zehn Ellen gelichtet; beim ersten Morgengrauen kleidete ich mich in meine schönsten Häute, setzte meinen Hut und spannte den Sonnenschirm auf; in meiner neuen Nüchternheit verspürte ich keine Lust, den Fahnenfetzen zu hissen, noch die Verfassung auf ihren Sockel aus Muscheln zu heben oder auch nur die Richtlinien auszuhängen, die zuvor an diesem Ort die Ordnung sicherten; ich wollte mit dem anderen »Ich-Selbst« schlicht allein bleiben; schlicht und nackt mit dem anderen »Ich-Selbst«; um eine möglichst deutliche Aussprache bemüht, stellte ich mich liebenswürdig vor, sagte ihm, dass ich Robinson Crusoe heiße, ohne die Dutzend Titel, Ämter, Würden und Verwaltungsränge herunterzubeten, auf die ich einmal so stolz gewesen war; immer noch in der größten Schlichtheit bat ich es nun, dass es sich vorstellen möge; da war zunächst Schweigen; unter dem Kapokbaum stehend wartete ich, mich selbst mit Wohlwollen beobachtend, bis es geruhte, mir seinen Namen zu nennen; da nichts kam, begab ich mich wieder zu meinem Bambussessel am ehemaligen Ort meiner Büros, wo sich zahlreiche Archive, Wasseruhren, einige Dekrete und Verordnungen sowie eine in Ziegenleder eingebrannte Kopie der Verfassung stapelten; während ich auf eine Antwort wartete, fiel mein Blick auf die Tafel, die mir den Ablauf der Tage anzeigte; eine Erkenntnis brach sich in meinem Schädel Bahn; ich mochte dagegen Widerstand leisten so viel ich wollte, ich war dennoch nicht überrascht zu spüren, wie das andere Ich-Selbst nach dieser Erkenntnis griff; es nutzte die günstige Gelegenheit, mir mit dieser inzwischen wohlvertrauten, aus meinem Bauch aufsteigenden Stimme zu gestehen: *Ich heiße Sonntag;* tatsächlich, Herr, war dies nach meinem Kalender ein Sonntag ...;

das hatte etwas Stimmiges; mir war immer wichtig gewesen, den Sonntag zu achten; ohne der Insel eine Religion aufzubürden, außer der Religion der Ordnung, der Instandhaltung und der Zivilisation, verstand es sich für mich von selbst, eine Zeit ohne Leistung war angebracht; das war kein freier Tag, am Sonntag kamen sozusagen andere Rituale an die Reihe – Handlungen, die eher meine Würde betrafen; ich kleidete mich in ein Bocksfell mit gut gebürsteten Haaren von strahlendem Weiß; es bedeckte meine übliche Kleidung wie ein Zeremonienmantel; ich legte meinen Säbel beiseite und wählte den leichten Degen, geschaffen eher für Galagelegenheiten als für die Härten des Krieges; schließlich ließ ich mich zu einem ausgedehnten Spaziergang in der Begleitung meiner beiden Papageien und meines Hundes herbei, wenn er gerade da war, sowie einiger Tauben, deren Naschhaftigkeit ich durch das Werfen von Körnern schmeichelte; es war ein ungezwungener Spaziergang, nie der gleiche, nur auf meinen offiziellen Pfaden und Wegen, und er endete auf dem Boulevard der Orchideen; ich wünschte, dass auf der gesamten Länge dieses langsamen Einherschreitens meine Macht, mein Werk, meine große Leistung vollständig sichtbar wurde; es war zwingend, dass kein Einbruch von Wildheit die zufriedene Ruhe störte, sie sollte vollkommen sein; normalerweise verlief das ohne Zwischenfälle: Die Insel schien sich zu jener Zeit meinen großen Verordnungen zu fügen; anschließend kehrte ich zurück in die

Höhle für die Zeit, bis ein Brotteig aufgegangen, gebacken, ein Käse aus meinen Regalen geholt war, nebst einem sprudelnden Himbeerwein, der die ganze Woche kühl im Geglucker einer Quelle gelegen hatte; nach dem Backen des Brotes kam ein Wasserhuhn an seiner Stelle in den Ofen, eingerieben mit vielen aromatischen Kräutern, belegt mit Süßkartoffelscheiben und gefüllt mit getrockneten Bananen; schließlich aß ich am großen Tisch unter dem Kapokbaum mit Silber, Kristall und Porzellan in einem schönen Zeremoniell zu Mittag; das höchst würdevolle Mahl schloss mit edlem Gesang, sicher auch begünstigt durch den erlaubterweise reichlich genossenen schmackhaften Himbeerwein; der Sonntag endete im Inneren der Höhle auf meinem Bett aus weichen Gräsern, mit der Lektüre einiger Seiten des merkwürdigen Büchleins; die übrige Zeit gehörte träumerischem Sinnieren und schließlich dem Schlaf, der mich ohne Vorwarnung überfiel ...; außer bei Alarm oder Katastrophe war dies, wenn ich darüber nachdenke, der einzige Tag, an dem ich mir selbst am nächsten war; ich nahm mir Zeit für Behaglichkeit und kleine Vergnügungen, die Zeit, in Gedanken eine gut abgeschlossene Woche zu genießen und dabei die bald kommende vorzubereiten, mit ihren Herausforderungen und Dringlichkeiten ...; ich sprach mit Sonntag lange über meine Sonntage, erklärte ihm dabei, warum er seinen Namen gut gewählt hatte; an jenem Tag seiner Taufe schmeckte das Brot köstlich und das mit Flusskrebsen und Ananasstückchen gefüllte Wasserhuhn war hervorragend; ich glaube, wir tranken erlesenen Wein und sangen gemeinsam, bevor ich ihm, schon im voraus lachend, die Merkwürdigkeiten meines geschätzten Büchleins enthüllte ...;

*

Sonntag war ein angenehmer, wenn auch sehr launischer Gefährte; mir fiel es schwer ihn festzulegen; mal war er würdevoll, mal grob, mal fröhlich, mal deprimiert und tieftraurig, überaus freundlich und dann wieder heftig ...; in seinen Höhenflügen spaltete er sich häufig auf und umkreiste mich in mehreren Eigenschaften zugleich, ungeduldig, übermütig, erregt, lüstern, faul oder fleißig, mutig oder feige ...; ich hatte den Eindruck, eine Zigeunersippe triebe ihr Spiel mit mir, jedenfalls hatte das weder Hand noch Fuß, im übrigen – das musste ich zugeben – war mir nichts davon völlig fremd ... Sonntag brachte meine Stimmung ins Wanken, er beeinflusste mich gegen meinen Willen, ich konnte nicht vorhersehen, wie ich am nächsten Morgen sein oder wieviele Wesenszüge ich im Laufe des Tages zeigen würde ...;

*

und wieder verspürte ich nach einiger Zeit die Gefahr, einen Anderen im Inneren von mir selbst einzurichten; ich führte Selbstgespräche in verschiedenen Tonlagen, ein Verhalten, das ich bei einer ganzen Reihe von Verrückten gesehen hatte; sie weckten bei der Mannschaft ein solches Grausen, dass man sie am Großmast aufhängen oder unten im Schiffsbauch anketten musste; aus Angst vor dem bösen Blick fuhr der Kapitän oft Umwege, um sie in einem beliebigen Hafen loszuwerden; die Irren führten notgedrungen Gespräche mit sich, oder vielmehr: diese waren immer an eine Vielzahl von Personen in ihrem Inneren gerichtet; davor hatte ich große Angst; seitdem ich mit diesem Sonntag in meinem Ich verkehrte, fand ich mich von Montagen, Dienstagen, Donnerstagen, Freitagen und Konsorten bevölkert, die sich nie gleich blieben, eine echte Bande von Übergeschnappten, die ich nur mühevoll bändigen und gegen die ich mich nur mit noch mehr Mühe ein wenig abgrenzen konnte; sie zersetzten, was ich sagte, zerstreuten meine Gedanken, sie schickten mich immer in die falsche Richtung; ich überraschte mich, wie ich kopflos über Land lief, mich mit mir selbst unterhielt und Sonntag anredete, ohne Antwort zu erhalten; deswegen, Herr, ermahnte ich mich, ihn loszuwerden ...;

ich löschte den Namen Sonntag aus meinem Mund, aber still und heimlich, damit er nicht aufmuckte; sobald ich konnte, gab ich es auf, ihn mir vorzustellen, ihm ein Gesicht, einen Ton, eine Stimme zu geben; ich begnügte mich damit, ihn in mein tiefstes Inneres abzudrängen und nur lautlos in meinen Gemütsbewegungen mit ihm zu sprechen; genau da sollte er sein, eng angrenzend; ich versuchte jeden Abstand von mir zu ihm aufzuheben, zwang ihn dafür in eine dienstbare Nähe zu meinem geheimsten seelischen und leiblichen Erleben; ohne die Stärke seiner Existenz zu mindern, verhalf mir dies zu einem besseren Gleichgewicht und bewahrte mich davor, für immer eine gespaltene Persönlichkeit zu bleiben ...;

in der Folge veränderte sich auch mein Verhältnis zu der Insel; ich versuchte nicht mehr, in jeder Landschaft meine früheren Orte wiederzufinden, jedesmal unter dem wuchernden Gras die Gebeine meiner alten Tätigkeiten zu vermuten; ich wachte darüber, meinen Geist von der Flut der Erinnerungen freizuhalten, die jeder Fleck, jede Gebärde, jeder Blick mir dutzendfach zurückholte; ich hielt mich außerhalb dieser Vergangenheit auf, ja sogar jenseits der gegenwärtigen Dinge meiner Umgebung; ich betrat eine Savanne oder ging auf einen Baum zu, aber mit leerem Geist und blicklosen Augen; ich überließ es zunächst meinen Ohren, meiner Haut, meinen Händen, meiner Zunge oder meinen bloßen Füßen, einen Wandel im Empfinden und in den verschiedenen Berührungen zu spüren, wobei die meisten von ihnen unbestimmt und unbestimmbar blieben; es gelang mir, aus dem Zentrum meiner Wahrnehmung die Geräusche, Gerüche, Bilder, Farben, Aromen zu verbannen ...; um mir nur jeden einzelnen Sinneseindruck einzuprägen; die Insekten, der Sand, die Sonne, die Bäume, die Blüten, die Bewegungen oder Fluchten des Getiers, die in diesen Bewusstseinszustand einflossen, begannen in mir ohne jeden Abstand zu leben, zu kommen, zu gehen und sich mit dem inzwischen schweigenden Sonntag zu vermischen; das brachte mich in eine Stimmung, die in den von mir erinnerten Sprachen keinen Namen hatte; die Stimmung ist keine Emotion; sie existiert auf sehr viel unbestimmtere Weise als irgendein Gefühl des Wohlseins, der Traurigkeit oder der Freude; die Gefühle überfluten unsere bewussten Momente und prägen sie auf ihre Weise; die Stimmung überflutet einen nicht und verändert nichts, solange man sie in ihrem wesenlosen Wesen erhalten möchte ...; ohne Zweifel lebten die großen Einsiedler oder anderen großen Mystiker die Beziehung zu ihrer Gottheit auf diese Weise: ohne Tempel, ohne Kirche, ohne Altar, ohne Antlitz, ohne Abbild, ohne Emotion, ohne Gefühl, nur in der Empfindung eines bevorzugten und grenzenlosen Kontakts zu einer Quelle, von der man sich nicht mehr unterscheidet ...;

ich fand mich angrenzend an ein anderes Ich-Selbst: die gesamte Insel; ich empfand sie nun als eine Vielheit, die mich berührte, packte, von allen Seiten bedrängte, als wäre ich in eine Menge von Präsenzen getaucht, die gebieterisch und überwältigend waren; ja, Herr, auch wenn es kaum zu glauben ist: *Präsenzen* ...;

erschrocken öffnete ich die Augen und ließ meinen Verstand in diesem Chaos etwas Ordnung herstellen; die Dinge gewannen um mich herum ihren genauen Platz und ihr Wesen zurück; und ich ... hatte wieder meine genau gleiche Einsamkeit; alles begann mir zu fehlen, mit der Wucht einer Feuersbrunst; da schloss ich die Augen halb und legte meine herrischen Sinne einen nach dem anderen ab; so schritt ich voran und bot meinen frei und offen gewordenen Körper jedem Windhauch der Insel ...; bis das Phänomen sich wiederholte und mich in seiner Massenbewegung mitriss; bald konnte ich die Augen offen halten, horchen, berühren, kosten und sehen, ohne diese Märchenwelt zu beeinträchtigen; die Insel war ein unendliches Mosaik aus *Präsenzen* ... und ich war ihr lustiger Tischgesell;

*

Herr, die *Präsenzen* waren das gebündelte Leben ... eine Fülle des Daseins und der Lebenskraft ... gewöhnlich empfindet man dies angesichts der ergreifenden Schönheit einer Frau oder des Strahlens eines wundervollen Kindes ...; doch mir war dieses Wort bei meiner Wiederentdeckung der Insel in einem verzückten Atemzug eingefallen: *Präsenzen!* ...; sie tauchten überall auf, in den Bäumen, in den Steinen, im Gras, und drängten mir in fast greifbarer Weise die Intensität ihres reinen Daseins auf ...; das Phänomen war mir vollkommen unerklärlich, diese Lebenskräfte mussten jenem Netz von Berührung und Austausch zwischen Boden, Luft, Sand, Gischt, Pflanzen, Mineralien entspringen, nicht eingerechnet die Tiere und Insekten sowie zahlreiche unsichtbare Dinge ...; jeder Grashalm, jeder Baum, ob uralt oder nicht, jede Landschaft, ob prachtvoll oder unansehnlich, stellte ein Hosianna lebendiger Zusammenhänge dar; alle zogen in unterschiedlichem Maße Nutzen aus ihnen, aber manchen von ihnen gelang dies in solcher Vollendung, dass sie in ihrer Lebensfülle hervorstachen unter ihresgleichen; man sah sie, man spürte sie, man hörte sie, man schmeckte sie, man erkannte sie auf einen Schlag und von überallher, als unfassliche Gebilde: *Präsenzen* ...!; ich war davon so fasziniert, dass ich glaubte, sie könnten sich bewegen und hätten ein Ziel; in Mondnächten meinte ich, Kapokbäume in einer Prozession wandeln zu sehen; ich hatte das Glück, eine Parade riesiger silbriger Steine zu entdecken ...; und zu bemerken, dass manche Schwärme von Vögeln oder Insekten, die den Wind ritten, um von einer Präsenz zur anderen zu wechseln, kleine Fahrzeuge waren, zur Beförderung der Seelen ...; mit dieser Wahrnehmung (Empfindung? Intuition?) war ich unfähig geworden, einfach vor dem Meer zu stehen und es tatsächlich zu betrachten; mein Bewusstsein wurde so machtvoll hineingezogen, dass die Überwältigung mein Hirn überflutete; ich weiß es nicht anders zu sagen: Das Meer, Herr, war eine kolossale *Präsenz* ...;

*

in dieser Zeit der *Präsenzen* nahm Sonntag ein beunruhigendes Wesen an; ich hatte immer noch den Eindruck, dass er da und dass auch er im Kontakt war, aber seine Wahrnehmung der Dinge unterschied sich von der meinen: der Zugang zu ihr war mir jedoch versperrt; wie sie in Wirklichkeit war, erfuhr ich nicht mehr in der gemeinsamen Intimität; er bestand nun aus Schatten, Geheimnissen, Launen, aus einer zwiespältigen Andersheit, durch die er für mich beängstigend und anziehend zugleich, sowie stets unberechenbar blieb; er bildete nicht nur ein Alter Ego, sondern etwas Unerreichbares; etwas, das noch enthüllt werden musste; am Ende sagte ich mir, dass er ebenfalls einen ... Anderen erwartete, um sich zu entfalten; als ob meine eigene Präsenz im Ich-Selbst diese Erwartung nicht erfüllte ...; ich hatte Mühe, mir diese verworrene Empfindung einzugestehen, aber sie drängte sich auf: Sonntag, mein still gewordenes anderes Ich-Selbst, erwartete einen Anderen als mich, um sich zu verwirklichen; das war sehr unangenehm ...;

da glaubte ich zu verstehen, welche Kluft sich durch den Fußabdruck auftat; ich war aufgebrochen zur Suche nach einem fantastischen Anderen, mit einem mächtigen Durst, mit dem Verlangen nach dem Menschlichen, nur hatte ich nicht ermessen, wie sehr dieser Andere im gleichen Moment in mir erwacht war; wie stark er, irgendwo in mir, ebenfalls auf seinen Anderen wartete ...; jene illusorische Präsenz, ihre Wallungen und Fieber hatten mich auf mich selbst zurückgeworfen, Herr, aber dabei war ich unsicher und schwach gewesen; selbst wenn der von der Fußspur wachgerufene Andere existierte, wenn er an einer Biegung des Ufers Gestalt angenommen hätte, wäre das andere Ich-Selbst, mein Sonntag, zur gleichen Zeit erschienen; anstelle einer Begegnung hätte ich, in mir wie außerhalb von mir, das Verpuffen ihrer beider *Präsenzen* erleben müssen ...;

manchmal sagte ich mir, dass die Begegnung stattgefunden, dass die Fußspur in ihrem Bacchanal der Aufwallungen und Illusionen diesen unerreichbar-Anderen geschaffen hatte, der mir erlaubte, den Anderen-in-mir-selbst zu erwecken: jenen Sonntag, der mit so großer Macht zu leben begann; es war faszinierend, eine so intime Erscheinung zu finden; sie rührte nichts auf, was ich nicht von mir kannte, aber sie strahlte genügend Fremdheit aus, dass ich gezwungen war, mich völlig anders und neu zu betrachten ...; jedenfalls füllte sie eine Lücke, stellte wieder ein Gleichgewicht her, brachte einen Farbtupfer in mein unermessliches Grau; vielleicht hatte sich so der Idiot, der ich nach all den Jahren geworden war, gewandelt zu ... einem kleinen Ich;

*

indem ich dem von der Fußspur gestifteten unerreichbar-Anderen folgte, indem ich ihn herbeiwünschte, hatte ich ihm die Dichte einer unsichtbaren *Präsenz* verliehen – als hätte ich einen neuen Stoff erfunden, der ansteckend und bahnbrechend war, so dass er sich seitdem überall ausbreitete ... ich hielt diese Annahme aufrecht, Herr, nur um das Leben hier auszuhalten ...;

*

also sah ich mich nicht mehr einer bedrohlichen Insel gegenüber, sondern einer Ausdehnung ohne Anfang und Ende, wo Austausch möglich und ständig im Gange war; man gewann eine *Präsenz* durch die Dichte der Verbindungen, die man von sich aus herstellen und um sich herum bewirken konnte; alles tötete, bekämpfte, ertrug sich, schmarotzte, verschmolz miteinander, nutzte alles, was an Kontakt oder Austausch möglich war, und auch ihre Gegensätze, um sich zu erhalten oder zu gedeihen ...; darin gab es keine guten Absichten, kein Wohlwollen, weder Liebe noch Hass, weder Gut noch Böse, keinen Schwachsinn, keine Logik, nicht einmal irgendein Ziel; nur die Großartigkeit der Verbindungen; manche *Präsenzen* – gigantische Felsblöcke, tausendjährige Bäume, altehrwürdige Schildkröten oder aber Insekten, noch betäubt davon, dass sie eben aus ihrer Verpuppung geschlüpft sind – waren darin so stark, dass sie strahlten wie Sonnen; dennoch befanden sie sich in fließenden Gleichgewichten, von ihnen hing ihr Überleben wohl ab; ihre Fülle erschien nie als endgültig und ihre Dauer schien einer ständigen Wiedergeburt zu entspringen; andere waren deutlich bescheidener, mehr wie Monde (ein Entenei, ein winziger Käfer, ein Pilz im samtigen Moos ...) – aber wenn ich sie nur genau beobachtete, stand ich voller Staunen vor der Quicklebendigkeit ihres Austauschs miteinander und allen anderen, war hingerissen zu entdecken, wie sehr sie trotz ihrer Unbewegtheit oder scheinbaren Zurücksetzung doch an der brodelnden Gesamtheit teilhatten; derjenige, der am wenigsten mit Verbindungen begabt und daher am unbedeutendsten war, das war ich, Herr, das war ich selbst ...;

plötzlich trieb mich ein seltsames Fieber dazu, die Fahne zu verbrennen, die Inselverfassung, die Verwaltung, Richtlinien und Maßregeln abzuschaffen; mein letztes Register der Regierungsführung tauchte ich ins Meer, bis es aufweichte, anschließend ließ ich es trocknen und behielt die verblassten Seiten; an der Wand im Inneren meiner Höhle zerstörte ich alle Ahnen; ich hatte sie mir als Reihe von Porträts ohne Gesichter gemalt, mit Schnurrbärten, schönen Hüten, Halskrausen und Wämsen, Perücken und duftendem Puder; sie hatten mir als meine Stammlinie gedient, angefangen bei einem Urgroßvater bis zu einem erfundenen Vater, ein paar Ahninnen auch; diese Abbilder waren mit Tinte aus Blüten und Fischen auf Rindenplatten gezeichnet; ich hatte Zeit darauf verwendet, jeden mit einem großen Teil der aus dem Schiff geborgenen Gegenstände zu verbinden, damit sie ein geradliniges legitimes Erbe ergaben, mehr noch: eine Hinterlassenschaft, die diesen Stammbaum ergänzte ...; sie loszuwerden war eine ungeheure Befreiung, als wenn ich daran ging, um die Person, die ich geworden war, die Mauern und Palisaden meines alten Ichs einzureißen;

ich trat auch die Reste der Zäune um Felder und Weiden nieder, ich brach Durchgänge in die Dornenhecken, die meine inzwischen verlassenen Pferche schützten; ich baute die Befestigungen, Fallgatter und Palisaden ab, zerlegte die Bambusfallen, die große Teile des Ufers absicherten ...; als Finale genoss ich den Anblick, wie meine Haustierherden sich je nach Tagesverlauf in einer äußerst mobilen Gesellschaft vergnügten und sich an kein Dekret des Idioten mehr hielten; es war eine Freude, wie sie umherzogen, doch hegten sie eine enge Vertrautheit mit mir, daher verfügte ich weiter über Milch, zuweilen auch Fleisch, und durfte sie im Notfall ohne große Verfolgungsjagd pflegen; es konnte dennoch vorkommen, dass ich mich ihnen wochenlang nicht einmal näherte; es bestand zwischen uns keine Beziehung der Abhängigkeit, des Gehorsams oder der Unterwerfung mehr, nur noch eine von Zufall und Überraschung gelenkte Bindung; so sah ich mich dem Angriff eines jungen Schafsbocks ausgesetzt, den ich für einen Freund hielt, und zwar mit einer solchen Gewalt, dass mein Oberschenkel längere Zeit schmerzte; bei seinem heftigen Stoß fiel ich um wie ein Klotz; er stampfte und rülpste voll Wut um mich herum; das löste bei mir eine solche Heiterkeit aus, dass er verwirrt von mir abließ; ich liebte dieses brutale Ungestüm, diesen Abstand, der plötzlich aufkam und uns in echte Freiheit entließ; wir blieben Freund-nicht-Freund in einem Verhältnis, das in Angriffen mit den Hörnern, feindseligem Nebeneinander oder friedfertiger Gleichgültigkeit bestand; und damit war ich zufrieden;

zu der Zeit der *Präsenzen*, Herr, war für mich schon der Aufgang der Sonne etwas Außergewöhnliches – ihr Leuchten kam nicht vom Himmel: es stieg aus Nischen der Dunkelheit auf, um unter Vogelgesang ein allgemeines Erwachen auszurufen; es ist Licht in den *Präsenzen*; ich sah Licht aus dem tiefsten Dunkel alter Rinden steigen, sich anschließend in der Luft auflösen und sie aufhellen; ich sah, wie Licht aus dem Stoff einer Landschaft stieg, zur Sonne hinauf und sie anfachte; nachdem ich mich an diesem Schauspiel sattsam ergötzt hatte, lebte ich mein jung gewordenes Dasein als kleines Ich im Kontakt mit dem aus, was mich umgab; mein Geist war fähig, alles mit begieriger Arglosigkeit wertzuschätzen, ohne Scheu, aber auch ohne jene Hochgefühle, die eine Form von Blindheit sind; die Tiere schienen das zu bemerken, denn mein junger Schafsbock fiel mich danach kaum noch an; wenn er es doch tat, ging ich ihm einfach aus dem Weg, ohne dass sein Angriff in mir eine Überraschung oder Enttäuschung bewirkte; wie zu allen übrigen war auch meine Beziehung zu dem jungen Schafsbock täglich neu aufzubauen, täglich unerwartet, stets unberechenbar, nie erleichtert durch irgendein *a priori* oder etwas zuvor Festgelegtes; ich erhoffte nichts von ihm, er erwartete nichts von mir; in dieser gegenseitigen Achtung, die bewahrte ohne zu besitzen, anbot ohne zu geben, einschränkte ohne zu mindern, konnten wir Stunden nebeneinander verbringen und ebenso viele Tage, in denen wir uns sorgsam mieden; ich unterhielt mit jedem

Baum, jeder Art Getier, ebenso mit den geschlossenen Orten und den weiten Landschaften Beziehungen, die offenkundig dauerhaft waren und doch unbestimmbar blieben; es war eine Wonne: Ich war der Freund-nicht-Freund der gesamten Insel geworden;

*

meine Art zu jagen änderte sich; ich packte Musketen und Kartätschen weg; ich benutzte einfache Fallen, die mir nur das Rechte und Nützliche lieferten; vergessen war der Rausch, in dem ich reisende Ortolanschwärme abschoss! ...; vergessen die düstere Wilderei, die dazu führte, dass ich mehrere sinnlos erlegte Schafböcke wegwerfen musste! ...; vergessen die Berge von Früchten und Gemüse, wenn ich drohende Invasionen fürchtete, oder wenn ich die Logistik für einen fantasierten Ausbruch auf einem selbstgezimmerten Floß vorbereitete! ...; ich war frei, weil ich mich von alldem befreit hatte; ich wollte nicht mehr alles besitzen oder alles essen; ich fürchtete nicht mehr Hungersnot oder Mangel; ich suchte nicht mehr aus dem Gefängnis dieses Orts zu entrinnen oder ihn in das zu verwandeln, was ich verloren zu haben glaubte; ich eröffnete nur jedem Augenblick große Räume – um nicht zu sagen: *Fluchtlinien* ...;

die Kanäle aus Bambus, dazu gebaut, das Quellwasser aufzufangen und in meine Nähe zu bringen, wurden neu ausgerichtet; ich stellte sie in den Dienst eines Volks von Landschildkröten, eines alten Baums, einer Vogelkolonie, oder ich leitete sie mit Verlust in Dürregebiete; ich entfernte die

Röhren, so dass Hunderte Zugvögel zu dieser Tränke kamen, während das frische Wasser lebhaft zu anderen Verwendungen floss, anstatt der meines Überlebens; mit derselben Haltung legte ich in den Hügeln auf undurchlässigem Tonboden Becken an, sie stauten das Regenwasser und was ich selbst dazuschüttete; in Zeiten großer Trockenheit konnten Tausende von Lebewesen diese natürlich gewordenen Wasserreservoire nutzen; ich kam nun ohne die Vorratsfässer aus, in denen so viele Teilchen schwammen wie in einer Suppe; von nun an trank ich nur fließendes Wasser;

eines Tages begegnete ich einer Opossumfamilie; sie waren von einer Art, wie sie die Insel nicht gesehen hatte; solche Entdeckungen gab es häufig; mit dem Meerwasser wurde viel von anderswo stammendes Getier angeschwemmt und es gedieh hier recht schnell; die Familie war sozusagen komplett, Vater, Mutter, Kinder und sogar ältere Vertreter, zweifelsohne die Patriarchen; mir gefiel diese Idee der Familie; ich nahm das dicke Register, öffnete eine verblichene Doppelseite, auf sie zeichnete ich aber nicht etwa einen erfundenen Stammbaum wie so häufig zuvor – diese Schiffs-Herkunft brauchte ich nicht mehr! –, sondern meinen »geografischen Baum«; er verzeichnete die Orte auf der Insel, die mir lieb waren, oder die ich aus diesem oder jenem Grund auswählte; anstatt ihnen wie früher besitzergreifend-besitzerische, gab ich ihnen unbestimmte Namen wie *Jasmin, Wind, Traum, Lust, Zärtlichkeit, Liebe, Kuss …*; dann fügte ich dem Baum eine Menge ferner Ufer, Küsten, Städte, Nationen, Gebiete, Landstriche hinzu …; sie entsprangen meinem verlorenen Gedächtnis oder hatten durch die Stunden des Sinnierens am Sonntagabend gespukt; dann setzte ich meinen jungen Schafbock, einige Orchideen, meinen toten Hund, ein paar Bruder-Papageien, eine Heuschrecken-Kusine, die Opossums und tausenderlei befreundete Tiere hinzu, von hier oder von fern, zu denen ich Zuneigung empfand; beim Betrachten dieses Baumes meinte ich, ein besonderes Land zu sehen, *mein Land*, das ich bewohnte, es war nicht auf diese Insel beschränkt, sondern erstreckte sich viel weiter, reichte in meine Gefühle, meinen Körper, mein Gedächtnis, meinen Geist, und verdeutlichte die Beziehung, welche das Ich, das ich geworden war, mit der Idee der Insel und sogar mit der Idee der Welt draußen unterhielt, die mich vergessen hatte;

als ich es in seiner Gesamtheit betrachtete, war dieses imaginäre Land aus so vielen unterschiedlichen Teilen zusammengesetzt, dass ich meinte – wenn nicht mit meinem Körper, so doch mit meinem Ich – einen Archipel zu bewohnen, der die Weite und Tiefe eines Kontinents besaß, der aber zugleich schwerelos, fast flüssig blieb, fließend, je nach dem, was sich gerade in meinem Bewusstsein und meinem Leben abspielte; der Baum, den ich endlos fertig zeichnete oder veränderte, verfestigte meinen Eindruck, dass ich ein Gewebe lebendiger Verbindungen war, die sich unablässig veränderten und gleichzeitig mich veränderten, indem sie mich zu einer lebendigen Person machten; eines Tages entfernte ich das Wort »geografischer« und nannte ihn *Baum des Lebens*; »geografisch« stand für die Ausdehnung, »Leben« eröffnete eine weitere Dimension;

*

zu jener Zeit der *Präsenzen* entdeckte ich mit ebenso großer Überraschung, dass es keine Art der Insekten oder anderer Tiere gab, denen von Natur aus ein Umgang mit mir widerstrebte; nachdem ich nun nicht mehr davon besessen war, sie zu jagen oder zu unterjochen, zogen sie mich mit ihrem Geheimnis an und ich sie, das lag wohl an der Wandlung, die sich in mir vollzogen hatte; so manche Nacht wurde ich von Glühwürmchen oder grünen Wanzen besucht, sie liefen ständig über meine Haut und mein Büchlein hin und her; ich hatte Freunde-nicht-Freunde unter den Krabben und Einsiedlerkrebsen, die man nur nachts antrifft; und an manchen Tagen wanderte ich in Begleitung von Schmetterlingen und kleinen Nagern, und freute mich, sie nicht taufen zu müssen ...;

*

Sonntag war immer noch in mir, aber er blieb ein Rätsel; ich musste ihn kennenlernen, studieren, beobachten; was ich von ihm bekam, erfüllte mich selbst und stärkte meine eigene Persönlichkeit auf Kosten der seinen; aber ich hielt seine Präsenz in meinem Bewusstsein wach wie tausend kleine mögliche, offenstehende Wege für mein geheimstes Inneres; tausend Fluchtlinien ...;

*

schon vor der Zeit der *Präsenzen* hatte ich mich immer häufiger mit meinem merkwürdigen Büchlein befasst; Herr, wenn ich bisher die Verbindung zu ihm nicht erwähnte, so hat das einen Grund: mein Verhältnis zu ihm war schwierig; dennoch befand es sich stets in einer der Kalebassen an meinem Gürtel, als ein ständiger Wegbegleiter; ich hatte es nie völlig als Gegenstand, als Buch betrachtet, sondern als ein *Ding-das-da-war*, bei mir, ohne sich jedoch an mich zu richten; eine distanzierte Begleitung, die durch ihr unlösbares Rätsel für mich unerreichbar blieb; ursprünglich hatte ich das Büchlein zwischen den Scherben eines Krugs erblickt, in dem Teil des Schiffsdecks, der noch zugänglich war; es lag neben anderen Druckwerken und Geschäftsregistern; ich hatte das alles zunächst übersehen, hauptsächlich darauf bedacht, Pulverfässer, Waffen und Werkzeug wegzuschleppen; diese lebenswichtigen Fahrten dauerten mehrere Jahreszeiten, bis das Wrack durch den Seegang unzugänglich wurde; ich setzte die Plünderung des Schiffs erst viel später fort, als man erneut ohne zu große Gefahren an Bord der Fregatte gelangte;

diesmal suchte ich Gegenstände für die annehmlichen Seiten des Lebens; ich holte Bürsten, Kämme, Knöpfe, Schmuck, Tabaksdosen, Pfeifen und sonstigen Krimskrams ...; sie wurden in dem Lager im Inneren meiner Höhle gestapelt, und einige, die schön anzusehen waren, ausgestellt; dann verließ ich das Schiff, da ich in Erfahrung bringen musste, ob ich auf einer dieser von Wilden bewohnten Inseln war, die als Sprungbrett nach Amerika dienen; es drängte mich, meine ersten Pläne von der Insel anzulegen, um mich besser zu orientieren und meine Rettungsmaschinerie zu organisieren: konsequent Scheiterhaufen auf günstigen Kaps anzulegen, die bei der leisesten Ahnung eines Segels leicht anzuzünden waren; im Laufe der Aufbauarbeiten ließ mich mein Bedarf an genauen Karten und somit an Unterlagen, um sie zu zeichnen, wieder die Fregatte aufsuchen, insbesondere diesen Krug mit Büchern, der mir noch in Erinnerung war; aber ich kam an einem ungünstigen Tag; das Meer ging so hoch, dass es über dem Ufer wieder einmal seinen breiigen Auswurf der von Haien und Salz angefressenen Kadaver ausgespien hatte; mehrere von ihnen zeigten an Fuß- und Armgelenken den Knochen angreifende Eisenringe, so dass man meinte, sie wären von Geburt an unter Wasser angekettet gewesen; ich bestieg wieder eines meiner Flöße und kämpfte gegen die von Haien wimmelnde Brandung; ihr Bacchanal um die Fregatte war immer besonders wild, sicher weil sie so viele faulige Leichen aussäte; mit dem Schiff ging es zu Ende; es war zur Seite gekippt, schon halb geborsten auf dem Grat der Riffe, trieb es mit jedem Wirbel weiter ab, Planke für Planke, Ring für Ring; es gelang mir, mich hinauf zu hissen und ich begab mich sofort auf die Suche nach dem zerbrochenen Krug; ein seltsamer Aufbewahrungsort für Bücher; der Kapitän hatte diese Schriften offenbar retten wollen; doch der Krug war in der Riffmühle zermalmt worden; sein Inhalt schwamm zwischen ein paar übrigen Scherben; nachdem ich sie alle, Bücher wie Register, rasch rasch in meinen Korb aus Rippchen-Holz eingesammelt hatte, stellte ich mich erneut den Haien entgegen und erreichte das Ufer mit meiner letzten Beute; hinter mir brach die Fregatte mit einem Schlag unter gewaltigem Krachen auseinander, erbrach ihre Innereien und spuckte dabei weitere Schätze aus, die danach ohne Ende, wie Brandung und Fluten es wollten, in der Gischt des Ufers auftauchen sollten;

*

die beiden Register waren ausgewaschen, ebenso die meisten Druckwerke, zu unterschiedlichen Graden, und ihre Bindung gab nach; meine Aufmerksamkeit wurde von dem ebenfalls stark mitgenommenen Büchlein angezogen; im Unterschied zu den anderen war es sehr schmal, hatte nur ein paar Seiten und einen schwarzen Ledereinband ohne Titel; innen reihten sich, wenn ich meinem unergründlichen Gedächtnis glauben konnte, altgriechische Buchstaben aneinander; ich sagte mir gleich, dass ich ein Gedicht vor mir hatte; vom Wasser waren die Seiten zu einem Viertel, zur Hälfte oder mehr ausgelöscht; das Ganze bestand aus mehr oder weniger verwaschenen Vorder- und Rückseiten mit Spuren von Griechisch und der Übersetzung in einer mir verständlichen Sprache; ich legte es mit den anderen zum Trocknen in die Sonne; als die Bücher getrocknet waren, trug ich sie in die Höhle unter Steinpressen, um die Wellung zu beseitigen; sobald sie wieder ansehnlich waren, las ich hier und dort in ihnen, in meinen Pausen und vor dem Einschlafen, häufig auch am Sonntag während der Meditationen, die zu den schweren Wochen den Epilog bildeten; die größtenteils ausgelöschten Register waren Handels-, Geschäfts-, Lager- und Rechnungsbücher aller Art; sie verzeichneten auch andere etwas undurchsichtige Einnahmen von fernen Ufern; die Tinte war verschwunden oder nur noch ein unentzifferbarer Schatten; die übrigen Werke dienten der Zerstreuung, es waren wohl Erzählungen, Märchen, Fabeln und Romanzen; zwar konnte man sie nicht lesen, aber ihre Bilder betrachten, sie hatten dem Wasser so gut widerstanden, dass sie meinen Geist zu besiedeln begannen;

einzig meinem Büchlein und einem weiteren Werk waren die Druckzeilen erhalten geblieben, ein Band ebenso schmal, aber von größerem Format; die beiden waren Seit' an Seit' im Krug geschwommen und hatten fast in gleichem Maße dem Wasser widerstanden; dieser Zufall machte sie in meinen Augen zu Zwillingen; sie waren noch an vielen Stellen lesbar, enthielten aber nur einzelne Sätze, dunkle Verse, wunderliche Worte, rätselhafte Sprüche oder kurze unverständliche Abschnitte, die nichts erzählten ...; die ungleichen Fragmente, für meinen armen Verstand waren sie ohne Hand und Fuß, eigneten sich gut für meine stets kurze Lektüre, die meist von Langeweile oder der Pflicht zu geistiger Übung bestimmt war; da ich im Laufe der Zeit bemerkte, dass mein Geist abdriftete, widmete ich mich mit großer Hartnäckigkeit den Büchern; mein Denken sollte sich betätigen und bei ein wenig Reflektion über ein paar Sätze rege bleiben; obwohl ich für Dichtung nicht empfänglich war, fand ich am Lesen und Wiederlesen dieser aus dem Wasser geretteten Überreste ein gewisses Vergnügen;

Ich habe mich selbst zu deuten gesucht[4]
... Richtig ist, zu sagen und zu denken, dass etwas ist... [5]

nach ein paar Jahreszeiten waren die Fabelbücher zerschlissen; von ihren Bildern blieb nicht mehr als ein geisterhafter Schimmer; trotz der Vorkehrungen zerfiel mir ihr Papier zwischen den Fingern zu Staub; ich mochte sie mit Leim bestreichen oder die beschädigten Seiten mit Hüllen aus Blättern schützen, sie zerfielen in einer Kalebasse zu Krümeln; das schwarze Lederbändchen hielt wacker stand, sein Bruder, von anderer Beschaffenheit, wurde hingegen recht bald empfänglich für den Weg allen Staubs; der Gedanke, es zu verlieren, war mir unerträglich; um seine Fragmente zu retten, schrieb ich sie auf die ausgelöschten Teile seines Alter Ego ab; diese Übertragung vom einen zum anderen beanspruchte mehrere Jahre; Buchstabe für Buchstabe; Wort für Wort; wenn ein Absatz keinen Platz auf einer freien Stelle hatte, setzte ich ihn anderswo fort; diese Kopistentätigkeit war für mich eine Nebenbeschäftigung, das Dringlichste waren die Mühen des Überlebens und die unermüdlichen Planungen, wie aus dieser Falle zu entrinnen war; der Band löste sich schließlich auf, aber ich hatte alles in das schwarze Büchlein übertragen, was sich dazu eignete; meine Einträge verliefen kreuz und quer darin, abhängig von meinen Stimmungen und sicher auch meinen geistigen Abstürzen; sie waren nicht mit der gleichen Tinte ausgeführt; einige waren rasch verblasst, ich hatte sie mit tausend anderen Mischungen auf der Basis von Fischtinte und zerriebenem Stein erneuern müssen; oft, wenn eine Seite gefährdet war, schnitt ich die Fragmente aus, um sie direkt auf verwaschene Stellen in das merkwürdige Büchlein zu kleben: die vielfarbigen Tinten, die wandelbare Schrift und die eigenhändigen Klebungen verliehen ihm das Aussehen einer Hexenbibel;

... da es als ganzes gleichmäßig ist ... [6]
... die Sonne ist jeden Tag eine neue ... [7]
... im ganzen voll ... von Seiendem ... [8]

um mein Büchlein zu schützen, bewahrte ich es in einer geschlossenen und mit Bienenwachs abgedichteten Kalebasse auf; regelmäßig wischte ich darüber mit einem Tuch, getränkt mit Rum und einem bitteren Kraut, das Ungeziefer abtötete; das Büchlein erwies sich als so haltbar, dass nichts es je beschädigen konnte; selbst wenn sich die Höhle während der Zyklone mit Sprühwasser füllte, litt es nur wenig; es trocknete rasch; es wurde mal durch den Stachel eines Kleingetiers, mal durch einen Schimmelfleck angegriffen, aber nie so, dass es in Gefahr geriet; mit der Zeit waren meine Tinten haltbar und gut zu lesen, sogar im Schein meiner kümmerlichen Funzeln; aus Vorsicht zog ich häufig die vollen und dünnen Striche nach, das half, mir die Wörter, Sätze und Satzstücke einzuprägen, die ich mir auf meinen Rundgängen hersagte, oder die ich für die Spruchbänder und anderen Proklamationen eines einsamen Herrschers benutzte;

... so bleibt einzig
noch übrig die Rede von dem Weg,
dass etwas ist[9]

... wer Unverhofftes nicht erhofft,
kann es nicht finden, unauffindbar ist es und
unzugänglich[10]

im Laufe der Jahre war das Büchlein für mich unendlich kostbar geworden; ich gab die geistigen Übungen auf, warf seine Worte in die Saat des Windes oder entließ sie in die raunende Akustik der Höhle; so wuchs meine Freude an ihm, kindlich, spielerisch, klangvoll und zwecklos; daraufhin nahm ich die gedruckten Schriften anders wahr; für mich war Schreiben immer verbunden gewesen mit Zusammenzählen und Abziehen, mit Registern und Berichten, günstig für die Reeder und die Reibungslosigkeit ihrer Geschäfte; ich war wohl eher ein Mann der Tat; und wenn ich lesen und schreiben konnte, wie sich herausstellte, so war das wohl nicht meine hauptsächliche oder liebste Tätigkeit – doch sie wurde es in diesem endlosen Exil;

ERSTE STIMME
… denn dasselbe kann gedacht werden und sein

ZWEITE STIMME
… unbewusst, was sie im Wachen tun[11]

allmählich begann ich zwei Stimmen zu hören, wenn ich die Fragmente las, zweimal Murmeln, zweimal Seufzen, zwei unterschiedliche Betonungen; diese Fragmente erfassten die Schwingungen von zwei Personen, am Ende konnte ich sie ohne zu zögern unterscheiden; es waren zwei Sinnesarten, ohne Körper und ohne Gesicht; von einer grenzenlosen Empfindsamkeit, zugleich gepeinigt und vollkommen ruhig; aus alten Zeiten herkommend, lebten sie weiter in gelassener Autorität, der Weisheit Freundin;

ERSTE STIMME
… es ist für mich das gleiche,
von wo ich anfange,
denn dahin kehre ich wieder[12]

ZWEITE STIMME
... dessen, der nicht weiß, wohin der Weg geht[13]

ich wusste nicht, ob die beiden Menschen sich kannten, ob sie sich zu ihrer Zeit begegnet waren oder wieviel sie miteinander geredet, sich Antwort gegeben oder widersprochen hatten, aber sie schienen mir durch die erzwungene Nähe im Herzen des Büchleins in diesem Austausch zu stehen; ich wusste, meine Sorgen lagen ihnen fern; was ich von Tag zu Tag in diesem unerbittlichen Exil erlebte, verwies mich jedoch ohne Rückhalt auf sie; ihre schattenhaften, schwierigen Erfahrungen wurden mir ohne Enthüllung vermittelt, mir angeboten, ohne je verfügbar zu sein; sie haben mich mit ihren Schatten aufgeklärt; mit ihren verborgenen Lichtern im Dunkeln gelassen; sie haben mir auf wer weiß welchem Weg ermöglicht, den geistigen Stürmen standzuhalten, die ich im Laufe meiner harten Einsamkeit durchlebte;

ERSTE STIMME
... Richtig ist, das zu sagen und zu denken, dass Seiendes ist,
denn das kann sein;
Nichts ist nicht: das, sage ich dir, sollst du dir klarmachen ...[14]

aber die rätselhafteste Stimme von den beiden, die abweisendste mit dem sprödesten Ton, kam von den Fragmenten des Büchleins selbst; sie nannte ich das Gedicht der Gedichte, das *Urgedicht*, aus ihm war meine tragbare zweistimmige Bibliothek hervorgegangen; nur bei ihm war ein Name auf einer der Umschlagseiten zu ahnen; auch er fast ganz verwischt; zu

Beginn hatte mir der Name eines Verfassers überhaupt nichts bedeutet; ich suchte nur nach Worten und Sätzen, um meine Stimmbänder zu üben und meinen Geist zu bewegen; als die Stimme sich stark und einzigartig erhob, wollte ich sie kennenlernen und ihr selbstverständlich einen Namen geben; mir war es dann gelungen, die Druckbuchstaben zu verdeutlichen, indem ich sie Punkt für Punkt nachzog und sie zusätzlich mit der Spitze meines Adlerkiels überschrieb; der gute Mann musste wohl *Parmenides* oder *Parmeniles* heißen; ich schwankte lange zwischen den Alternativen, blieb dann aber bei »Parmenides«; aus unerfindlichen Gründen passte der Name zu der Stimme, die ich aus den gedruckten Passagen aufsteigen hörte; die andere, mit meiner Hand abgeschriebene Stimme, sie war viel flüssiger und beweglicher, kehrte ihm den Rücken zu oder bemühte sich, ihm standzuhalten; sie hatte wohl stets ein Ohr für ihn, und wie sie anhob, schenkte sie ihm auf immer Gehör ...;

ERSTE STIMME

... denn es war kein schlechtes Geschick, das dich leitete,
diese Reise zu machen – sie liegt ja wahrlich fernab vom Verkehr der Menschen –
sondern Fug und Recht: du darfst alles erfahren,
sowohl der runden Wahrheit unerschütterliches Herz
wie auch das Dünken der Sterblichen, worin keine wahre Verlässlichkeit ist.
Aber gleichwohl wirst du auch dies verstehen lernen, wie das ihnen Dünkende
gültig sein musste und alles durchaus durchdringen.[15]

ZWEITE STIMME

Die Wachen haben eine einzige gemeinsame Welt, im Schlaf wendet sich jeder der eigenen zu[16]

ich heiligte das Büchlein auf tausend verschiedene Weisen; zunächst, indem ich jeden Abend vor meinem ruhelosen Schlaf in ihm las; dann murmelte ich, während der Zeremonien des Sonnenaufgangs oder vor meiner mageren Morgenkost, einige Passagen; zuweilen stellte ich es vor mich hin, betrachtete es in seiner unerbittlichen Schwärze, überzeugt, eine ganze Bibliothek vor mir zu haben; mich faszinierte, dass sich auf so kleinem Raum zwei unterschiedliche, große Stimmen halten konnten, dazu die vielen Worte und Quellen von Bildern; in meinem Wahn errichtete ich dem Büchlein einen Tabernakel, in dem es wie eine Hostie höchsten Menschseins prangte; ich stellte es in einem schönen Zeremoniell auf einen Altar im Inneren meiner Höhle, an seiner Seite die Bilder der Ahnen, die Gegenstände »der Familie« und der ganze Krempel kleiner Symbole, die mich zum Herrn über dieses Stückchen Erde ernannten; in ein Gewand von prächtigen Tierhäuten gehüllt, trug ich das Büchlein einmal mit ausgestreckten Armen über die ganze Insel und verkündete alle zehn Schritte einige Fragmente; in die Höhle zurückgekehrt, legte ich es wieder in seinen Tabernakel und grüßte es wie einen befreundeten Gott; mein Geist war immer schwankend gewesen, ein angebeteter Gegenstand konnte schon im gleichen Moment in Ungnade fallen; doch das Büchlein hatte die irrsten Zeiten miterlebt, war stets als Ding äußerlich, im Abstand geblieben und doch notwendig für meinen Geist, den es ohne Ende anregte; ich mochte wohl in weniger respektvollen Zeiten diese Fragmente an die Wände der Höhlen schreiben, sie in die Rinde der Gummibäume ritzen, ihm tausend Tafeln und ebenso viele Aufschriften entnehmen, es blieb ein kleiner undurchdringlicher Block, der von einer wilden Schönheit strahlte und mich zu sich rief, sobald ich mich entfernte; es gehörte wirklich zu den beständigen Dingen, zu den Stützen, an denen ich mich aufrecht hielt;

ERSTE STIMME
... wenn schleuniger sich sputeten
die Sonnenmädchen, mich voranzufahren, hinter sich lassend das Haus der Nacht,
dem Lichte zu, und von den Häuptern mit Händen die Schleier aufschlugen ...[17]

ZWEITE STIMME
... lebend einander ihren Tod, ihr Leben einander sterbend ...[18]

der Idiot, der ich gewesen war, hatte recht häufig zu dem Büchlein gegriffen in der Absicht, es zu »verstehen«, die über das verwaschene Papier gestreuten Fragmente Wort für Wort zu entziffern; doch das Büchlein hatte diesen »Auslegungen« stets widerstanden; er mochte sie sich noch so lange hersagen, während seiner Arbeit als Zivilisationsgründer über sie nachsinnen, Stücke des Textes für seine großen Bauten verwenden – voller Begeisterung, denn die alten Griechen bildeten die Seele der Fregatte, auf sie gründete sich jede Idee der Zivilisation –, bei seiner Rückkehr stieß er unverändert auf diesen Block, der ihn starr anblickte, unerforschlicher als eine mondlose Nacht und ebenso brausend von verborgenem Leben und Mysterien wie sie;

*

ich nahm meine emsige Lektüre des Büchleins wieder auf, als ich rings um mich diese *Präsenzen* fühlte; ohne recht zu wissen, wieso, ich spürte eine besondere Verbindung zu meiner Umgebung und wollte für das Büchlein einen Platz suchen, vor allem aber herausfinden, was es mir in diesem neuen Fieber zur Seite stellte; wohl auch, weil mir seine Stimmen nun als zwei greifbare *Präsenzen* erschienen, ebenso märchenhaft wie die anderen, die jeden Augenblick um mich herum auftauchten; ich begann das Büchlein wieder zu lesen in jener neuen Empfindsamkeit, die mich, das fühlte ich, gerade wandelte; ich ging nun anders vor: stille Lektüre eines Fragments, dann Sprechen mit leiser Stimme, danach laut, schließlich endlos unterschiedliche, raschere Wiederholungen in der Absicht, einen Sinn zu erhaschen, den die Hast mir aufscheuchen sollte wie einen Hasen; aber da war nichts; nicht der geringste Zugang; totale Undurchdringlichkeit; ich meinte sogar, sie hätte sich verstärkt; jedes Fragment blieb ein kleiner dunkler Block, der mich nicht einmal mehr anblickte, sondern mit dem ständigen Schauern der Gräser und großen Bäume zu schwingen schien; jedes Fragment war da, vibrierte mit einem eigenen Ton wie ein Insekt, das sich zu einer Metamorphose anschickt, und dessen Beziehung zu den anderen eine chaotische und erregende Majestät einnimmt;

ERSTE STIMME
... ist es anfangslos, endelos, da Werden und Vergehen in weite Ferne verschlagen sind ...[19]

ZWEITE STIMME
Fest ist nichts[20]

ich las es trotz allem und las es wieder, gab aber jeden Anspruch es zu »verstehen« auf, erlebte nur den Rhythmus, die Farben und Empfindungen und ließ ihnen freien Lauf in mir und in die Verbindungen, durch die ich mich ständig mit dem Lebendigen um mich verwob; ich fühlte die *Präsenz* des Büchleins, die zugleich eins und doppelt war; ich hatte es bei mir – nicht nur als der (kleine kompakte schwarze) Gegenstand, sondern die Fragmente wurden auch aus meinem Kopf freigesetzt, in dem sie so häufig erklungen waren, und aus meiner Brust, in der sie all die Jahre gedröhnt hatten; die *Präsenz* des Büchleins gewann so viel hinzu bei der Begegnung mit den anderen, die die gesamte Insel bildeten, dass ich es eines Morgens wieder schloss, und während ich es mit ausgestreckten Armen über meinen Kopf hielt, begann ich aus dem Gedächtnis jedes einzelne seiner Fragmente laut zu sprechen, da ich sie nun vollkommen auswendig kannte;

während ich mich mit Leib und Seele dieser Verkündigung widmete, spürte ich, wie groß ihre Wirkung auf die Insel war;

im Zusammenhang verstärkten die Fragmente die Linien, die Grate, die Dichte, die Tiefe und die Ausdehnung der Insel; jedes einzelne Fragment vermochte sie ebenfalls als eine unermessliche *Präsenz* zu zeigen, vielgestaltig und komplex; nach kurzer Zeit hatte ich das Gefühl, eine Dynamik der Kräfte vor mir zu haben, die mich umkreiste und von allen Seiten in mich drang; die Fragmente flossen mit unglaublicher Leichtigkeit in ihr Mosaik, füllten seine Zwischenräume wie ein Entwickler oder wie die Masse eines nicht sichtbaren Zements; ihre Fremdheit stimmte vollkommen mit der um mich wogenden Wirklichkeit überein; bei dieser Verkündigung fand ich auch meine Stimme verändert, ich erkannte ihren Klang nicht wieder; die Worte des Büchleins umschlossen ein innerliches Pulsieren, als wären sie eigene Wesen; sie gingen hin, gaben ihre Resonanzen in das Bündel der Verbindungen, und es hielt die Insel mit ihrer Wirkung zusammen wie ein Kraftring um mein Ich; das war das Seltsame: *Ich nahm die Insel in einer neuen und stark bewegten Totalität wahr;* jede *Präsenz* enthielt in ihrem Kern eine Totalität, die ausgedehnter war als sie selbst; sie begann nirgendwo, erstreckte sich zu keiner Perspektive, erschien als Ganzes in jeder ihrer *Präsenzen* und ebenfalls über sie hinaus; die Insel bot sich mir dar als ein unbeschreibliches Flammenlodern, und dies zeigten die Worte des Büchleins offenbar mit Freude auf; ich musste an die Perlen denken, die man im Fleisch großer Austern findet, es heißt, sie entstehen ursprünglich an der Stelle einer Verletzung: Sandkörner sind in ihre Spirale eingedrungen oder wilde Menschen haben sie ihnen zugefügt und die Austern haben sie im Laufe der Jahre in dem Gefängnis aus Perlmutt abgeschieden; ich wusste nicht, ob die Insel mit mir etwas Ähnliches vorhatte – *Schmerz und Verletzung in Schönheit verwandeln;* eines war sicher, sie hüllte mich ein, wie sie jedes der Fragmente einhüllte, mit denen ich sie immer noch bewarf; in meiner Eitelkeit hatte ich gedacht, ich wäre es, der ihr tausend Verbindungen schenkte, inzwischen fühlte ich ihren Zugriff so deutlich, dass offenkundig sie es war, die sich mit mir verband, um mich erbarmungslos zu schlucken; ich spürte, wie mein Herz Reißaus nahm, überließ mich dann aber dem Gedanken, eine Perle im Fleisch der Insel zu sein; das war wohl der Preis, den ich zahlen musste, um meinerseits eine *Präsenz* im Zusammenspiel mit den anderen zu werden;

sofort verkündete ich die Fragmente mit noch größerer Freude, Kraft und Liebe, auch mit größerer *Hoffnung*; ich brachte sie der Insel als meine Zustimmung zu allem dar, was sie aus mir machen würde; ohne daran zu zweifeln, wiederholte ich mir doch ständig, dass sie ein lebender Organismus war und kein verlassenes Eiland; kein feindseliges Gefängnis, sie war etwas Lebendiges, war nicht seelenlose Lava geblieben, sondern hatte Vögel und Millionen Getier angelockt, Wind, Staub, Pollen genutzt, auch das mit Leben gefüllt, was der Ozean ihr seit Jahrtausenden pausenlos brachte, und schließlich alles in ihr schreckliches Mosaik aus *Präsenzen* eingefügt ...; ich war der Insel so nackt zugeführt worden wie irgendeine unbedeutende Kröte, eine beliebige Frucht oder Pflanze, nicht mehr und nicht weniger und sie würde aus mir machen, was sie wollte; der Idiot hatte diesen mächtigen Sog zweifellos gespürt; er hatte seine groben Machwerke gegen die Furcht, verschluckt zu werden, auf ihr ausgebreitet; ich dagegen beschwor sie und stimmte ihr zu, indem ich die Fragmente des Büchleins im urbi und orbi verkündete; betend, dass sie der Stoff für mein Perlmutt sein sollten;

ERSTE STIMME
dass Seiendes ungeworden und unvergänglich ist,
ganz und einheitlich, und unerschütterlich und vollendet.
Und es war nicht einmal und wird nicht (einmal) sein, da es jetzt zugleich ganz ist,
eins und zusammenhängend. Denn welche Erzeugung könntest du für es erfinden?[21]

ZWEITE STIMME
In dieselben Fluten steigen wir und steigen wir nicht; wir sind es und wir sind es nicht[22]

derweil ich Fragmente brüllend umherirrte, nahm ich die Fetzen der Spruchbänder ab, die Reste der Tafeln, die Bruchstücke der hochtrabenden Namensschilder; ich beseitigte die Trümmer meiner Kanalisation; kein Scheit vom Schutzwall sollte zwischen mir und der Insel bestehen bleiben; ich bot ihr ohne Rückhalt an, was ich war, begierig auf das Werden, begierig auf die Zukunft, die sie mir mit ihrer mächtigen Hülle aufzwingen würde; ich sprach die Fragmente zu den Vögeln, den Zicklein, den Wurzeln, ich sang sie auf den Felsvorsprüngen; an den Orten, wo der Wind vagabundierte, sagte ich sie in einem langgezogenen Atem, um sie wegfliegen zu sehen wie Adler; am Abend schlief ich, ihre Worte murmelnd, ein, und erwachte mit schaumigem Mund, da ich sie immer noch stammelte ...; die Trance hätte Jahrhunderte und Jahrhunderte währen können, wenn sich die Insel nicht plötzlich elektrisch aufgeladen hätte ...;

*

zunächst eine große Stille während des Bruchteils einer Sekunde; dann begann der Boden zu wanken, die Bäume fingen an zu schwanken, als wären sie eine Menschenmenge; die Vögel blieben einfach weg; kein Getier regte sich in der Nähe; in einer furchtbaren Woge überflutete alles Unbewegliche meinen entsetzten Geist; unter den Felsen und den tiefen Wurzeln polterten Drachen;

die Insel hatte beschlossen, mich in einem Happen zu verschlucken; ich wurde auf die Erde geschleudert; in brodelnden Schwaden stieg ein Grollen herauf; der Boden wiegte sich in den Hüften, um sich urplötzlich aufzuspalten, wobei er geisterhafte Haare ausstieß, die wie Dunst schwebten, bevor sie als kochender Torf wieder zurückfielen; eine bedrängte Ewigkeit gebar sich unaufhörlich neu; im totalen Schrecken gelähmt blieb ich liegen, wo ich hingestürzt war; sah wandernde Risse, erschrockene Einstürze, brüllende Felsen, die an die Oberfläche tobten ...; der Erdboden schwankte schon seit tausend Jahren in dieser Weise, als er sich mit einem Schlag beruhigte;

ich rührte mich auch nicht mehr; Augen zu; fest, fest, fest; mein Körper gespannt in der Furcht, die Insel könnte wieder anfangen; nie dagewesene Gerüche wirbelten im Leeren; heißer Hauch zog Schleifen in alle Richtungen; meine Beklemmung wurde noch größer; die Insel hatte sich bewegt wie manche Raupen; ein unbekanntes Gebilde türmte sich über mir zu einer bestimmt entsetzlichen Realität; ich kniff die Augen noch ein wenig fester zu, blieb versteinert liegen, um nicht verschlungen zu werden; es musste wohl Nacht geworden sein; ich musste geschlafen haben, meine aufgerissenen Augen klebten vor der Wand meiner Lider; das Morgenlicht wurde spürbar auf meiner wahrscheinlich abgezogenen Haut; kein Gesang begleitete die Sonne; die seltsame Stille herrschte noch mehr als zuvor; furchterregend; unfassbar; ohne Ferne und Echo; ohne ein mögliches Werden; in der Qual dieser Verzweiflung blieb ich lange Stunden liegen, bevor ich die Lider auch nur ein wenig zu öffnen wagte;

alles lag in furchtbarer Verwüstung verstreut; die Bäume waren gevierteilt; meine Höhle halb eingestürzt; mein Kapokbaum hing schief ...; unvorstellbare Umwälzungen hatten die Landschaft ringsum zerstört, nichts war mehr an seinem Platz; ich verlor vollends das Gleichgewicht; aller Bindungen und Orientierungen verlustig, gab ich die Absicht auf, mich zu erheben und begnügte mich zu kriechen, ein gehetztes Tier auf einem schwankenden Moor; meine Verbindungen zu den *Präsenzen* waren verschwunden; genau genommen spürte ich keine einzige mehr; ich nahm nichts wahr, außer einer Menge Abwesenheiten, die im Schlamm feststeckten wie Strandgut;

ich war allein; niedergedrückt in die Todeseinsamkeit verkohlten Holzes, im Inneren eines »Dings«, das mich ohne Gesang, ohne Geräusch, ohne Farbe, ohne Geruch und auch ohne Tiefe umgab; eine flache, fremde Realität ähnlich einem geplünderten Grab, auf dem ich saß und in meiner Verlassenheit schluchzte; Herr, die Insel war in einen Zustand gekentert, der schlimmer war als die tiefste Hoffnungslosigkeit ...

Tagebuch des Kapitäns

2. September – Im Jahre des Heils 1659 – In den letzten Tagen segelten wir an zwei oder drei Inseln entlang, ohne allzu sicher zu sein, ob wir die richtige Route genommen hatten. Es gibt so viele! Die Bedrohung durch die Riffe ist in den erhältlichen Karten derart schlecht gekennzeichnet, dass kaum ein Lotse in diesen Gewässern steuern mag. Das Gebiet hat bei den großen Schifffahrtsgesellschaften einen traurigen Ruf. Ich selbst war in meiner Jugend gezwungen, diese Passage zu wagen, und es gelang in einer Leichtigkeit, wie es bei Ahnungslosen häufig geschieht. Mit gerafften Segeln und unablässigen Sondierungen suchte ich nun den gleichen Markierungen zu folgen, mit denen es uns damals glückte. Der verunsicherte Lotse warf mir erstaunte Blicke zu. Ich lächelte ihn an, um ihm zu zeigen, wie sehr ich gewohnt war, mich auf meinen guten Stern zu verlassen.

4. September – im Jahre des Heils 1659 – Im Morgengrauen haben wir die Insel ohne Schwierigkeit gefunden. Ich konnte ihre Küste mit meinem Fernglas begutachten. Nichts gleicht sich so wie eine Insel der anderen. Bergspitzen. Felswände, von denen das Grün trieft. Schreie der Affen. Gekreisch der Vögel, das die vorzeitliche Stille kaum berührt. Eine grüne dunkle Masse, häufig unheimlich und bedrohlich, wie Schuppen eines Ungeheuers ... Leere ... Abwesenheit ... eine seelenlose Vitalität ... keine Spur menschlichen Lebens, nichts, was darauf hinwies, dass wenigstens früher einmal eine Horde von Wilden hier durchgekommen war. Doch es war die Insel ... und sie war leer.

Ich war enttäuscht, aber etwas drängte mich, nicht abzulassen. Solche Eingebungen waren mir schon oft auf unverhoffte Weise günstig. Die Eingebung hat Umgang mit der geheimen Wirklichkeit. Zum Leidwesen des Lotsen ließ ich noch mehr Sondierungen vornehmen, die Ausguckposten für die Riffe verdoppeln und um die Insel manövrieren, in der Hoffnung, die kleine Bucht wiederzufinden, wo es damals geschah ...

5. September – Im Jahre des Herrn 1659 – Die Mannschaft fragt sich, was ich vorhabe ... Es zu erklären würde zu lange dauern ...

3. Der Künstler

da war über mehrere Tage diese seltsame Ruhe und Stille; die geläufigsten Tierchen waren verschwunden; dafür sah ich kleine sich windende Lebewesen mit tausend Füßen rennen, vor denen ich kriechend Reißaus nehmen musste, so gut kannte ich schon ihr brennendes Gift; ich traf auch eine Menge Eidechsen mit toten Augen, struppige, sehr lichtscheue Spinnen und viele Schlangen, deren glasige Schuppen weich erschienen ...; diese Brut lebte wohl gewöhnlich im Finstern unter der Erde, nun irrte sie heimatlos unter der prallen Sonne; ich sah einige tatsächlich aus den Klüften und Kratern schlüpfen, die sich unter den umgestürzten Riesenbäumen öffneten; diese Ungeheuer lagen gevierteilt auf der Erde mitten im Gewirr ihres Laubs, während sie ihre bleichen Wurzeln und schluchzenden Säfte schamlos zur Schau stellten; ich sah die Kopflosigkeit der Ameisenvölker inmitten namenloser Lebewesen, die aus Humus und kleinen Ängsten zu bestehen schienen; ich kroch ohne Ziel, wollte vor etwas fliehen, von dem ich nicht wusste, was genau und wo es war, so dass jeder Schritt mich näher brachte, obwohl er mich entfernen sollte; die Gefahr verfolgte mich überallhin; ich war unfähig zu denken; unfähig, das Pfeifen in meinen Ohren zu stoppen, das Zucken in meinen Wangen zu beherrschen; der Schock war so brutal gewesen, auf einen Schlag war so viel Ungeheures geschehen, das noch dazu ins Äußerste ging, dass ich rätselte, wie jemals wieder Stabilität einkehren sollte; ich brauchte zwei oder drei Sonnen, um auf die Beine zu kommen, und fast genau so lange, um wieder einigermaßen gerade zu gehen;

ich erkannte die Orte, die ich so lange verwaltet hatte, kaum wieder; meine Zicklein, meine Schafböcke, meine Hühner, meine Papageien waren allerorten verstreut; ich fand einige ohnmächtig, in aufgeschlitzten Stämmen, hingestreckt in engen Schluchten, zitternd im undurchdringlichen Busch; alle schienen auf wer weiß was zu warten, bevor sie wieder ein normales Leben wagten; ihr gemindertes Dasein erlaubte ihnen nur, in einem Fädchen aus- und in kleinen Schlückchen einzuatmen; zumal die Erde nicht aufhörte zu beben oder von Zuckungen heimgesucht zu werden, die jedesmal allgemeine Panik auslösten; in meinem gebeutelten Geist wollten die Dinge nicht so recht an ihren Platz zurückfinden; nachdem ich gesehen hatte, wie die Bäume im Geschiebe der Erde mitgekarrt, wie der Boden zum Ozean wurde, erschien mir alles Feste verdächtig; das Gras verdeckte Wirbel von Drachen, bereit, sich zu zwirbeln; ich verdächtigte die Hügel, Gorgonenschädel zu sein, die sich unter einer Felshaut versteckten und darauf warteten, unter Gebrüll herauszuspringen; ich bewegte mich daher vorwärts wie auf Sand, in dem jedes Korn womöglich ein Gebiss war, sicherte mit größter Sorge jeden meiner Schritte ab, bereit, mich beim geringsten Zittern zu Boden zu werfen; die Insekten bewegten sich fort wie ich; die Vögel, wohl weil sie sich vor der Luft hüteten, hüpften von einem Schatten zum nächsten, als wollten sie einem unverhofften Satz der gesamten Insel zuvorkommen ...; so vergingen Tage, bedeutend schneller als die Nächte, denn nachts verdichteten sich noch die Schrecken; ich schlief in der Mitte einer freien Savanne, weit entfernt von jedem Baum oder jeder Felswand, die Scharen von Minotauren bergen mochte; ich streckte Arme und Beine von mir, um zu verhindern, dass ich in einem plötzlich entstehenden Loch verschwand; ich ging sogar so weit, mich mit meinem Gehänge an kleinen Sträuchern festzubinden, um dem Schlund der Erde zu entgehen, falls ein solcher aufreißen sollte;

*

der Eindruck der Verwüstung währte sehr lange; am Ende war ich so daran gewöhnt, dass ich mich nicht einmal mehr an die Insel vor dem Beben erinnerte; die Regen wuschen; die Sonne trocknete; das Wasser weckte die Quellen und Bäche, belebte die verwundete Erde; das Licht goss sein unsichtbares Futter aus; es begann ein allgemeines Aufkeimen, unter hohem Druck, hysterisch, überall war es zu sehen; wo die großen Bäume zusammengebrochen waren, entstand eine Unzahl von Trieben und sogar kleine Bäumchen, die, aus irgendeinem Griff befreit, spornstreichs zum Himmel sprossen; die Blüten kehrten auch mit einer nicht geheuren Üppigkeit zurück, als wollten sie schnell die Lücken und Wunden mit dem Stoff ihres Daseins füllen; ich bemerkte endlich, dass die Vögel ihren Flug und ihren Gesang wieder aufgenommen hatten, dass eine verliebte Raserei die Blüten und Fruchtstände erregte, und dass auf keinem einzigen günstigen, vor Raubtieren sicheren Zweig das Überangebot an Nestern, Kokons, an Kriegsgesang und Gebietsgezwitscher fehlte;

sie suchten nicht als einzige eine Wiedergeburt; ich tat es ihnen gleich, aber anstatt ein Gebiet zu besiedeln, verfolgte ich meine innere Wiedergeburt; meine Suche galt dem Rausch, den ich in der letzten Zeit empfunden hatte – jenem Segen, der mich spürbar in Verbindung mit dem kleinsten der Gräser gebracht und mir dafür eine arglose Zufriedenheit geschenkt hatte, wie sie die Kinder kennen; aber bei meinen schüchternen Streifzügen fand ich mich zutiefst enttäuscht und jeder Kraft beraubt, mir etwas zu wünschen; meine Knochen waren ausgehöhlt; in meiner Brust regte sich nur der tierische Atem; mein Herz hing an nichts und schlug für nichts, es hüpfte nur ständig wie eine gespannte Takelage; was meinen Schädel betraf, Herr, so beherbergte er nur eine Verdutztheit, die meine Gedanken einen nach dem anderen schluckte; es war mir unerträglich, diesen besonderen Kontakt nicht mehr zu spüren, den ich so stark empfunden hatte; mit Hilfe von gekünstelten Bildern und erzwungenen Gefühlen versuchte ich die *Präsenzen* in mir zurückzuholen; vergebens; das neue außerordentliche Aufblühen der Insel brachte mir nicht die geheimnisvolle Wirkung zurück, in der ich die eine und vielfache *Präsenz* empfunden hatte, die sich wie eine Hülle um mich breitete; wenn etwas bebend auftauchte, dann nur, um sofort von Abwesenheit verschlungen zu werden – sie war ansteckend und schwer, lichtlos, zäh wie ein lebloser Erdbrocken; trotz der Schönheit der Blüten, des Prangens der

Früchte, des Zaubers der Schwärme, trotz des aufbrandenden Vogelflugs und trotz der Erhabenheit der überlebenden Bäume, blieb ich von alledem ausgeschlossen, trieb für mich dahin, trieb nirgendwohin, in einem Nichts, das mich für keine Regung, kein Gefühl, für keine Quelle öffnete, die meinen Geist hätte beleben können;

*

in diesem Zustand fand ich wieder zum Strand des Anfangs zurück, wo ich den Fußabdruck gefunden hatte; ich weiß nicht, was ich dort wollte; zweifellos taumelte ich gerade zu einem Neubeginn und war versucht, mich an diesen Ort des Ursprungs zurückzubegeben; es ist seltsam, wie der Ursprung sich aufdrängt, wenn man gewissermaßen wiedergeboren wird und von vorne anfangen muss ...: *nach welchem geheimnisvollen Gebot wird der Anfangspunkt nie als überholt angesehen?* ...; freilich, Herr, diese Grundfrage sollte mir erst lange Zeit später in den Sinn kommen; in dem Moment, als ich mich in die Umgebung der Fußspur wagte, war ich nicht in diesem Geisteszustand; genau gesagt war mein Geist in gar keinem Zustand; ich bewegte mich voran; ich erwartete nichts; der Strand war verwüstet; nach dem Erdbeben musste eine wilde Woge mit voller Kraft diesen Strand getroffen haben; grün überzogene Trümmer der Fregatte ragten aus Gischt und Sand; Schenkelknochen, ausgegraben aus Meerestiefen, gleißten weiß unter der Schneide der Sonne; Algen waren aus den Abgründen emporgetaucht; Tausende von Fischen, Krabben und Muscheln faulten einträchtig in einem gewiss unerträglichen Gestank; ich besah mir diese Ödnis ohne eine Regung, ohne Beklemmung, so unbeweglich war mein Geist geworden; dennoch krampfte sich mein Herz zusammen, als meine Aufmerksamkeit von einer bestimmten Stelle angezogen wurde; bei meinen ersten Schritten darauf zu ahnte ich schon unter ausgestreuten Algen und Langustenhäuten eine vertraute Form; ich legte sie rasch mit dem Fuß frei und erkannte den Fußabdruck; er sollte nicht mehr da sein und war doch da; mein Geist wehrte sich in keiner Weise gegen diesen Aberwitz; die Fußspur war da und unberührt; ich hatte sie weder beschädigt noch von der Erdoberfläche getilgt; ich stand lange starr davor, bevor ich niederkniete und sie völlig freilegte; in ruhigem Gefallen streckte ich mich lang vor ihr aus, wie ein Gläubiger, der sich einem Altar nähert; es war wirklich der Abdruck, immer noch fest in dem gehärteten und ein wenig mumifizierten Ton; bei meinem Gefühlsausbruch hatte ich zweifellos nur eine Sandkruste von seinen Rändern entfernt; die Kruste war weggeflogen und hatte die Spur ohne Haut zurückgelassen; die Grundform war in dem alten Ton gefangen, die große Woge nach dem Beben hatte sie freigespült; der Ton war nun bläulich, mit feinen, gelben Äderchen gestreift und von einem schwarzen Stoff gefleckt, der aussah wie urzeitlicher Lehm; das Erstaunlichste: der Fußabdruck war mir fremd; ohne sich von dem zu unterscheiden, den ich so lange beobachtet und noch in brennender Erinnerung hatte, war er doch nicht wie er; er lag nackt da, fern, vielleicht kalt, und ganz bestimmt ohne Leben;

ich besah die Fußspur von allen Seiten, streckte mich zu ihrer Linken aus, verrenkte mich zu ihrer Rechten, kniete rittlings über ihr, die Arme zu beiden Seiten aufgestützt, um sie von oben zu fixieren; am Ende setzte ich mich der Spur gegenüber, so dass ich meinen Fuß in sie stellen konnte; es ging ohne Schwierigkeit; mein Fuß passte noch einmal hinein; so blieb ich, ohne mich zu regen, aufmerksam, als wartete ich darauf, dass sie lebendig wurde und meinen Knöchel umschloss; freilich geschah nichts davon; ich spürte den Ton unter der zitternden Haut meines Fußes, rauh, lauwarm an der Oberfläche und kühler in der Tiefe, ohne Resonanz, wie ein tausendmal toter Fels, wieder und wieder gebrannt von der Sonne und den Äonen; ich blieb so, ohne besondere Aufregung, auch ohne ein Gefühl der Trauer; ich lehnte die Brust an den herangezogenen Oberschenkel, umfing mein Knie mit den Armen und, über die Spur gebeugt, betrachtete ich meinen in die Form passenden Fuß; da traten die Verzerrungen auf ...;

als ich mir alles noch näher betrachtete, bemerkte ich, dass meine Ferse, mein Fußgewölbe und meine Zehen nicht einwandfrei mit der Fußspur abschlossen; an etlichen Stellen wichen die Ränder des Tons von ihnen ab; an anderen verdeckte sie mein zitternder Fuß; unter meiner Ferse war ein Loch; die Vertiefungen für die Zehen ragten deutlich über meine hinaus ...; eine Serie winziger Abweichungen sammelte sich in meinem Bewusstsein, bis es zugab, dass diese Form nicht nur nicht von mir stammte, sondern auch, dass sie aus verschiedenen Zufälligkeiten entstanden sein mochte; der Vergleich mit einem Fußgewölbe, mit einer Ferse, mit Zehen war tatsächlich eine Möglichkeit unter anderen, welche mein Geist hastig ausgeschlossen hatte; und das Schlimmste, nachdem ich die Spur nun meinem ruhigen Urteil unterwarf, gab es ebensoviele Gründe dafür, dass sie nicht menschlich war;

*

ich blieb mehrere Tage reglos liegen; ich nahm einzig den Fußabdruck wahr, wie er starr, unbeweglich im Boden saß, unbelebt und ohne endgültige Gestalt; diese Leere meines Wesens der Fußspur gegenüber, die Leere, die von ihr ausging, erfüllte mich mit einem grenzenlosen Missbehagen; ich versuchte mir eine Fabel von einem Meeresungeheuer auszudenken, das aus dem Wasser stieg, auf diesem Strand während eines Sturmes herumlief und diesen Tritt im ungeformten Ton hinterließ; oder ein Stück von einem Stern, wie sie manchmal vom Himmel fallen, wäre hier aufgeschlagen, ich malte mir seinen Aufprall so genau aus, dass ich anfing, den Sand auf vier Ellenlängen aufzuscharren, um den Beweis eines himmlischen Kugelhagels zutage zu fördern ...; aber diese armselige Aufregung reichte nicht bis in mein Fleisch, nicht einmal in das Zentrum meines Geistes; *ich schaute zu, wie ich mich aufregte;* aus dem Abstand bemerkte ich, wie eine wohlbekannte Furcht in mir erwachte, und wie ich mich bemühte, auf ebenso bekannte Weise auf sie zu antworten: Ich wollte diesem Ding im Ton eine Bedeutung aufzwingen, die meinen Regungen entsprang; ich ertrug es nicht, es so zu sehen, ohne Spannung, ohne Einfluss, ohne irgendetwas, das mich anging, und mein Geist strebte danach, das Ding ein weiteres Mal mit dem Federkleid meiner Trugbilder zuzudecken; das Missbehagen war für mich so schwer zu ertragen, dass ich in kurzen Momenten mir Götter auszudenken versuchte, um den Ursprung dieses Dings zu erklären und tausend kleine Gespenster, die es belebten; ich ging so weit, primitive Hirngespinste zu ersinnen, in denen ich spuken, denen ich mich ganz ausliefern wollte, nur um diesem Ding Leben zuzuschreiben; aber am Ende gab ich die Albernheiten eine nach der anderen auf, warf die Tricks gegen den Zusammenbruch über Bord, um mich nackt wiederzufinden, neben dem Fußabdruck, ihn kühl musternd, wie man das Unerkennbare genau betrachtet, mit dem selben Schwindelgefühl und dem selben Grauen ...; am Ende einer ich weiß nicht wie langen Zeit riss ich mich plötzlich von ihm los und ging mit schleppenden Schritten in Richtung der umgestürzten Insel;

*

das Missbehagen hielt mich weiter gefangen, während ich die Reflexe in Gang setzte, die stets meinem Dasein Halt gegeben hatten; ein Werkzeug von Rost befreien; eine Armbrust einfetten; die Sonne nutzen, um einen Rest Schießpulver wiederzuerwecken ...; mit falschem Schwung nahm ich diese mechanischen Arbeiten in Angriff, sprang von Tätigkeit zu Tätigkeit, ohne die geringste Verbindung zwischen ihnen zu ziehen, ohne je eine zu beenden, und vor allem, ohne mich wirklich dafür zu interessieren; all das geschah in einer Trübsinnigkeit, die den geringsten Antrieb als sinnlos hemmte ...;

trotz allem fand ich ein Ziel für meine Beschäftigung; meine Höhle war in ihrem tiefsten Bereich eingestürzt; meine Bambusstützen hatten über eine gewisse Länge nachgegeben und die von feinen Rissen durchzogenen Wände würden nicht lange halten; in düsterer Stumpfheit rettete ich von meinen alten Schätzen gerade das Notwendigste; dann untersuchte ich, immer noch antriebslos, einige Nebengrotten, um eine Ersatzunterkunft auszuwählen; meine Geistestätigkeit war so getrübt, dass ich mit einer einfachen Grube vorlieb nahm; dorthin brachte ich ohne Eifer die Gegenstände aus meiner Haupthöhle, ließ aber die meisten zurück, sie schienen mir jedesmal fehl am Platz; ich brachte so viel Ordnung wie möglich in die armselige Grube und verließ sie, sobald die Nacht hereinbrach: es war mir nicht mehr möglich, unter einem Dach Schlaf zu finden;

meine erste bewusst erlebte Nacht nach dem Erdbeben war gelinde gesagt denkwürdig; in ihrer ungewohnten Stille war nur das Getöse des Meeres zu hören; ich spürte, wie die Wellen die Korallen zerschlugen, Felswände mitrissen, Mangroven wegrafften und wie sie gruben, überall gruben; der Ozean wollte die Insel in die unter ihr aufgebrochenen Abgründe hinunterziehen; ich glaubte zu bemerken, wie die Erde unter meinem Gewicht splitterte, aber dieser Eindruck verflog schnell; es war nur eine Einbildung; so kämpfte sich mein Geist ab; auf dem Rücken liegend, fasste ich das Himmelsgewölbe ins Auge; statt eines großartigen Anblicks empfing ich, Herr, den Schock einer grenzenlosen Finsternis, übersät mit urweltlichem Schimmer, von einer absichtslosen Gleichgültigkeit, dass in mir ein schleichendes Grauen aufkam; wo ich stets an die göttliche Harmonie gerührt hatte, traf ich nun erbarmungslose Unergründlichkeit: ein Etwas ohne Dasein, vor jeglichem Dasein und von keiner Möglichkeit zu erreichen; in tiefer Benommenheit sah ich mich ihm gegenüber, mit starr geweiteten Augen, ohne einen Gedanken, als einzigen Halt mein zitterndes Fleisch; vom Firmament ergoss sich eine Unermesslichkeit, ließ das Dröhnen des Meeres hohl klingen, erfüllte die Insel und zugleich meinen Geist mit einem überwältigenden *Schaudern*; Herr, verzeiht meine Tränen, aber dieses Schaudern war nur schwer erträglich;

*

das Missbehagen wurde zur Gewohnheit; den Tieren, meinem einstigen Vieh, das meine Pflege suchte, schenkte ich keinen Blick; ich ignorierte die Papageien, denen ich zwei, drei Flüche beigebracht hatte, wenn sie mich mit diesen Rufen verfolgten; mich erfüllte eine Klarheit, ähnlich einer Verletzung – jedoch ohne Dauer und ohne Schmerz; ich konnte über Stunden reglos einen unbedeutenden Baum ansehen, die Stimmung einer Schlucht erleben, den Wind aufsuchen, der gewöhnlich so viel erzählte; jetzt sagte er nichts; der Wind war nicht einmal mehr der Wind: nur eine Äußerung des Nichts, das nirgendwohin wehte; diese nur auf sich bezogene Klarheit zeigte mir, wie sehr zuerst der Idiot und dann das kleine Ich, zu dem ich geworden war, diese Wesen und Realitäten mit den eigenen Machwerken überdeckt hatten; ich hatte die Insel im Geiste wieder und wieder hergestellt; mein

Verstand hatte seinen unermüdlichen Fleiß darauf verwandt, sie mit seinen Trugbildern zu verschleiern, um jedesmal in einem vermeintlichen Gleichgewicht Halt zu finden; doch nun, in meiner kühlen Klarheit, nahm ich nichts anderes wahr, als was ich sah; ich konnte das rotäugige Gürteltierpärchen vorbeilaufen sehen, ohne ihm irgendein Ziel anzudichten; konnte Prozessionen von Blaukrabben beobachten, ohne mir vorzustellen, sie suchten einen anderen Unterschlupf; nicht das Kreisen des Unheilsvogels, ja nicht einmal die Launen des Himmels ließen meine Fantasie noch Polka tanzen; eine unbewegliche Klarheit ließ mich all dem fremd werden, unfähig zum kleinsten Einverständnis oder zu irgendeiner Nähe, und nicht im geringsten berührt von einem Abstand zu wem auch immer; es machte mir große Angst, Herr, große Angst; *war das eine der schwarzen Melancholien, denen so viele Seeleute zum Opfer fallen? ...* – aber ich war nicht unglücklich; ich schlief ohne aufzuschrecken ein; erwachte ohne Energie; gab mich mit keiner Erinnerung ab, mit keinem Morgen; meine Tage wurden von Gewohnheiten verschlungen, die nicht einmal ein Viertel meines Geistes beanspruchten; sie begannen ohne Ziel und vergingen ohne jede Befriedigung; meine langsamen, geübten Gesten schienen nie einen glühenden Ansporn gekannt zu haben; es war umso beängstigender, als die Insel nie so voller Blüten gewesen war, nie so überreich an Früchten, Gemüsen, Insekten, Vögeln und verschiedenen Tieren ...;

dieses Hosianna des Lebens hörte nicht auf, meinen Blick zu fesseln; ich sah das alles mit an, ohne Begierde, in einer

Abwesenheit, die mein andauerndes Missbehagen weiter vergiftete; ich sah wie die großen Wunden der Erde sich mit Grün bedeckten; wie die umgefallenen Gummibäume sich von allein wieder aufrichteten oder wie sie aus ihren Flanken junge Zweige trieben; ihre alten Rinden platzten in Knospen auf; ich schaute dem Leben in den Hügeln der Rot-Ameisen zu, die mit unermüdlichem Eifer an etwas Unsichtbarem bauten, als ob ihr Gewimmel nur das Gewimmel ausstellen sollte; ich überraschte Schwärme von ziehenden Regenpfeifern, die nur für ein paar Stunden über die Insel herfielen, um dann wieder in den Hauch des Horizonts wegzufliegen; mich hatten die Zugvögel lange fasziniert; sie kannten die Ferne; sie waren von keiner Grenze aufzuhalten; ich hatte stets mit Begeisterung zugesehen, wenn sie kamen, als bezeugten sie die Existenz einer Welt außerhalb dieser Gefängnisinsel; sie wegfliegen zu sehen ließ mich regelmäßig in Niedergeschlagenheit versinken und neidvoll seufzen; Söhne des Himmels, Freunde des weiten Raumes, so beweglich, so leicht, so hoch über dem Baumstumpf, zu dem ich auf dieser Insel verkümmert war ...; ihr Leben war mir als eine sehr vollendete Form des Daseins, auf jeden Fall als eine hochstehende Daseinsweise vorgekommen; doch nun dieses plötzliche Niederrauschen, dieses heftige Geflatter, diese kreisende Lebendigkeit, die sich selbst tilgte, diese Freiheit erschien mir weder die der Hölle noch eines Paradieses, sondern von nichts und für nichts; nur da, intensiv, vibrierend, unabsehbar, völlig gleichgültig für alles und ohne jedes Streben nach Vollendung; ich schaute ihnen nur zu, ohne Neid oder Abneigung;

das Erbärmlichste waren die Reste meiner trügerischen Pracht: die Spruchbänder, Gehege, Vorratslager, die verschiedenen Befestigungen, die prachtvollen Plätze, die Kontore und Avenuen ...; der Busch und die freilaufenden Tiere bewirkten gemeinsam, dass von allem nur undeutliche Linien übrig blieben; die Weizen- und Roggenfelder, mein ganzer Stolz, versanken unter wuchernder Vegetation, sie waren offenbar dabei, sich zu verändern, oder drifteten in ein anderes Dasein ab; ich sammelte ihre Körner mit der trügerischen Absicht, sie wieder auszusäen, aber als ich sie in meiner Hand sah, löste das nichts bei mir aus, nicht die Vorstellung von Mehl oder dem Geruch warmen Brots oder die Freude auf ein alkoholisches Getränk; nichts; das waren nur grobe Körner, einem Los unterworfen, von dem sie nichts ahnten, und das auf meinen Geist keinerlei Anreiz ausübte; die Ratten und Katzen, lange für mich eine Plage, fügten sich ein in die wuchernde Natur, und deren Unendlichkeit wie ihre Einzelheiten drangen unterschiedslos in mich, mit der gleichen Schärfe und Tragweite;

*

angesichts all dessen hatte mein Geist immer danach gestrebt, sich ein Schauspiel des Überlebens auszudenken; aber was ich erfand, wenn eine Regung zurückkehrte, ergab für meine entleerten Sinne keine Bedeutung mehr; eines Tages bei Sonnenaufgang ließ mich etwas innehalten, vibrierende winzige Geometrien, zu einer kugeligen Form aneinandergeschmiegt, deren Ränder sich im Wehen der Luft auflösten; die runde Form saß auf einem geraden Schössling, er war rauh, dick, kam in Windungen aus dem Boden und hielt dieses zitternde Gebilde; die kleinen Dinger strahlten aus, was sie aus dem Licht holten, sie waren nur an manchen Punkten von Flecken tiefen Schattens durchsetzt; das sah nichts von dem gleich, was mir vertraut war, ich verspürte angesichts dieser Erscheinung ein tiefes Missbehagen und versuchte mich davon zu überzeugen, dass es sich um einen alten Mangobaum handelte – er war uralt und schon lange mein Freund –, der zu den *Präsenzen* gehört hatte, mit denen ich in Verbindung gestanden war; ich sprach ihn an, nannte ihn beim Namen, berührte ihn; aber ach! ... die unerreichbare Fremdheit gewann wieder die Oberhand, sie hielt mich fern, ohne mich abzustoßen, blickte mich nur starr und teilnahmslos an; das Einsaugen des Lichts, dieses Strömen, das spürbar vom Boden heraufquoll, das Ding erfasste und sich von ihm aus unmerklich verbreitete, übte auf mich keine Wirkung aus; ich war gefangen in der Nacktheit der Erscheinungen, die mein Geist nicht in den Griff bekam oder wenigstens in irgendeiner Weise deuten konnte; ich mochte umherblicken soviel ich wollte, alles in der Nähe verhielt sich in der gleichen Weise ...; nur so empfand ich mein Dasein auf der Insel; in einer Zufälligkeit der Kontakte, die sich nicht zu einer Begegnung fügten; alle die quicklebendigen Wesen waren nicht mehr kleine Figuren für das Theater meines Geistes, sie waren nicht einmal mehr gefügige Auswüchse meiner menschlichen Natur; ich wusste nicht, weshalb, aber hier existierte das Menschliche nicht mehr, es war nicht mehr in der Lage, das Gesamte zu ordnen oder einen Zusammenhang herauszulesen; kein Wesen, keine Landschaft, kein Leben, nichts Menschliches, das in seinem

Elfenbeinturm saß; nichts als das Schaudern der mehr oder weniger vereinzelten Wahrnehmungen einer anhaltenden starren Unerkennbarkeit ...;

die Gegenstände, die meinem Überleben einen Rahmen gegeben hatten, erschienen mir tot; ihre Bedeutung war mit dem Gedächtnis der Fregatte verloren gegangen; Hacken, Schaufeln, Sägen, Stichel, Zangen und Winkel ... tauchten hier und dort auf wie Gespenster, ebensowenig erkennbar wie die vom Meer ausgeworfenen breiigen Kadaver; mit den Waffen erging es mir ebenso; ich, der ich nie ins Freie getreten war ohne eine geschulterte Muskete, überließ die Waffen jetzt Rost und Verwitterung, ich hatte keine Verwendung mehr für sie; meine Finger reichten mir aus, um mich zu ernähren; inzwischen war ich so geschickt, dass ich mit der Hand Vögel fing, eine junge Moschusratte einfach packte oder meinen Zeigefinger in die gelbe Kieme eines kleinen schlafenden Haifischs hakte; die Tiere sahen in mir keine Bedrohung mehr; sie näherten sich in offener Arglosigkeit; ich war nun vom gleichen Wesen wie die großen Bäume, vom gleichen Feuer wie die Blumen, vom gleichen Schauern wie die schneidenden Gräser; auch mein Blick auf sie war unbelastet; und doch befiel mich nicht etwa eine krankhafte Benommenheit; da war nur eine kurze, vereinzelte Wahrnehmung, in der ich die Insel als Ganzes sah, in der Unendlichkeit ihrer Einzelheiten, der Unermesslichkeit des Gesamten, mitten in meinem Bewusstsein, aber außerhalb der Reichweite meines Geistes;

*

die gigantische, spannungslose Erscheinung der Insel beutelte mich so, dass Anfälle von Übelkeit und Missbehagen sich abwechselten; wenn ich nicht daran dachte, wenn ich meine Seele in der Schwebe halten konnte, war ich in ein anhaltendes inneres Schaudern versetzt, wie ich es rings um mich sah; ich war dann losgelöst, in einem Zustand, den ich nicht beherrschte und letztlich kaum wahrnahm; aber die Entlastung hielt nicht lange an, dann bekamen die Unruhe und darauf das große Missbehagen wieder die Oberhand; diese Insel, die einfach nur da war, und die mein Geist mit seinem Spiel von Trugbildern nicht erreichen konnte, rief bei mir einen starken Drang hervor, irgendwohin zu fliehen, einen Weg des Entrinnens zu finden, den ich mir wegen meiner geistigen Ausfälle leider nicht mehr ausdenken konnte; es blieb mir also die bloße Angst; *Angst*, Herr, *Angst ...*; ich wählte diese Bezeichnung, ohne zu überlegen – sie entsprach sehr gut der Enge, die ich in meiner Brust spürte – aber im Lauf der Jahreszeiten kam ich in die Lage, sie besser zu erfassen;

was ich mit »Angst« bezeichnete, war nicht das Gegenteil von Freude, hatte mit Traurigkeit nichts zu tun und nichts mit Verlust: triumphlose Klarheit, ein auswegloser klarer Blick – gleichsam eine *rohe Empfänglichkeit*, bar der Illusionen, frei von Gefühlen; sie begnügte sich damit, alle Möglichkeiten auszuschließen, jeden Ansatz eines Wunsches zu lähmen, und wurde allein dadurch unerträglich; oder sagen wir, nicht *auszuhalten* für jemanden, der am Leben bleibt; doch ich war am Leben; ich sah, ich bewegte mich, ich nahm die Umgebung wahr, *ich konnte nur weiterleben* in diesem offen daliegenden freien Raum; ich musste mich entscheiden: entweder ich blieb gelähmt und verkümmerte in meiner Angst oder ich benutzte sie, um ohne Illusionen und Trugbilder weiterzuleben; meine Seele wurde also erfasst von einer winzigen Bewegung, von der ich lange nichts bemerkte, und die in dieser ursprünglichen Angst wie eingebettet lag; daher kam in mir sehr allmählich der Wunsch auf, etwas zu tun, in Freiheit etwas zu schaffen, aus dieser befreiten Nacktheit heraus zu handeln; der Anstoß, dass mir das gelang, wurde mir von der kleinen tragbaren Bibliothek gegeben – dem Büchlein, das meine Verzweiflungen und Ausbrüche miterlebt hatte;

*

während der letzten Geschehnisse hatte ich es unaufhörlich bei mir gehabt, gut geschützt in einer Kalebasse; mein neuer Geisteszustand hatte an dem Büchlein nichts verändert; es wahrte seine gebieterische Distanz; wenn meine unbeteiligten Streifzüge mich in die Nähe meiner neuen Behausung führten, nahm ich es in den Nächten angstvollen Wachens so oft wie möglich hervor; nun las ich es in tiefem Schweigen; das Büchlein war gealtert, seine vergilbten Seiten ließen meine Tinten in unvermuteten Nuancen erscheinen; ich erwartete nichts mehr von ihm, wollte es zu nichts gebrauchen; es in der Hand zu halten, unablässig in ihm zu lesen, war lediglich eine Gewohnheit, die ich offenbar neben der Angst bewahren wollte; da muss mit ihm unmerklich eine Wandlung vorgegangen sein ...;

ZWEITE STIMME

Gut und Übel ist eins[23]

bis dahin hatte ich nichts von dem Büchlein verstanden und dieses Unverständnis hatte mich beschäftigt; ich war sogar ein für allemal zum Schluss gekommen, es gäbe nichts zu verstehen, es passte sich auf diese Weise leichter in den Walzer meiner Wahnideen ein; da ich von den Fragmenten nichts verstand, war ich gezwungen, sie hinter mehr oder weniger irrwitzigen Absichten zu verstecken; auf die Art hatte ich sie gemieden, während ich zugleich sehr an ihnen hing; war es nicht gerade Wut oder Ärger, so hatten die Fragmente in meinem Inneren immer Landschaften, Märchen, Bilder und kleine Geschichten wachgerufen, die mein Entzücken reizten; das Unverständnis hatte mich zu tausend so vergnügliche Umwegen verleitet, dass ich dies zu wiederholen suchte; da das Unverständnis jedoch vollständig blieb, hatten dieselben Worte, dieselben Verse neue Märchen, neue Bilder hervorgebracht, bis ins Unendliche, und auch unendlich viele Betonungen, wenn ich sie las; eine Spirale ohne Ausgang;

aber nun, Herr, da ich sie wieder und wieder las, in der Nacktheit, in der mein Geist gefangen war, wurde etwas in Gang gebracht; die gedruckten Stanzen des alten Parmenides, aber mehr noch die Verse, die ich abgeschrieben hatte, begannen in unzählige Möglichkeiten abzudriften; ich hörte nicht mehr die beiden gleichbleibenden Stimmen, die ich im Theater meines Geistes ausgebrütet hatte, sondern zwei Töne, die sich in einer Art Koppelung ergänzten und damit eine neue Tonlage ergaben; ich füllte ihre Sätze nicht mehr mit den geistigen Bildern, die meine Meditationen in lange Sackgassen geführt hatten; meine Augen erfassten die trockenen, nackten, sogar schroffen Worte; mein unbewegter Geist saugte die Fragmente eines nach dem anderen auf; sie fielen in mich hinein wie in eine Höhle, wo sie nachhallten und gemeinsam laut wurden, ohne mir Zeit für ein Begreifen zu lassen; ich las sie dann wieder, sog sie erneut ein, und sie traten in mich, blind, geblendet, umrisslos, ein Reigen der Möglichkeiten ohne eine Bedeutung; da war nur die Leere meines Geistes, der sich auf sie weitete, und sie, ebenso neutral, die auf mich zusprangen; der Ort unserer Begegnung war ein von jeder Form, jeder Sprache, jedem Bild, jeder Erzählung befreiter Raum; und doch hinterließ diese nicht enden wollende Begegnung in meiner Wahrnehmung nicht mehr Spuren als der Huf eines Schafbocks auf einer trockenen Steinkruste; aber sie blieben in mir als der Ort einer *Äußerung* bestehen, wo ... sich etwas verschoben hatte – und etwas aufbrach:

ZWEITE STIMME

Wie ein wüst hingeschütteter Misthaufen ist die schönste, vollkommenste Welt[24]

tatsächlich hatte ich die Insel bislang in dem Muster meines Geistes gesehen, nicht nur gesehen, ich hatte sie in diesem Muster gehört und berührt; auch was ich roch und schmeckte entstand im wesentlichen aus dem, was mir mein Geist anbot oder entzog; ganz offenkundig war ihm nur das entgangen, was mein Büchlein im Geheimen seiner Fragmente ausdrückte; nachdem mein Geist ausgeschaltet, ohne seine Deiche und Schutzmauern war, überfluteten ihn die alten Griechen mit ihrer *unberührten Autorität*; da, Herr, konnte mein Geist wie ein ausgetrocknetes Stück Land, das vom Regen befruchtet wird, nur zusehen, wie Knospen aufsprangen, die er nicht erfasste; auf diese Weise wurde mir der Anstoß gegeben: durch eine Äußerung in der Stimmlage meines alten Parmenides und seines Kollegen; ich las sie, ohne etwas zu erwarten oder beherrschen zu wollen, empfing sie in dieser beschränkten Freiheit, genoss sie in ihr, verkehrte in langen Nächten mit ihnen; ich sog die Worte ein, sie kamen; ich ließ ihnen freien Lauf in mir, und sie ließen mir freien Lauf; es entstand kein Bild, keine Erklärung sprang auf mich ein, keine Figur und kein Theaterdekor drang in den Ort unserer Begegnung, und die aus ihren Schwingungen entstehende Bühne war nicht beleuchtet; nur das Sprechen der beiden Stimmen eröffnete mir einen winzig kleinen Raum; von ihrer Äußerung angeregt, konnte ich, wenn ich mein Lager verließ und zum Konzert der Dinge um mich herum zurückkehrte, trotz all meiner Angst einfach hören, einfach sehen, einfach berühren, einfach wahrnehmen; ich musste mich vor allem über das Schweigen meines Verstandes nicht mehr ängstigen, den Trugbildern nicht mehr nachtrauern, die mein Geist bisher ausgeworfen hatte, um alles zu überschwemmen, Hirngespinste, die verdeckten statt zu enthüllen und enthüllten statt zu verbergen, um alles, was ich wahrnahm, in die Form der Illusion zu pressen;

ERSTE STIMME

... Das Selbige aber ist zu erkennen, und zugleich der Grund, weshalb eine Erkenntnis seiend ist[25]

ich verbrachte ganze Nächte im sonderbaren Verkehr mit diesen sonderbaren Worten; zwar ließ ein Teil meiner Aufmerksamkeit den Erdboden nicht aus den Augen, aber ganz gegen meinen Willen war ich schon bald abgelenkt, und blieb bei meinem Stelldichein mit den Gedichten in Fragmenten; es fällt mir schwer, Herr, mich genau zu erinnern, an welchem Abend oder in welchem Augenblick jener seltsamen Lektüre ich erstmals im Leben den Eindruck hatte, einfach das *Unverständliche*, ja das *Unerkennbare* ohne Verschleierung und Beiwerk ins Auge zu fassen und dennoch weiterzuleben; jedesmal, wenn ich vor der Grube ein Laubdach zurechtrückte, um mich vor dem Regen oder dem eiskalten Tau zu schützen, und dann zu dem verflixten Büchlein griff, öffnete sich das *Unerkennbare* vor mir und auch tief in mir, wie eine Landschaft ohne Land, ein Territorium ohne Grenze, ebenso leer wie die Wüste und dabei so dicht wie ein Tropenwald; als es mir endlich bewusst wurde, klangen die Verse des alten Dichters und seines Kollegen für mich anders; es war nicht mehr die anfängliche *Äußerung*, sondern eine *Möglichkeit*, befreit von jeder unmittelbaren Realität wie auch ohne erkennbare Ränder; ich konnte sie in meinem Missbehagen erleben, sie erleiden als eine Wahrheit ohne Licht, die keinen Ort hatte, den sie erreichen konnte, und die zu keinem Triumph führte; sie gewährte mir nichts als die Resonanz in meinem Kopf, die Weitung in meiner Brust, den Klang in meinen Ohren, wenn ich die Lippen auch nur zu einem Murmeln bewegte; diese *Möglichkeit* gab mir das Gefühl für mein eigenes Dasein zurück, es war ebenso erfüllt wie alles, was rings um mich mit widerständiger Fülle existierte;

*

am seltsamsten war, Herr, dass der alte Dichter und der Andere aus der gleichen Isolation zu sprechen schienen wie ich; einer sagte, dass die Göttin der Wahrheit oder die Wahrheit selbst Wege wählte, die die Menschen nicht begingen, sich in Ferne und Zurückgezogenheit hielt, in Einsamkeit und Schweigen, und dabei das Unmögliche bewahrte wie eine rettende Planke – und mir kam es vor, als wäre die Insel deren äußerste Spitze; der Andere verband mir dann wieder Licht und Schatten miteinander, das Mögliche und das Unmögliche, belebte die Leere, verflocht das Leben mit dem Tod, schuf ständige Bewegung in dem, was fest erschien, und führte damit etwas wie einen allgemeinen Antrieb ein; Herr, ihrer Anlage nach erschienen sie mir wie ein zerstörter Tempel, von dem nur die glanzvollen Fundamente übrig waren, massiv und geradlinig, aber offen zum weiten Himmel, und wegen ihrer Festigkeit und Offenheit ließen sie jede Erhebung und jedes Bauwerk zu;

*

ich bin nicht versiert in der Kunst der Gedichte, aber mir kommt es vor, Herr, als ob der alte Parmenides begriffen hätte, dass das erhabene Unerkennbare jede Hoffnung ausschloss, jede Möglichkeit lähmte und das Dasein in so große Angst versetzte, dass man sich Hals über Kopf in Wallungen, Illusionen und Trugbilder stürzte und damit alle Möglichkeiten zwang, Ameisen gleich für immer durch das Labyrinth zu irren, zu dem das Leben wurde; der andere, sein Kollege, begab sich dann in dieses Labyrinth und schürfte in ihm Komplexitäten, so dass man an jeder Biegung verwirrende Perspektiven und schöne Horizonte entdecken konnte; hier entstand meine *Äußerung*;

*

noch dieses, Herr: die beiden alten Griechen schienen mir mehr der Zurückhaltung zugeneigt als Ergüssen, mehr dem Schweigen als dem Deklamieren, und die Autorität, die ich in jedem ihrer Fragmente spürte, erschien mir nüchtern und zurückgenommen; als ob das, was sie zu enthüllen suchten, nie ganz zu enthüllen wäre, dass es nie vollkommen zutage treten würde, sondern immer zusammen mit dem Unergründlichen, dem Entzogenen und mit den schwierigen Perspektiven der Schatten; *das Wesen entzieht sich gern unserem Blick;* ich musste diesen Entzug – diese Angst – aushalten, ich durfte nicht aufhören, sie zu spüren und zu erleben; ich musste verstehen, dass diese ursprüngliche Prägung allem Energie und Frische gab, was ich auf diesem Insel-Labyrinth unternehmen würde, das mir nun vollkommen zu Bewusstsein gelangt war;

*

am Ende dieser Nächte der Lektüre konnte ich endgültig den leeren Himmel betrachten, ohne in ihn Götter oder Dämonen hineinzudeuten; ich konnte den Ozean ansehen, ohne ein Segel zu erwarten, und ohne dass mich eine vergebliche Hoffnung überfiel; und ich konnte mich selbst betrachten, wie ich erstarrt war in der aufmerksamen Angst, die sich nur auf sich selbst konzentriert; viele Dinge, die mich zu gewöhnlichen Zeiten bewegten, ließen mich dann in einem unerreichbaren Gleichmut; Zicklein, die ich zwischen Lianen erdrosselt entdeckte, Vogelküken, die von Ratten gefressen wurden; die Hekatomben, die Krabben unter den Schildkröteneiern anrichteten ...; all die Trostlosigkeit rührte nichts in mir auf; das einzige Verstörende waren seltsame Wallungen, die in meinem verlorenen Gedächtnis aufkamen; ich hörte Schreie und Todesröcheln, das Krachen von Eisen und Agonien, die sich hohl klingend ausbreiteten; eine unbekannte Erfahrung wurde in mir deutlicher und in dem Aufruhr, der in mir aufstieg, sah ich rot;

meine Tage wurden immer seltsamer; ich konnte stundenlang nur das Perlmutt einer Muschel betrachten; ich konnte sehr lange das Zittern eines Kohlblattes studieren; einmal entdeckte ich in einem Loch zwischen Wurzeln einen blauen Stein, den ich mir viele Stunden anschaute, darin bestand über einige Wochen meine einzige Tätigkeit; ich wurde zum Begutachter von Rinden, zum Seher des Sandes; was ich bei den Vögeln, Insekten und Früchten entdeckte, erweckte in mir kein Staunen und keine Bewegung des Geistes oder der Seele, es führte zu keinem Nutzen, nur zu dieser Geduld meines Blicks für die unendlichen Einzelheiten; ich fühlte eine Ruhe – diese Angst, die kein Ende nahm; ich vergaß sogar zu trinken und zu essen, doch wenn ich es tat, dann zu einer beliebigen Zeit und an einem beliebigen Ort, wohin mich meine Wanderung gebracht hatte, ich aß etwas Beliebiges, eine Passionsfrucht, zu der sich mein ganzer Körper hinaufstreckte, das Fleisch eines Palmwurms, den Knoten eines Zuckerrohrs;

ich nahm meine Streifzüge über die Insel wieder auf, aber ich suchte nichts; ich begnügte mich, über sie zu laufen wie die Passate; ich konnte eine sehr genaue Geographie verfolgen, die bestimmte Luftströmungen auf die schneidenden Gräser oder auf die stark gezackten Klippen zeichneten; wenn ich plötzlich erschöpft Halt machte, konnte ich mir manchmal Blüten pflücken und sie mir einfach so auf den Schädel oder als Kette um den Hals binden, so dass sie mich mit einer Aureole verschiedener Düfte umgaben; oder aber ich nahm mir die Zeit, aus besonderen Blättern eine Laubhütte zu flechten; so bekam ich vielfarbige, duftende, immer andere Hütten, und ich flüchtete mich in sie wie in einen prunklosen Palast; ich hatte so viele Festungen gebaut, da empfand ich jetzt die Notwendigkeit, diese offenen Laubhütten zu errichten; ihr einziger Zweck war vielleicht, meine ständige Angst zu lindern; die Hütten zu bauen, sie anzusehen, mich in ihnen auszustrecken, entlastete mich ein wenig; häufig hatte ich nicht einmal Lust, darin zu schlafen oder mich auszuruhen; mir genügte, dass sie da waren, und ich verspürte immer den Drang, zu ihnen zurückzukehren, nur um ihnen frische Blüten und Farben zu bringen und sie wieder zu verlassen, hübsch in ihrer Leichtlebigkeit;

mein Blick war so scharf geworden, dass er manchmal an Dingen hängen blieb, die mir zu anderen Zeiten unbedeutend erschienen wären: ein blühender Kaktus, der aus der Fuge eines glühenden Felsens wuchs; die Nuancen des rosa Quarzes in einer Bucht mit schwarzem Sand; kleine, an Stämme geklammerte Krönchen-Pflanzen, die zu ihrer Ernährung zartgrüne Wurzeln in den Wind streckten; tausend Savannenblümchen, ebenso winzig wie die Insekten, welche sie in Massen anzogen; während meiner höchst geduldigen Betrachtungen flocht ich etwas mit meinen neuerdings schöpferischen Händen; ich hängte überall seltsame Gegenstände auf, sie verkündeten nichts als ihre absichtslose Form, ihre Bewegung ohne Ziel, ihren Zugriff auf eine Wahrnehmung, die nichts bewies; der leise Ton, den sie in dem flüchtigen Lufthauch erzeugten, wurde nie zum Beginn einer Musik;

> ZWEITE STIMME
> *Der Herr, dessen Orakel zu Delphi ist, spricht nichts aus und verbirgt nicht, sondern gibt ein Zeichen*[26]

ich streifte mit einer Inbrunst umher, die ich mein ganzes Leben nicht gekannt hatte; wurde überhaupt nicht mehr sesshaft; ich spürte eine Raserei wie die Winde, die Vögel, die Bienen, die Nagetiere, die immer im Flug und in Bewegung sind; was in uns unbeweglich ist, kommt offenbar vom Pflanzlichen, aber auch die fest verwurzelte Pflanze ist ständig unterwegs mit ihren tausend Knospen und kleinen Trieben, die man um ihren Ursprung ausstrahlen sieht ...; *daher kam also die Irrfahrt, Herr, mir wurde die Irrfahrt bewusst!* ... die

Irrfahrt leitet dich, ohne sich zum Führer aufzuwerfen; sie ist die Mutter aller Freiheiten; sie führt nicht zur Entdeckung, sie gewährt sie; sie stößt nicht vorwärts, sie bietet sich an und bietet das Unerwartete; ich war viel unter den Böen des Geistes abgedriftet, aber jetzt driftete ich nicht mehr ab; *die Irrfahrt gehörte jetzt zu meinem Wesen;* mein Körper war unterwegs, mein Geist war unterwegs, nichts leitete mich außer der einfachen Tatsache des Unterwegsseins; mein Dasein folgte einem nicht wahrnehmbaren Strom im Kern der Dinge; und wenn ich an einem Ort blieb, ohne mich zu rühren, kam auch meine Irrfahrt zu einem Halt; sie dauerte auf unerklärliche Weise an; so wurde mein Geist empfänglich für eine grenzenlose *Offenheit*, und, Herr, mir blieb keine Wahl, als unterwegs zu sein;

*

ich verstand die großen Weisen, die unbewegt und in äußerster Isolation zu verharren schienen, scheinbar losgelöst von allem und sich selbst, und offenbar ein Undenkbares ins Auge fassten, das wahrzunehmen sie die Gabe hatten; tatsächlich waren sie rühriger als der Wind, reiselustiger als alle Seeleute Englands und in engerer Verbindung mit dem Kern der Dinge, als es alle Wurzeln der Erde sein konnten;

*

das alles scheint dürftig, Herr, und schwer mitteilbar, aber meine Pflicht ist es eben, darin nicht aufzugeben; ich erlebte eine umherirrende Empfänglichkeit, die sich von Tag zu Tag verstärkte; nichts geschah, doch ereignete sich ein Abenteuer, von dem ich keine Ahnung hatte, mein Verstand war nicht betroffen, noch die Gesundheit meines Gemütes; keinerlei Melancholie trübte mein Auge; da war weder Ordnung noch Unordnung, weder Besitznahme noch Eroberung, weder Gleichgültigkeit noch Überlegenheit; nur ein *Unterwegssein*, das sich empfänglich machte als einziges *a priori*; das ist es, was ich benennen will: eine bedingungslose Freiheit, die mich nicht mehr in irgendetwas einsperrte, sondern mich ohne Grenzen mir selbst schenkte; *ein In-Beziehung-Treten;*

*

meine Geistestätigkeit, meine Ordnung, meine Moral, mein Verstand, manchmal sogar meine ungezügelten Ausbrüche, hatten nur dazu gedient, mich vor dem, was hier war, zu schützen; selbst diese Angst, die als der Ausgangspunkt meiner alten Trugbilder erschien, war offenbar die erste der Täuschungen, um den Blitzstrahl des *Was* abzufangen, den diese Insel darstellte; was ich für meinen Verstand hielt, den ich über so viele Jahre verehrt hatte, aus Furcht, ins Tierische abzugleiten, war selbst ebenso eine Täuschung wie die Trugbilder, die er bekämpfen sollte ...; das alles dachte und wiederholte ich mir, während ich meine langsamen Betrachtungen, meine zwecklosen Schöpfungen, meine pausenlose Irrfahrt fortsetzte; ich heftete den Dingen keine Namen mehr an; ich bemühte mich nicht mehr, etwas wiederzuerkennen, was es auch sei; ich überließ mich ganz dem, was mich umgab in einer *Beziehung*, die mich ihm annäherte, ohne mir etwas klarzumachen, die es mir anbot, ohne ihm je die unabwendbare Undurchdringlichkeit zu nehmen; ich musste mich mit ihr abfinden; die Undurchdringlichkeit bildete den Grundstein für alles, was ich erlebt hatte und weiter auf dieser Insel erleben sollte: ein *Was*;

*

Herr, diese Insel – dieses *Was*, dieses Ding – lag außerhalb der Zeit, war ohne Ereignis, außerhalb der Bewegung der Welt, außerhalb des möglichen Werdens, und doch musste gerade an diesem Ort der Verwirrung und des Seelenleids meine *Beziehung zu mir selbst* und zur Welt in Gang kommen;

*

ich sagte *Was*, um einen Ausdruck für diese Menge nicht auszudrückender Dinge zu finden; um mit ihnen umzugehen; ich musste diese schroffen Realitäten nicht fliehen, sondern sie im Gegenteil geradewegs ins Auge fassen, ihren Glanz erhaschen, die Angst aushalten, das Fehlen jeder Stimme und jeden Wegs hinnehmen; und, immer noch in ihrer Gegenwart und diese Angst ertragend, alles daran setzen, sie nicht zu leugnen, um aus ihr etwas Lebendiges zu schaffen;

*

ich wüsste nicht zu sagen, wann, wie und weshalb ich mich immer noch neben diesem Fußabdruck befand; ich war nicht allein; ich war zugleich nah und fern von allem, was rings um mich existierte, innen und außen, wie in einer Verschmelzung, die die unüberwindliche Fremdheit noch verdeutlichte; Papageien, die stets bei mir blieben, begleiteten meine Schritte; sie saßen auf meinen Schultern oder flogen in meiner Nähe von Ast zu Ast; da war auch der junge Schafbock, der sich nie weit von mir entfernte, aber so tat, als beachtete er mich nicht; ich hatte Hunderte wunderschöne Muscheln, prächtige Basaltstücke, polierte schwarze Rinden, Silikate von tiefem Blau zur Fußspur gebracht; auch kleine Gewirke aus Bambus und Perlmutt ordnete ich um sie herum an, dass sie, wenn der Wind sie bewegte, aneinanderstießen und die Spur mit ihren Klängen bedeckten; von diesem ersten Spiel angeregt, brachte ich aus meinen verlassenen Kisten Mangustenhäute und kleine Kalebassen, mit Sorgfalt band ich sie auf eine bestimmte Weise zusammen, dass sie über einem Bogen aus Bambus im Wind wehende Flügel bildeten; ich legte eine Reihe sehr feiner Perlmuttplättchen darüber, indem diese endlos an einer Schnur wirbelten, fingen sie das Licht so lebhaft ein, als handelte es sich um winzige Spiegel; als die Installation fertig war, begann sie sich beim Morgentau zu rühren, den leisesten Windhauch einzufangen, in den Wirbeln der heißen Winde zu flattern, die Schmetterlinge und viele Libellen anzulocken; zuweilen war der Strand von schönsten Klangeffekten überflutet; mein Werk fing den Wind und das Licht ein, so dass sie sichtbar wurden und mit ihrem klingenden, sehr beweglichen und wandelbaren Stoff den Fußabdruck mit seinem Geheimnis untermalten;

das war keine erhabene Feier, wie ich sie früher in meinem Wahn begangen hatte, ich teilte mit der Spur nur das, was ich liebte; ich dankte ihr für die Erschütterungen, durch die ich mich von dem Idioten gelöst hatte; meine kleinen zwecklosen Schöpfungen (es würde mir schwer fallen, sie zu beschreiben, so sehr entsprangen sie der reinen Inspiration) verwandelten den Strand in einen ungewöhnlichen Ort, der knisterte, klapperte, spiegelte, auf viele unterschiedliche Arten schauerte und sowohl die Pirouetten des Windes als auch die Himmelsbewegungen begleitete; ich beobachtete die Fußspur nicht mehr, um sie zu verstehen oder ihre Herkunft zu erraten; sie war da, in den von Sand umkleideten Ton eingeschrieben; sie hatte kein Alter, keinen Anfang und kein Ende; sie war zweifellos schon da, bevor ich überhaupt auf der Welt war; vielleicht war sie auch aus der Vorgeschichte dieser Welt hierher gefallen und der Vergleich mit der Form eines Fußes entsprang nur meinen armen Sinnen; ich bemühte mich einfach wahrzunehmen, was sie war: eine namenlose Form, hier in der Zeit und auf der Oberfläche der Erde abgesetzt, die ihre Namenlosigkeit in äußerster Unbewegtheit durchlief; ich konnte sie gegenwärtig erleben, sie empfinden und so aus ihr Nahrung beziehen;

ZWEITE STIMME
Die Gesundheit des Menschen spiegelt die der Erde wieder[27]
die Weltzeit ist ein Kind beim Spiel[28]

ich versuchte zu atmen und mich dabei in der Spur vorzustellen, ich als ein Teil von ihr, und sie von mir, ohne eine Geschichte, außer mit ihr in *Beziehung* zu stehen; diese Fußspur eröffnete keinen Anderen als mich; sie eröffnete keine Person, nicht einmal wer weiß welche trügerische *Präsenz*; ich weiß nicht genau, wie ich sagen soll, Herr, und ich weiß, wie wirr das alles klingt, aber es muss einfach so bleiben; die alten Griechen hatten es mich gelehrt: *die Wahrheit des Gesagten liegt in dem, was es über das Unsagbare äußert, indem es etwas von ihm bezeichnet und sein Zeichen trägt;* jede einzelne der zwecklosen Schöpfungen, die ich um sie herum angeordnet hatte, zeigte etwas Unerkennbares, Ungewisses, Undenkbares an, die Werke bezogen aus ihm ihre Bewegungen und Klänge und ihren vergangenen Glanz; die Fußspur hatte aus mir einen *Künstler* gemacht; es erschien mir, als wäre ich offen für ein unendliches Beginnen; Herr, die Fußspur eröffnete etwas Erhabenes, das hier war, gleich neben meinem Geist, und ich musste nun, ohne mir Geschichten zu erzählen, die unendlichen Möglichkeiten spüren und die Beziehung offen halten;

*

schwer zu sagen, ob das meine letzte Geburt war, jedenfalls erhielt ich meinen Geist so lange wie möglich in diesem Zustand; ich verspürte keine Lust zu bauen, zu jagen, diesen Ort zu beherrschen, nur den grenzenlosen Wunsch, dieses *Was* wahrzunehmen, welches mich die natürliche Pracht dieser Insel ahnen ließ, und das in ihr bestand ebenso wie in mir; ich dachte lange, es handelte sich um das Leben selbst, um das Bewusstsein zu leben und am Leben zu sein, aber sogar die Entfaltung dieses Bewusstseins und die großen leidenschaftlichen Eingebungen, die es hervorbrachte, erschienen mir künstlich; dann kehrte ich zur scharfen Wahrnehmung des kaum beschreibbaren Dings zurück, das einmal alle Mächte gespeist hatte, das alle *Präsenzen* antrieb und das nun meinen Geist zwang, auf dem schwierigen Weg der tausend werdenden Möglichkeiten zu bleiben; daher erschien mir alles nicht mehr leer, abwesend oder widerständig, sondern offen, von einer *Offenheit*, welche die fruchtbarste Verzweiflung schenkte, die heiterste Angst, die klarblickendste Freude, die am wenigsten schädliche Illusion, die Verbindung des Lichts mit dem Schatten, des Undenkbaren mit allem, was denkbar ist; das war zweifelsohne die glücklichste Zeit meines Lebens, ein Glück, das ich ohne Gott durchlebte, ohne Teufel, ohne jeden Glauben, der meinen Geist wieder in ein altes Labyrinth hätte schicken können; nichts, außer zuweilen die aufkommende Angst, eine heftige vorübergehenden Übelkeit, das Fest eines schönen Missbehagens, aber sie brachten für mich keine Schrecken, nur das Gefühl eines endlosen Beginnens: ein Ausgangsort, wo ich endlich mit einem nackten, schroffen, äußerst solitären und ebenso solidarischen Bewusstsein alles erschuf, was ich sein konnte;

ZWEITE STIMME
Mehr als sichtbare gilt unsichtbare Harmonie[29]

am Ende von alledem, Herr, war ich in das *Wissen* gefallen, das heißt, bei der angsterfüllten Befragung, was ich auf dieser Insel war, zu der Gewissheit gelangt, dass ich diese Frage bewahren sollte, wie eine unerreichbare Sonne, wie einen *mapian,* so heißen bei den Schwarzen der Plantagen die Wunden, die nie heilen ...;

*

dies alles, um Euch zu sagen, Herr, dass es mich kaum berührte, als ich von der Spitze des Felsvorsprungs die riesigen Segel Eures Schiffes auftauchen sah; ich ging jeden Morgen dorthin, um mir in der Bewegung des Windes Körper und Geist zu öffnen, die Schmetterlinge begleiteten mich, aber auch Ringeltauben und ein Pärchen Wasserhühner, die meine Präsenz wie magnetisch anzog; die Papageien folgten dem gleichen Ritual, auch ein paar Zicklein und zwei, drei Schafböcke, die sich zu meinem querköpfigen Bock gesellt hatten; da war eine Landschildkröte immer zu meiner Linken, sie glich ihr Tempo ohne Mühe meinem langsamen Schritt und meinem gemächlichen Gang an; von dieser Klippe aus vielfarbigen Gesteinsbrocken, die mit Tausenden kleinen Krabben übersät war, sah ich, wie die Segel Eurer Brigg friedlich dahinglitten, in gutem Abstand von der Barriere der Riffe; daraus schloss ich, dass Ihr den Ort hier bereits kanntet; eigentlich ein märchenhafter Anblick für meinen armen Geist; das zu sehen hatte er sich so sehr gewünscht! ... er hatte es so oft in seinen vielen Wahnvorstellungen und fiebrigen Trugbildern heraufbeschworen! ...; aber jetzt war ich es zufrieden, diesen Anblick in der Kreisbewegung des Lichtes zu entdecken, das allen werdenden Kräften Leben spendet;

ich erkannte ohne Mühe das Manöver, Ihr suchtet Euch bestimmt eine geeignete Bucht, um dort ein paar Landungsboote zu Wasser zu lassen; ich war auf meinem Felsvorsprung gut zu sehen; das Gefunkel, das die Sonnenstrahlen in kleinen Blitzen einfing, waren sicher Eure Fernrohre, auf mich gerichtet, um mich auszuspähen; ich setzte in aller Ruhe meine

Zeremonie der Winde fort, begab mich dann in meine kleine Grube, dort schmückte ich mich sorgfältig mit ein paar Halsketten und sehr feinen Tierhäuten, legte mir die Fransen über die Schultern, bedeckte mit ihnen meinen Schädel und parfümierte sie mit Zimt; ich nahm auch meinen grünen Sonnenschirm, ich holte ihn mir jede Woche von einem Baum, dessen Blätter genau die richtige Form hatten, dann ging ich in Richtung des Strandes, an dem Eure Boote bestimmt landen würden;

ich war weder gerührt noch erschrocken noch ungeduldig, Menschen gegenüberzutreten; war getragen von einer weder frommen noch verwirrenden Lebensfülle, die nur voll ihrer selbst ist, rund und mächtig, unerschütterlich, und sie begleitete nun bei mir, Herr, jedes Erscheinen der Schönheit; am Ende der fünfundzwanzig Jahre dieses stillstehenden Abenteuers schloss sich für mich mit Euch der Kreis einer unermesslich großen Begegnung ...

Tagebuch des Kapitäns

26. September – Im Jahre des Heils 1659 – Wir haben ihn gesehen. Meine Eingebung hatte mich nicht getäuscht. Es geschah heute bei Morgengrauen, das Schiff segelte die Küste entlang in Richtung der kleinen Bucht, wo ich schon vor zwölf Jahren angelegt hatte. Die Rückkehr zu diesen Inseln ist ein Abenteuer, das ich gerne wage. Viele von ihnen habe ich mit Hühnern, Schweinen, manchmal sogar unabsichtlich mit Ratten besamt, und es war immer erstaunlich, wie wir sie in Scharen bei unseren weiteren Reisen erbeuten konnten, als besäßen diese Inselchen die Fähigkeit, jegliches ihnen anvertraute Lebewesen nach Belieben zu vermehren. Das versetzte uns in die Lage, die verlassenen Eilande auf sehr günstige Weise für unseren Nachschub mit Fleisch zu befruchten. Wir, die aus dem alten Europa stammten, verwandelten sie in wilde Gärten und Ställe natürlicher Viehzucht. Aber diesmal war es anders und mein Herz schlug schneller. Was ich im Rund meines Fernrohrs suchte, war ein Mensch. Am Ende sah ich ihn.

Es war der Quartiersoffizier, der ihn von oben aus dem Mastkorb entdeckte, und er ließ mich rufen, um seinen Eindruck zu bestätigen. Der Offizier hatte recht. Es war der Gesuchte. Noch am Leben. Ich war erstaunt über seine Erscheinung. Der Schädel war mit langen Fransen bedeckt, wie bei einem Pharao. Der Bart war ebenfalls schön geflochten und bedeckte die Brust. Die Kleidung bestand aus Tierhäuten, gut gekämmt, gut geschnitten, und nach der Sitte des Volkes seiner Heimat zusammengenäht. Die Haut war buchstäblich von der Sonne gegerbt, sie umspannte eisenharte, schmale und langgliedrige Muskeln. Die Gesichtszüge, die ich mit dem Fernrohr prüfte, bestätigten mir, dass er es war. Es berührte mich mehr, als ich gedacht hätte.

Ich ließ die Manöver der Annäherung und des Ankerwerfens vor der kleinen Bucht beschleunigen. Dann sandte ich ihm eilig Boote entgegen. Die Männer auf ihnen waren bewaffnet, denn sehr häufig haben Überlebende, wenn man sie auf einer einsamen Insel wiederfindet, den Verstand verloren und gebärden sich gefährlich. Nach dem militärisch ausgeführten Landevorgang betraten unsere Leute das Ufer unter dem Feuerschutz von einer Bombarde und zwei zwölf-Zentimeter-Geschützen.

Aber der Gerettete kam unseren Leuten majestätisch und gemessen entgegen, mit einer inneren Heiterkeit, als wäre er einer der Weisen vom Ufer des Nils zur Zeit der Pyramiden, bei denen, wie es heißt, die Griechen studiert haben. Ich begab mich unverzüglich zum Trupp der Gelandeten, aus Neugierde, wie er reagieren würde, wenn er mich wiedersah. Er erkannte mich nicht. Er erkannte nichts. Er war glücklich uns zu sehen, Menschen zu sehen, doch all die Jahre schienen ihm nicht über die Maßen zugesetzt zu haben. Er sagte nur, er habe fast fünfundzwanzig Jahre hier gelebt. Dieser Irrtum war noch hinzunehmen, in derartiger Einsamkeit spielt einem die Zeit leicht einen Streich. Er war erst seit zwölf Jahren hier. Seltsam war aber, er schenkte uns Zierwerk mit Blumen sowie klingende Basteleien, die er selbst fabriziert hatte, und mit denen er offenbar ein feierliches Zeremoniell aufführte.

Ich ließ ihn an Bord bringen und empfing ihn in meiner Kabine, zusammen mit dem Bordchirurgen, dem ich die Angelegenheit vorher erklärt hatte. Wir bewirteten ihn mit ein wenig spanischem Wein, Schiffszwieback, dazu einigen Streifen frischen Fleisches, sowie einem Topf roter Bohnen mit Kabeljau. Ich hatte den Tisch mit Besteck, Silber und einem schönen Leuchter decken lassen. Er hatte nichts von den Tischmanieren vergessen, aber er sprach sehr laut wie Menschen, an denen die Einsamkeit zu lange gezehrt hat. Er sprach mich mit »Herr« an, nicht wegen meines Ranges, sondern weil er mich als den Vertreter der Welt sah, die er verloren hatte. Mein Gesicht, meine Stimme rührten nichts in ihm an. Da wurde mir klar, dass er sein Gedächtnis vollständig verloren hatte. Er war wiederzuerkennen, aber nicht mehr der Mensch, den ich vor zwölf Jahren an diesen Ufern zurückließ.

Sein Bericht über seinen Aufenthalt auf der Insel versetzte mich in Erstaunen. Ein ununterbrochener geistiger Sturm, nahe am Irrereden, ein stillstehendes Abenteuer, verschlungen wie ein Labyrinth, durch das er geirrt war. Er behauptete, er habe das Labyrinth zu überwinden gelernt, das habe den Mann aus ihm gemacht, den wir vor uns hatten: ein Mann des Wissens. *Ich bin,* wiederholte er, *ein Mann des Wissens.* Er redete pausenlos, reihte Sprüche und Ereignisse aneinander, seine Rede bewegte sich in einer Spirale, wie man es von der traditionellen Erzählkunst der Griots in den Dörfern des Negerlands kennt. Im übrigen, wie er sagte, erzählte er nicht, er versuchte eher, vor uns und mit uns zu »begreifen«, was er erlebt hatte und wer er geworden war.

Ich war sehr verblüfft und musterte ihn voller Zuneigung. Er hatte nichts mehr mit dem kleinen Schiffsjungen von den Dogon gemeinsam, wie ich ihn während meiner Jugend beim Handel an der afrikanischen Küste aufgelesen hatte, der im Koran und in den ägyptischen Texten gebildet und fast in allem geschickt war. Der Junge hatte mit mir mehrere Reisen zwischen den alten Welten und der Neuen Welt unternommen. Damals hieß er Ogomtemmêli, er entstammte einer alten Familie hochgebildeter Jäger, aber ich wusste nie mit Sicherheit, ob das wirklich sein Name war. Er wurde dann ein richtiger Seemann, sehr fähig in allem, sowohl in der Navigation wie mit seinen langen schmalen Händen. Ich habe ihm alles beigebracht, was ich wusste, und er hat mich ebenso vieles gelehrt. Bis zu dem Tag, als die Trosse ihm den Schädel zerschmetterte, er überlebte, doch er trug eine so schwere Geistesstörung davon, dass er nicht mehr wusste, wer er war und was er auf dem Schiff sollte. Das Schlimmste war, er benahm sich wie ein Verrückter, bis zum reinen Wahnsinn, seine Ausbrüche versetzten die Mannschaft in Furcht und wir liefen Gefahr, den Bösen Blick auf uns zu lenken. Als letzten Ausweg, und da ich nicht wusste, wohin mit ihm, ließ ich ihn zusammen mit unserer damaligen Ladung im Schiffsbauch anketten, was uns von ihm befreite, ihm aber offensichtlich vollends den Verstand ruinierte. Er ertrug es nicht, die vielen im Laderaum gelagerten Gefangenen zu sehen, und die Leichen, die wir im Laufe unserer Überfahrt zum Neuen Kontinent jeden Morgen ins Wasser warfen. Dabei hatten wir zuvor diesen Handel ein- oder zweimal vor der Küste von Guinea gemeinsam geführt, ohne dass ihm das etwas ausgemacht hätte. Aber sein im Schiffsbauch noch verschlimmerter Wahnsinn führte dazu, dass er sich immer mehr darüber aufregte und sich in einer Art und Weise aufführte, dass die Sicherheit auf dem Schiff nicht mehr garantiert war. Da sich in der Mannschaft der Groll gegen ihn weiter ausbreitete, beschloss ich, ihn auf einer einsamen Insel auszusetzen, wie es gewöhnlich mit tobenden, ansteckenden oder von Dämonen besessenen Gefangenen geschah.

Damit das ohne Schwierigkeiten vonstatten ging, ließ ich ihn im Morgengrauen betäuben. Wir hatten um eine Insel manövriert, die wir unter großen Risiken hatten suchen müssen, da es in der Gegend von hochgefährlichen Riffen wimmelte. Ein Beiboot übernahm ihn, um ihn auf den Strand dieser kleinen Bucht zu werfen, dort lag bereits eine Fregatte, deren Schiffbruch wohl schon lange Zeit zurücklag. Mir war eng ums Herz, aber ich hoffte, dass er überleben würde. Er hatte die Fähigkeiten, aber vor allem den nötigen Mut. Ich hatte viele Schwarze, Matrosen oder Gefangene, kennengelernt, die aus tausend Gründen auf diese Weise an Land gebracht wurden, und die sich am Ende mit den Wilden eingelassen hatten, so dass aus ihnen sogar echte schwarze Kannibalen wurden. Zu seiner Hilfe hatte ich ihm mein Gehänge um die Hüften binden lassen, darauf war mein Name graviert, auch einen schönen Säbel und ein Fässchen mit ein paar Lebensmitteln hatte ich ihm mitgegeben. Es rührte mich, als ich hörte, welchen Gebrauch er von dem Namen gemacht hatte.

Das Boot konnte unglücklicherweise nicht landen. Wir hatten nicht den richtigen Winkel gewählt. Die Matrosen beschlossen, ihn ein paar Kabellängen vor der Bucht über Bord zu werfen, sie hatten ihn auf das Fässchen gebunden und darauf geachtet, dass die Strömung ihn ans Ufer trieb. Es glückte, wir konnten uns durch unser Glas davon überzeugen, während wir uns von den lebensgefährlichen Riffen entfernten. Wir nahmen dann wieder Kurs auf Brasilien, wo mich meine Plantage erwartete, und schließlich vergaß ich diesen Sohn, diesen guten Freund, diesen Bruder.

All diese Jahre gingen vorbei, und ich dachte nie daran. Aber die Durchfahrt hier ganz in der Nähe brachte mir die Erinnerung und die Zuneigung wieder zurück, die ich für diesen Geretteten einmal empfunden hatte. Wir hörten ihm die ganze Nacht zu, verstanden wahrlich nicht alles, was er über seine vielen Geburten in der Einsamkeit dieses verlassenen Eilandes sagte: Er war davon überzeugt, das Abenteuer einer vollständigen Verwandlung erlebt zu haben. Das war nicht mehr der liebe kleine Kerl, den ich gekannt hatte, sondern ein Mann von großer Gelassenheit, von frohem Ernst, der auch lachen konnte. Schon sein Blick war zwingend und eindringlich, er stellte einen schlagartig bloß. Ich hatte nicht den Mut, diesem Mann ins Gedächtnis zurückzurufen, wer er gewesen war, und erst recht nicht jenes traurige Ereignis, das uns auf tragische Weise getrennt hatte. Daher verschwieg ich ihm meinen Namen. Zum Schluss zeigte er uns das Büchlein, das ihm so viel geholfen hatte, ein kleines, schwarzes, zerfetztes Ding, vollgeschrieben mit halb verblassten Fragmenten. Manche waren mit einer fast unleserlichen, zerquälten, manchmal sogar wirren Schrift abgeschrieben. Der Chirurg, der sich mit seiner Belesenheit brüstet, glaubte darin zwei alte Philosophen aus der Frühzeit Griechenlands zu erkennen, Parmenides und, da war er sicher, Heraklit. Es wunderte ihn, dass derart dunkle Texte einem Menschen beim Überleben geholfen haben sollten. Darauf antwortete der Mann des Wissens sehr geheimnisvoll, im Inneren des tiefsten Dunkels befinde sich das Licht, Schatten und Licht bildeten eine vollkommene Sphäre.

Am Morgen drängte ich ihn zu bleiben, doch er weigerte sich, wie er auch alle unsere Geschenke verweigerte. Er verkündete in seinem Mischmasch aus mehreren Sprachen und mit seinem seltsamen Akzent, diese Insel sei sein Zuhause, an diesem Ort sei er im Herzen seiner selbst und der Welt, sowie an allen Orten der Welt zugleich. Darin erkannte ich Reste des Wahns.

Die Situation verschlechterte sich, als die Schreie aus dem Schiffsbauch zu uns heraufdrangen. Die Gefangenen wurden wieder von einer kollektiven Tobsucht erfasst, das ist nie vorherzusehen. Es rief bei ihm wohl Erinnerungen wach. Ein Blitz loderte in seinen Augen. Er blickte uns unverwandt an, kniff uns in den Arm, sah dann seine eigene Haut, die freilich sonnenverbrannt, von einer sehr dunklen Färbung war, das schien er jetzt erst zu entdecken. Es versetzte ihn in eine völlige Gefühlsverwirrung. Er begann, in seiner alten Sprache zu reden, vielleicht sogar ohne zu verstehen, was er sagte. Er schoss zur Kabine hinaus, stürzte brüllend auf die Brücke und verlangte, man solle den Laderaum öffnen. Er wollte diese Gefangenen befreien und auf seine Insel mitnehmen.

Der Mannschaft gelang es nicht, ihn niederzuringen. Er hatte außergewöhnliche Kräfte und leistete so hartnäckig Widerstand, dass wir ihn aus der Entfernung erschießen mussten. Ich war über diesen Zwischenfall sehr traurig. Ich ließ ihm die letzte Ehre erweisen, in ein Leichentuch von unserem Schiff gebettet, wurde über ihn das Totengebet gesprochen. Dann nahm ich mir die Zeit, ihn etwas entfernt vom Ufer in einer Schlucht beerdigen zu lassen. Durch seine Erzählungen neugierig geworden, begab ich mich in Begleitung des Chirurgen auf eine kleine Tour über die Insel, um etwas von dem wiederzufinden, was er uns anvertraut hatte. Die Insel schien unberührt, weder Felder, noch Kanäle, noch Mühlen, nicht das kleinste Vorratslager oder die geringste bewohnbare Höhle. Ich fand keinerlei Spur von menschlichem Leben, das sich angeblich hier all die Jahre abgekämpft hatte. Es war nur eine Insel der verlorenen Zeiten und unerschütterlichen Ewigkeiten. Was den Fußabdruck betraf, so konnten wir ihn nirgendwo entdecken.

*

Im Jahre des Heils 1659.
Ich weiß kein genaues Datum mehr.
Ich schreibe nach all den Wochen wieder in mein Tagebuch.

Wir entfernten uns von dieser Insel ohne zu wissen, dass ein Sturm mit hohem Seegang aufziehen und der Ozean uns in eine Abdrift reißen würde, zu einem Schiffbruch, dessen einziger Überlebender ich sein sollte. Ich wusste nicht, dass ich nun dasselbe würde durchleben müssen, was mein armes Opfer kurz vor mir erlebt hatte, gleichsam wie eine Vorahnung und sogar schon unter meinem Namen.

Nun, da ich mich in seiner Lage befinde, einsam auf eine ähnliche Insel wie die seine verschlagen, sollen meine ersten Worte, mit denen ich mein Tagebuch weiterführe, ihm gelten. Sie sollen ihn um Verzeihung bitten, aber auch mein Überleben unter das Zeichen seiner eigenartigen Erfahrung stellen. Ich bete zum Himmel, dass seine Erfahrung mich unterstützen und mir beim Überleben helfen möge ... aber das ist eine ganz andere Geschichte ...

*

»30. September 1659. Ich, der arme unglückliche Robinson Crusoe, habe während eines fürchterlichen Sturms auf hoher See Schiffbruch erlitten und wurde an die Küste dieses trostlosen, unglückseligen Eilandes verschlagen, das ich die ›Insel der Verzweiflung‹ getauft habe. Ich bin als einziger von der ganzen Schiffsbesatzung dem Ertrinken entronnen, wäre aber auch selber fast umgekommen.« [30]

Dieses Tagebuch wurde in den Koffern des schiffbrüchigen Kapitäns, eines Sklavenhändlers an der Guineaküste, gefunden. Er wurde erst nach dreißig Jahren gerettet und sollte sein unglaubliches Abenteuer auf dieser verlassenen Insel Amerikas erzählen.

La Favorite, März 2008 bis Juli 2010.

Aus der Werkstatt

Anmerkungen des Autors

Das wunderbare Buch von Daniel Defoe (1719) wieder lesen. Es lag offen in meinem Gedächtnis wie ein Licht. Lebensstoff der Kindheit. Träume. Das Buch hat mich tief geprägt, wie Millionen Kinder auf der Welt. Ich habe mich tausendmal auf die einsame Insel versetzt. Und ich wusste, früher oder später würde ich etwas damit anfangen.

*

Defoe entfaltet eine unschuldige narrative Energie, er erzählt einfach und es funktioniert, ich beneide ihn um diese Unschuld der früheren Jahrhunderte. Man kann das noch lesen, aber nicht mehr so schreiben.

*

Defoes Robinson zivilisiert sich, indem er die Insel zivilisiert. Michel Tourniers[31] Robinson humanisiert sich, indem er die Insel humanisiert.

Nur die Humanisierung wäre fortzusetzen. An dieser Stelle schürfen.

*

Die »Robinson-Situation« ist ein Archetyp der Individuation, deshalb wird sie für uns immer faszinierend und unerschöpflich bleiben.

*

Die Fiktion bei Defoe sucht den Wahrheitseffekt. Die Einzelheit. Die Erzählung. Die Wahrscheinlichkeit. Die Realität begleitet die Fiktion als stillschweigender Kontrapunkt. Man glaubt alles, das ist ihr Zweck. Aber jenseits der Wahrscheinlichkeit, und ihr zutrotz, schafft Defoe ein Übermaß, dieses strahlt der Roman aus. Vielleicht ist es das wichtigste Kennzeichen eines Romans, unabhängig von seiner Epoche: *ein Übermaß – was die Realität nicht einlösen kann.*

*

Der Robinson von Tournier ist bewundernswert und eindrucksvoll. Er erforscht die ergiebige »Robinson-Situation« bis in die Tiefe, ihm entgeht nicht der kleinste Winkel. Seine Fiktion hält bereits Abstand, er spaltet sie auf, entfernt sich von der Erzählung, um die Momente zu vertiefen, die Zeit zu befragen, den Raum auszuleuchten und anzudeuten, was vom Stoff des Menschlichen nicht sagbar ist ... Sein Übermaß erscheint als schön abgerundete Sphäre, man hat zunächst den Eindruck, nichts mehr hinzufügen zu können. Höchstens vielleicht ein wenig Schwindelgefühl, ein paar Brechungen, ein paar wenige Verzerrungen ...

Am Ende werde ich mein Leben damit verbracht haben, Einfälle aus meiner Kindheit niederzuschreiben. Man braucht manchmal das ganze Leben, um seine Kindheit zu verstehen.

*

Das Schreiben forscht, man muss es schürfen lassen, muss es dem Zufall der Situation überlassen, begierig sein auf das, was es an Unerwartetem bringt. Man muss das Schreiben feiern, wenn es Unerwartetes zutage fördert, man sollte es darauf abrichten, es ist die Freiheit zu glücklichen Treffern – besonders, wenn es unverhoffte Erweiterungen im Kern sehr kleiner unbedeutender Dinge sind.

*

Große Räume in den unbedeutenden und unbewegten Dingen eröffnen. Nach dem trachten, was nur das Schreiben von der Realität und dem Menschsein wissen kann. Dann bricht das Erzählen aus in das *begreifende Ergriffensein*, von dem Glissant spricht.

*

Es macht Spaß, der Situation kleinste Verzerrungen zuzufügen, die Freude besteht darin, dass sie Wellen winziger Veränderungen auslösen. Das Irreale darf kaum spürbar, das Fantastische nicht mehr als ein Hauch sein. Hier würde zu viel Irrealität paradoxerweise nur die Realität zurückbringen. Mir gefällt die Idee der Zwischenräume ...

*

Der Strichpunkt hat sich mir aufgedrängt, ich weiß nicht weshalb, vielleicht mit der Idee des Bewusstseinsstroms, der Gemütsschwankungen, des sprachlosen Begreifens. Er ist nicht der Strichpunkt Flauberts.

*

Die Situation Robinsons ist in ihrer Existenzialität besonders wertvoll. Es geht um Individuation, um die Herausbildung der Persönlichkeit, daher befasst sie sich mit dem Beginn, mit dem Ursprung, oder vielmehr mit der Rückkehr zum Ursprung, nachdem die Realität alle ihre Horizonte und Ressourcen erschöpft hat. Sie ist heute für uns von Bedeutung, angesichts des Hereinbrechens der Welt mit ihren Totalitäten.

*

Das Individuum hat immer Clans, Horden, Stämme, Nationen und Zivilisationen herausgefordert. Die großen Leistungen und die Irrsinnstaten des Individuums waren Anlass für die Entstehung des Kollektivs. Alle Gemeinschaften haben die unberechenbare, bedrohliche Entwicklung des Individuums zu gängeln gesucht. Jede Erweiterung der Menschlichkeit verbessert die Lage des Individuums. Alle Helden (oder Halunken) sind Einzelne, von denen die Gemeinschaften abgestoßen oder fasziniert sind. Defoes Robinson faszinierte, weil er alles aus sich selbst heraus neu bedachte und zuwege brachte – der heimliche Traum von uns allen ... eine Herausforderung für heute.

*

Defoe und Tournier: sich hineindrängen, zwischen diese zwei Massen des Lichts. Den Zwischenraum finden.

*

Der Strichpunkt schmuggelt Energie ein. Das habe ich entdeckt. Wie ein cooler Schleuser, dabei hat die schöngeistige Literatur in ihm immer den kleinen Telegrafisten der Nuance gesehen. Irrtum.

*

Alles Lebendige lehrt uns: kein Dasein ohne ständige Versuche mit den unendlich vielen Möglichkeiten. Die Ausstrahlung einer *Präsenz* (ein Daseinsfunke) geht ebenso sehr von den Möglichkeiten aus, die sie verwirklicht, wie von Möglichkeiten, die in der Strahlung selbst entstehen und Teil ihres Glanzes sind, ohne doch von ihr angeregt worden zu sein.

*

Wenn es mir nicht gelingt, mich im Austausch zu verändern, dann versteinere ich, das heißt, ich verfälsche mich. Ohne die Idee der Beziehung verlieren wir das Lebendige. Bei Heraklit verändert sich der Badende im Fluss ebenso wie das Wasser, in das er taucht, daher die grundsätzliche Unmöglichkeit, zweimal dasselbe Bad zu nehmen.

*

»... In manchem Gespräch hatte ich ihnen von meinen zwei Reisen an die Küste von Guinea erzählt, vom Handel mit den Schwarzen und wie leicht es sei, an dieser Küste im Tausch gegen Kleinigkeiten wie Glasperlen, Spielzeug, Messer, Scheren, Beile, Glasstücke und dergleichen nicht nur Goldstaub, guinesisches Getreide, Elefantenzähne usw. einzuhandeln, sondern auch viele Neger zur Sklavenarbeit in Brasilien.« [32]

Traurig, Defoes Robinson war ein Sklavenhändler.

*

Hier findet das Abenteuer im Inneren statt, geistig, als würde es still stehen, so gärt die Erzählung in sich selbst weiter, in Zuständen des Ergriffenseins von der Wahrnehmung, das Schwierige daran ist, sie in kleinen Blasen zerplatzen zu lassen, die ein Ereignis bilden, Lichtblasen.

*

Defoes vergilbte Wendungen, die alten Sprachklischees, sie wieder zusammen zu bringen, gibt dem Text eine altertümliche Färbung, die ich liebe, wie ein Stück altes Fleisch. Aber ich liebe auch die Verfremdung, die daraus entsteht, dass mein Robinson wie heute denkt und spricht. Die Insel liegt in einer Zusammenballung der Zeiten. Wichtig ist, die existenzielle Situation auf unsere heutigen Herausforderungen zu beziehen, alles übrige ist schon ausgeschöpft, und in schönster Weise.

*

Mir gefällt es, die Begebenheiten von Defoe und Tournier zu übernehmen, sie auf meine Art in einem Palimpsest übereinanderzulegen. Das Ausgangsbild ist ganz im Hintergrund, machtvoll und schön, während ich es bearbeite, verblasst es allmählich und etwas anderes tritt in den Vordergrund, als Erweiterung, als eine neu freigelegte Möglichkeit ... Die Hintergrundmusik bleibt.

*

Hier ist das »Ich« eine Herde.

*

Nicht mehr erzählen, sondern Möglichkeiten in die Wege leiten. Die Begebenheiten zerplatzen lassen in Blasen der Wahrnehmung.

*

Auf die Geschichte verzichten und Möglichkeiten aussäen, ohne Ende.

*

Das Buch Seiner Hoheit, *Contre la philosophie,*[33] kommt gerade zur rechten Zeit und gibt mir viele Anregungen. Es schleudert uns zurück zur ursprünglichen Unmöglichkeit. Er wirft uns auf unsere fundamentale Ohnmacht. Deshalb schreckt es auf. Für mich bestätigt das Buch den Weg, den mein Robinson zurücklegt.

*

Wir kehren zum Beginn des Denkens zurück, aber auch zum Beginn der Kunst. Der Ursprung ist modern, viel mehr noch: er geht uns voraus, wie Edgar Morin sagt, und übrigens Heidegger auch. Es ist wahr, dass alles Leben, alle Kunst nur etwas taugen, insofern sie sich auf das anfängliche Undenkbare beziehen. Der erste Bewusstseinsfunke war getrübt vom Unwissen über das Bestehende und von der erschreckenden Absurdität des Todes. Das schwingt untergründig immer mit bei jedem Versuch, die Realität mit Magie oder Religion zu beherrschen, die Realität zu denken oder zu ästhetisieren. Hier geschieht das wirkliche Abenteuer. Dies ist der Fußabdruck.

*

Seine Hoheit macht aus dem Philosophen einen Künstler, und zu Recht, der Künstler steht am Beginn und am Ende.

*

Das *Sein* als »ohnmächtige« Macht. Schade, ein negativer Beiklang für eine derartige Fülle. Ich habe das Wort »widerständig« gewählt, aber eigentlich ist es nicht besser. Das »da ist« von Parmenides bleibt die beste Lösung: unbestimmte Neutralität.

*

»Das ewige Schweigen dieser unendlichen Räume lässt mich schaudern.« Blaise Pascal. Ein schöner Honigtropfen für mein Buch.

*

Das Undenkbare erwägen. Hier ist der Ausgangspunkt jeden Glaubens, jeden Denkens, jeder Kunst, jeden Schreibens, es ist auch der nie ruhende, bebende Punkt des nicht endenden Forschens, und der Anstoß, durch den das Bewusstsein seine Wanderung ins Zentrum des Geistes unternimmt ...

*

Seine Hoheit sandte mir diese wertvolle Mahnung von Pascal: *Wenn ich die Verblendung und das Elend des Menschen sehe, wenn ich bedenke, wie das ganze Weltall stumm ist und der Mensch ohne Erkenntnisvermögen sich selbst überlassen bleibt und sich in diesen Winkel des Weltalls gleichsam verirrt hat, ohne zu wissen, wer ihn dahin gebracht hat, wozu er dorthin gekommen ist, was aus ihm nach seinem Tode wird, so gerate ich, jeglicher Erkenntnis unfähig, in Schrecken wie ein Mensch, den man schlafend auf eine wüste und grauenerregende Insel gebracht hätte und der erwachte, ohne sich zurechtzufinden und ohne eine Möglichkeit, von dort wegzukommen. Und darauf erstaune ich, wie man denn angesichts eines solch elenden Zustands nicht in Verzweiflung gerät. Ich sehe andere Menschen in meiner Umgebung, die eine ähnliche Wesensart haben. Ich frage sie, ob sie besser als ich unterrichtet seien. Sie antworten mir mit nein, und darauf haben diese jämmerlich Verirrten sich umgesehen und ein paar angenehme Dinge entdeckt, und sie haben sich ihnen ergeben und sie ins Herz geschlossen. Was nun mich betrifft, so konnte ich eine derartige Bindung nicht eingehen, und da ich bedachte, wieviel mehr äußeren Schein als etwas anderes es in dem, was ich sehe, gibt, habe ich geprüft, ob dieser Gott nicht ir-*

gendein Zeichen seiner selbst hinterlassen hätte.[34] – Ein schöner Tropfen Campeche-Honig. Pascal ist ein Mensch.

*

Mein Robinson führt mich wieder zu Derek Walcott und Saint-John Perse. Es ist immer erstaunlich, wie das Schreiben nach Büchern ruft, Bücher weckt, ganze Bibliotheken aufleben lässt, sich in bereits bestehenden Schichten wiederfindet, die von dem neuen Bewusstsein mit einem Schlaglicht erhellt werden zu einem erstaunten Neuanfang. Die *Sentimenthek!* Tatsächlich führt uns jeder Vorstoß des Bewusstseins zurück in die glücklichen Tage des Beginns, das ist gewiss ...

*

Jedem heranreifenden Bewusstsein helfen zu Beginn die Sentimentheken.

*

Der Ort des Künftigen liegt unberührt im Ursprung.

*

Immer viel zu viele Worte, man muss Stunden, Tage damit verbringen, den Text zu lesen und wieder zu lesen, um das Wort zu finden, das zu viel ist, jedes abgeschlagene Wort stellt eine Trophäe dar; manchmal macht es den Satz trocken und, wenn die Natürlichkeit glücklich zurückgekehrt ist, gewinnen die Wörter wieder an Kraft ... Die Musik hat das letzte Wort.

*

Seltsam, der Strichpunkt hält nicht auf, er beschleunigt, manchmal bleibt er in der Schwebe, um dann doch weiterzustürzen. Seife.

*

Variation auf Robinson – der Gedanke gefällt mir sehr, jede Nachschöpfung gewissermaßen eine Variation des Themas. Der gleiche Wurf zum Horizont, und auf dem alten Fundament des Tempels entstehen Kathedralen ...

Ich mag das Unmögliche: ein Abenteuer im Stillstand, Defoe und Stevenson würde es zur Verzweiflung treiben. Es ist kein Verzicht auf die »story«, auf die Erzählung, sondern der Verzicht auf das naive Erzählen, auf eine Erzählung, die an sich selbst glaubt, die sich selbst ernst nimmt und sich dabei zusieht, wie sie den Wahrheitseffekten folgt. Das Wichtige ist die Situation, sie ist unendlich zu erforschen in ihrem Unsagbaren, Undenkbaren, Unmöglichen ... Anstelle der Erzählung ein »Sagen«, welches *begreift*, überrascht und sich selbst überrascht, große Stücke der Realität zerlegt, ins Kleine strebt, ein »Sagen«, welches das Unbedeutende auseinandersprengt, welches sucht, innehält, auf sich selbst verzichtet, und sich so erneuert ...

*

... eigentlich hatte ich mich während der zwanzig Jahre nicht an mein Menschsein geklammert, sondern mich schlicht in meine Trugbilder und meinen Körper verschanzt, als Festung aus Fleisch und Insel des Verstandes in diesem Insel-Gefängnis; – gestrichen.

*

Robinsons Situation ist von schöner Modernität: Er hat sich ganz individuell neu zu erfinden. Das musste wohl die Fantasien all jener Individuen bereichern, die in das Korsett der Gemeinschaften, der Kulturen und Zivilisationen gezwängt waren. Robinson reflektierte bereits die heutige Vereinzelung und ihre Problematik. Die Frage bleibt, wie man sich ohne die Krücke der Gemeinschaft und der Zivilisationsstandards selbst erfinden kann.

*

In der Tat ist es die voll entfaltete Individualität, die für eine erweiterte und neue Solidarität offen sein lässt. Die Fülle der Individualität macht offen *für die Beziehung.* Der Egoismus, das Unsolidarische, das Jeder-für-sich ist in Wirklichkeit eine Krankheit der Individuation, die durch den Kapitalismus noch verschlimmert wird.

*

Zuweilen gehe ich ins Detail wie Defoe. Ich füge nur etwas Unnützes und Unbedeutendes hinzu, wenn man dies auf die

Spitze treibt, spürt man sofort, dass das Detail zu zittern anfängt wie ein neuer Horizont.

*

Das Fehlen der anderen beeinträchtigt die Bewusstseinszustände, es verflacht sie oder stürzt sie in unendliche Trugbilder. Ein Teil des Bewusstseins baut sich mit den anderen auf oder gerade durch ihre Abwesenheit. Hingegen ist der Andere wie ein hereinbrechender Zyklon, eine Panik, welche die glücklich vereinbarten Strukturen oder die Idee, die man sich von den anderen macht, ins Wanken bringt. Der Andere im Extrem ist das Undenkbare.

*

Die Frage der anderen ist weniger bestimmend für uns als die des Anderen.

*

Mein Robinson hat keine Bibel, aber das Gedicht von Parmenides und die Fragmente von Heraklit. Ich hatte immer gedacht, auf eine einsame Insel würde ich ebenfalls die Bibel mitnehmen, aber die Idee des Parmenidischen Gedichts, diese kleine dunkle Sonne, die uns vor ein widerständiges *Sein* hinstellt; und dazu mein geschätzter Heraklit, der nicht aufhört, die Realität immer komplexer zu gestalten, die Gegensätze zusammenzufügen, die Feindschaften im Feuer zu vereinigen, und der alles in ein ständiges Werden versetzt: beide zusammen scheinen mir einen unerschöpflichen Ort zu bilden, der einen in hundert Jahren Einsamkeit beschäftigen kann.

*

Parmenides, Heraklit, Perse, Glissant, Césaire, Walcott, Faulkner ... alle sind sie schattig und dunkel. Die Transparenz eröffnet nur den Gedanken einer Wahrheit des totalen Lichts ... rasch widerlegt von den finsteren Scherben der Realität.

Heraklit hätte das gefallen: die grenzenlose Einsamkeit, die eine unhierarchische Beziehung zu einer ganzen Insel eröffnet, zu einem Kontinent und zur gesamten Welt, dieser Rückzug von den Menschen, der für alle Menschen offen sein lässt, und damit für die Notwendigkeit einer Beziehung zu ihnen, die so schön wie möglich sein soll. Die Bindung liegt in der Einsamkeit. In der Einsamkeit liegt höchste Nähe.

*

Das Schlimmste an der Isolierung ist, wenn keine Einsamkeit möglich ist.

*

all meine Aufwallungen, meine angeblichen Entdeckungen, meine vielerlei Überlegungen und Gefühle haben nur dieses »Ding« verdeckt, das ich nun vor mir hatte und zugleich mit Grauen in meinem tiefsten Inneren entdeckte ... – gestrichen.

*

Es gibt keine Realität, es gibt nur das Imaginäre. Deshalb ist Kunst so wichtig: Sie erfindet die Realität und speist das Imaginäre der Menschen, holt sie aus den Versteinerungen, die sie für Realitäten halten.

*

Dieses schöne Nietzsche-Zitat fand ich zu meiner Freude im »Parmenides« von Jean Beaufret:
»Ich gieng den Ursprüngen nach – das entfremdete mich allen Verehrungen: und es wurde fremd um mich und einsam.
Aber endlich heimlich schlug das Verehrende selber wieder aus – und siehe! es erwuchs mir mein Baum der Zukunft.«[35]
Es macht mich glücklich. Das alles klingt hier an ...

*

... was ich vor mir hatte, war ein ständiges Brodeln, in dem alle Wesen, alle Erscheinungen weggerafft wurden in das Gebot des Werdens ... – gestrichen.

*

Alles Sagen sollte auf das Unsagbare hinweisen, statt es zu leugnen suchen.

*

Jedes Erzählen sollte angesichts des Nicht-Erzählbaren stattfinden.

*

... die Welt, die ich auf der Insel ausgebreitet hatte, stammte von dem Schiff; ich dachte, so die Zivilisation wiederzufinden, die irgendwo in meinem tiefsten Innern verborgen liegen musste; aber hier, zwischen den Wasserhyazinthen, in dem lichten Wunder, das alle Insekten des Teichs mit derselben Ruhe verwandelte wie die dicken gelben Kröten in meiner Nähe, wurde mir klar, dass in meinem Inneren ebenso wenig Menschliches war wie Zivilisiertes, nur eine unschuldige Fähigkeit, in Kontakt, in Austausch, in Teilnahme mit allem Dasein zu treten, und so gut wie möglich an ihm zu wachsen ... – gestrichen.

*

... von Zeit zu Zeit besuchte ich meine alten Niederlassungen, Mähwiesen, Weiden, Befestigungen, Verwaltungsbüros, Wiege- und Zollämter ...; sie waren alle verwahrlost und überwuchert; aber jedesmal empfand ich, anders als in den unberührten Gegenden der Insel, an diesen Orten eine besondere Lebenskraft; bei genauerer Beobachtung fiel mir auf, dass mein Wirken besondere Blüten hervorbrachte, manchmal auch Früchte, da ich Samen dort weggeworfen hatte, in jedem Fall war es eine kleine Umwälzung, die den üblichen Pflanzenwuchs veränderte und Neues treiben ließ, was dieses Insekt oder jenes in der Umgebung unbekannte Tier anlockte; an den Stellen, wo ich mich je einmal aufgehalten hatte, konnte ich eine Vermehrung der Ratten, der Ameisen, der Regenwürmer oder auch mancher Vögel feststellen, alle hatten sie mein Wirken in ihre Überlebensverhältnisse eingefügt; ich hatte jedesmal kleine Brechungen verursacht, kleine Ver-

mischungen und winzige Wandlungen, die, über die ganze Insel hinweg, ins Unendliche gingen ... – gestrichen.

*

... ich musste so viele Male zu den Toten gehen und ebensooft zurückkehren, ich hatte überhaupt keine Erinnerung daran, höchstens eine hauchdünne Melancholie, die die Landschaft mit Poesie und Feuer überzieht und sich zuweilen hier und da sammelt, wie Straßenlaternen in der Wüste ... – gestrichen.

*

Eine *Aussage* von Bedeutung entsteht nur an dem Ort, wo das Bewusstsein auflodert, da es auf das Unaussprechliche stößt.

*

Jedes Denken sollte das Undenkbare benennen und sich damit entfalten.

*

Auf jede Gewissheit verzichten, die nicht ausführlich und ehrlich auf die Ungewissheit eingeht.

*

Stets das Unentwirrbare zu fassen kriegen und das Einfache in die Unruhe der Komplexität versetzen.

*

Der schönste Impuls kommt von einer Unmöglichkeit. Mit ihr sollten wir die Schönheiten aufsuchen – oder eher, uns von ihnen überraschen lassen.

*

... *und doch spürte ich in diesem widerständigen Ding den Duft und die Schönheit der Blüten wie auch den Schauder der Mondnächte, ich schmeckte in ihm noch die Aromen der Früchte, meine Sinne ordneten die Welt auf ihre Weise, um sie mir fasslich zurückzugeben, damit ich sie erleben konnte; der Unterschied war winzig und dennoch bedeutend; ich war nun fähig, meine Sinne auf Abstand zu halten und zuzusehen, wie sie wirkten* ... – gestrichen.

*

Der Begriff Weltliteratur ist idiotisch ... die Welt ist heute zweifellos ein hoher und hoch bedeutender Gegenstand der Literatur, wie Glissant sagt, aber keiner kann darüber bestimmen, was die Literatur mit ihm anfangen soll. Schönheit kann noch immer aus dem sehr Lokalen, dem Nationalen entstehen, aus dem Eintauchen in die Sprache, aus dem Individuellen, dem Nicht-Globalen ... auf das Erscheinen des Großen, das bezeichnet, was überholt ist, müssen wir noch warten, es wird uns ein Maß für den Horizont geben, oder eher ein Unmaß …

*

Für das Denken, wie für jedes Werk, steht das, was man nicht wissen und nicht tun kann, am Anfang und am Ende.

*

… da war keine andere Welt, keine andere Realität als dieses Ding, dieses rohe, unerträgliche, widerständige Licht, die Unerkennbarkeit und schlichte Unverrückbarkeit des Bestehenden; und auf der anderen Seite, was unser Geist, unsere Sinne, unsere Schöpfungen damit anfangen, ohne etwas von dem großen ursprünglichen Missbehagen zu verlieren, sowie bar jeder Illusion über die eigenen dürftigen Leistungen … – gestrichen.

*

Nur in seinem Verhältnis zum Undenkbaren und Unmöglichen findet jedes Denken seine Schwingung und seine tiefe Wahrheit. Das gleiche gilt für jedes schöpferische Werk und jeden Ausdruck.

*

Der Kern jeder Bezeichnung ist das Sinnlose. Es ist auch ihre Perspektive und ihr Horizont.

*

Im ursprünglichen, unverrückbaren Schatten stellt man auf bestmögliche Weise den Dämmer her, der uns eignet.

*

Das schönste Sprechen tut nichts anderes, als auf das ursprüngliche Schweigen, vor dem es erschreckt, hinzuweisen.

*

Was Parmenides *Sein* nennt, nennt Heraklit vielleicht *Natur.*

*

Von Bedeutung ist nicht die Entwicklung des Romans, sondern die Ahnung, dass eine neue Form des Ausdrucks notwendig ist. Der Roman ist vielleicht europäisch, der Ausdruck ist eindeutig menschlich.

*

... alle meine Schrecken waren nur vom uranfänglichen Schrecken abgeleitet, von dem ursprünglichen Feuer, das der alte Dichter ohne jedes Zittern in den Blick nahm ... – gestrichen.

*

Das Undenkbare ist die ursprüngliche oder uranfängliche Prägung des Denkens.

Das Unmögliche ist die ursprüngliche oder uranfängliche Prägung aller Möglichkeiten.
Das Ungewisse ist die ursprüngliche oder uranfängliche Prägung der geringsten Gewissheit.

*

Das Schöne, das Wahre der Wiedererinnerung ist, wenn sie etwas Künftiges vorausahnt.

*

... ich musste mit dem uranfänglichen Schaudern jedesmal neu geboren und wiedergeboren werden.
Darin liegt die ganze Größe ebenso wie die größte Gefahr ... – gestrichen.

*

Das Kennzeichen der schlechten Fiktion ist, dass sie feige den Bereich des Nicht-Erzählbaren oder des Unaussprechlichen umgeht. Der Glanz des narrativen Begreifens liegt darin, dass es sich in Flammenschrift einschreibt in jene uranfängliche Angst, wie bei Joyce, Faulkner, Perse, Glissant, Césaire oder Garcia Márquez.

*

Ich finde das letzte Wort meines Robinson: *Begegnung*. Jede entwickelte Individualität führt zu dem Ort, in dem alles begründet ist. Die Begegnung.

Anmerkungen der Übersetzerin

1 Daniel Defoe, *Robinson Crusoe.* Romane, Erster Band. Hg. v. Norbert Miller, übers. v. Hannelore Novak. München (Hanser) 1968, S. 69

2 Michel Tournier, *Freitag oder Im Schoß des Pazifiks.* Übers. v. Herta Osten. Berlin (Aufbau) 1984, S. 49

3 Parmenides, *Vom Wesen des Seienden. Die Fragmente,* griech. u. dt. Hg. v. Uvo Hölscher. Frankfurt (Suhrkamp) 1969, S. 23

4 Heraklit: *Fragmente, griechisch und deutsch.* Übers. v. Bruno Snell. München (Heimeran) 1926, S. 13

5 Parmenides, S. 17

6 Parmenides, S. 23

7 Heraklit, S. 2

8 Parmenides, S. 23

9 Parmenides, S. 19

10 Heraklit, S. 3

11 Heraklit, S. 1

12 Parmenides, S. 15

13 Heraklit, S. 10

14 Parmenides, S. 17

15 Parmenides, S. 13f.

16 Heraklit, S. 12

17 Parmenides, S. 11

18 Heraklit, S. 8

19 Parmenides, S. 23

20 Heraklit, S. 12

21 Parmenides, S. 19f.

22 Heraklit, S. 7

23 Heraklit, S. 8

24 Heraklit, S. 16

25 Parmenides, S. 25

26 Heraklit, S. 12

27 Zitat übersetzt nach dem französischen Original.

28 Heraklit, S. 7

29 Heraklit, S. 7

30 Daniel Defoe, S. 88

31 Michel Tournier: *Freitag oder Im Schoß des Pazifiks*

32 Daniel Defoe, S. 64

33 Guillaume Pigeard de Gurbert: *Contre la philosophie.* Arles (Actes Sud) 2010

34 Blaise Pascal: *Gedanken.* Hg. Jean-Robert Armogathe, übers. v. Ulrich Kunzmann. Stuttgart (Reclam) 1997, S. 129

35 Friedrich Nietzsche, Sämtliche Werke (KSA), hg. v. Giorgio Colli und Mazzino Montinari, Band 10: *Nachgelassene Fragmente 1882-1884* (Herbst 1883, Fragment 17/24). München (DTV) 1980, S. 547

Patrick Chamoiseau, geboren 1953 auf Martinique, zählt zu den wichtigsten Schriftstellern Frankreichs. In seinen zahlreichen Texten beschäftigt er sich hauptsächlich mit der kreolischen Kultur und seiner Herkunftsinsel Martinique. Für seinen Roman *Texaco* erhielt er 1992 den »Prix Goncourt«, den wichtigsten Literaturpreis Frankreichs.

Beate Thill lebt als Übersetzerin in Freiburg i.Br. Sie hat u.a. Assja Djebar, Abdelwahab Meddeb, Édouard Glissant und Dany Laferrière ins Deutsche übersetzt.

Von Édouard Glissant auf Deutsch erschienen

Édouard Glissant (1928-2011), vertraut mit der kreativen Kraft des Zusammenlebens verschiedener Völker in seiner karibischen Heimat Martinique, hat das Aufeinandertreffen der Kulturen stets als positiv betrachtet und daraus eine »Poetik der Vielheit« entwickelt, die uns ermöglicht, den Prozeß der Globalisierung auch als kulturelles Phänomen zu begreifen.
»Die beschwingt unscharfen Begriffe und kapriziösen Gedankengänge lassen dann auf ihrer Spur die Assoziationen funkeln...«
Die ZEIT

Alle Texte wurden von Beate Thill aus dem Französischen übersetzt.

Schwarzes Salz
Gedichte
Französisch-deutsche Ausgabe
135 Seiten, ISBN 978-3-88423-193-7

Traktat über die Welt
Essay
240 Seiten, ISBN 978-3-88423-154-8

Mahagony
Roman
219 Seiten, ISBN 978-3-88423-057-2

Die Hütte des Aufsehers
Roman
272 Seiten, ISBN 978-3-88423-030-5

Zersplitterte Welten
Der Diskurs der Antillen
Essay
312 Seiten, ISBN 978-3-88423-041-1

Faulkner Mississippi
Essay
320 Seiten, ISBN 978-3-88423-124-1

Die Entdecker der Nacht
Roman
375 Seiten, ISBN 978-3-88423-070-1

Das magnetische Land
Die Irrfahrt der Osterinsel Rapa Nui
In Zusammenarbeit und mit
Zeichnungen von Sylvie Séma
104 Seiten, ISBN 978-3-88423-342-9

Kultur und Identität
Ansätze zu einer Poetik der Vielheit
86 Seiten, ISBN 978-3-88423-242-2

Édouard Glissant/Patrick Chamoiseau
Brief an Barack Obama /
Die unbezähmbare Schönheit der Welt /
Wenn die Mauern fallen.
57 Seiten, ISBN 978-3-88423-378-8